DIANA

Das Buch

Die Haushälterin Brigid Keen blickt zurück auf ihre Geschichte im Dienste der katholischen Kirche. Aufgewachsen im irischen Derry erzählt sie von ihrer Kindheit im Waisenhaus der Barmherzigen Schwestern und ihrer Schulzeit in einer von Nonnen geleiteten Mädchenschule. Schließlich tritt sie in den Dienst des jungen Father Mann, versorgt ihn dreiunddreißig Jahre und stellt ihre eigenen Wünsche und Bedürfnisse völlig zurück. »Ich habe nie etwas erwartet und nie etwas bekommen. Ich glaube, mit dieser Einstellung lebt es sich leichter.« Als Father Mann jedoch an Alzheimer erkrankt, ändert sich Brigids Leben schlagartig. Sie verliert ihre Stellung, ihr Zuhause und auch die Kirche ist plötzlich nicht mehr für sie da. Abseits von allen Klischees erzählt Kathleen Ferguson die Geschichte Nordirlands der jüngsten Vergangenheit aus der ungewöhnlichen Perspektive einer Frau, die sich den Verhaltensregeln ihres Glaubens gefügt hat, sich aber letztlich davon emanzipiert.

Die Autorin

Kathleen Ferguson wurde am 19. August 1958 in Tamnaherin im County Derry in Nordirland geboren. Sie studierte Englische Literatur an der University of Ulster, wo sie nach ihrem Abschluß als Dozentin tätig war. Seit 1989 widmet sie sich ausschließlich dem Schreiben und lebt mit ihrem Mann in Downhill im County Derry. Für ihren Roman *Die Haushälterin* erhielt sie den ›Irish Times Literature Prize for Fiction‹.

Kathleen Ferguson
Die Haushälterin

Roman

Aus dem Englischen
von Kathrin Razum

DIANA VERLAG
München Zürich

Diana Taschenbuch Nr. 62/0187

Für meine Mutter

Die Orginalausgabe
»The Maid's Tale«
erschien 1994 bei Torc, Dublin

Taschenbucherstausgabe 07/2001

Der Diana Verlag ist ein Unternehmen der
Heyne Verlagsgruppe München
Printed in Germany 2001

Umschlagillustration: Rob Talbot
Umschlaggestaltung: Hauptmann und Kampa Werbeagentur, CH-Zug
Druck und Bindung: Elsnerdruck, Berlin
Gedruckt auf chlor- und säurefreiem Papier

ISBN: 3-453-18669-9

http://www.heyne.de

Erstes Kapitel

Die katholische Kirche ist über fünfzig Jahre lang Vater, Mutter und Familie für mich gewesen. Da können Sie sich vielleicht vorstellen, wie ich mich gefühlt hab, als mich der Bischof einfach so hat fallenlassen – wie die Zeitung vom Vortag, die er immer auf den Boden geschmissen hat, wenn er sie durch hatte. Und das, nachdem ich mich um Father Mann gekümmert hatte, wie sich so manch eine Ehefrau nie um ihren Mann kümmern würde.

Dreiunddreißig Jahre lang hab ich Fathers Socken gewaschen und sein Bett gemacht. Dreiunddreißig Jahre lang hab ich im Schweiße meines Angesichts für ihn am Herd gestanden, hab seine Reste gegessen, und zwar allein in der Küche, während er am fein gedeckten Tisch im Eßzimmer aß. Aber ich bin selbst schuld. Ich hätte viel früher gehen sollen.

Ich bin in Haus Bethel aufgewachsen, einem Waisenhaus der Barmherzigen Schwestern in Derry, obwohl ich genaugenommen eigentlich gar keine Waise war. Meine Ma war tatsächlich tot. Angeblich hatte mein Da ihr eine Tracht Prügel verpaßt, von der sie sich nie mehr erholte. Aber er war noch am Leben, in der Nervenheilanstalt in Gransha, wo sie ihn lebenslänglich eingesperrt hatten. Ich hatte eine Schwester namens Dympna, die war fünf Jahre älter als ich, und einen Bruder namens Michael, der war noch mal ein paar Jahre älter.

Haus Bethel war in zwei Hälften geteilt, eine für die Jungs und eine für die Mädchen. Dympna und ich haben in der einen Hälfte gewohnt, in der Nähe vom Konvent, und Michael in der anderen, neben dem Haus vom Bischof. Viel Kontakt gab es nicht zwischen den beiden Hälften. Das haben die Nonnen nicht erlaubt, weil da ja was passieren könnte. Wir drei sind also nicht wie eine Familie aufgewachsen. Eigentlich gab es für mich auch kaum einen Unterschied zwischen Dympna und den anderen Mädchen, die dort wohnten. Eine Familie in dem Sinn, wie die meisten Leute das Wort verstehen, kannte ich gar nicht. Aber sie hat mir auch nicht gefehlt. Was mich anging, waren Mutter und Schwester Bezeichnungen für Nonnen, nicht für Verwandte. Und was die Nonnen mir erzählten – daß die Kirche meine Mutter war und Gott mein Vater –, das hab ich geschluckt.

Ich hatte nie die Vorstellung, Haus Bethel wär ein Waisenhaus, als ich dort lebte. Das Wort war irgendwie zu altmodisch, wie aus einem der Romane, die wir in der Schule lesen mußten. Es klang nach mageren Kindern, die vor Angst und Hunger zitterten, und so ging es bei uns nun wirklich nicht zu. Mir hat es in Haus Bethel nie an was gefehlt. Jedenfalls hab ich nie gefroren oder gehungert. Aber eins sag ich Ihnen, ich hab fünfzig Jahre gebraucht, um mich innerlich davon zu befreien. Viele von denen, die mit mir aufgewachsen sind, hatten nicht so ein Glück. Wie die meisten Leute, die zu meiner Zeit in irgendwelchen Einrichtungen groß geworden sind, besonders in solchen von der katholischen Kirche, haben sie es nie geschafft, wirklich davon wegzukommen. Die haben uns dort von Anfang an das Gefühl vermittelt, daß es in der Welt da draußen keinen Platz für uns gibt. Niemand hat was zu uns gesagt, aber irgendwie haben sie uns die Idee in den Kopf gesetzt, daß wir uns nicht dazu eignen, Ehefrauen und Mütter zu sein. So weit ich zurückdenken kann, hatte ich immer das Gefühl, daß Heiraten verwerflich ist. Heiraten war was für andere Frauen, außerhalb von Haus Bethel, und für Männer. Heute kann man sich das kaum noch vorstellen, aber das war in den Fünfzigern, als es nur aufs Äußere ankam.

Die Schwestern haben die Grundschule in der Bishop Street geleitet und die Thornhead School – eine Mädchenschule –, wo ich danach hingegangen bin. Sie haben die Angehörigen ständig um Geld für irgendwelche Anbauten angehauen. Mir haben diese Angehörigen ganz schön leid getan, denn wenn sie so direkt gefragt wurden, konnten sie ja wohl kaum nein sagen. Beide Schulen nahmen sowohl Kinder aus dem Haus als auch welche von draußen auf, aber ich hab erst in Thornhead eine richtige Kostprobe von der Außenwelt bekommen. Dort hatten sie's von Anfang an auf mich abgesehen, haben mich schikaniert und belästigt. Die Anführerin der Quälgeister war Magdalene Cooke, ein großes, grobschlächtiges Mädchen mit einem Allerweltsgesicht und mausgrauen Haaren. Mir kam damals irgendwann mal der Gedanke, daß Magdalenes Eltern bestimmt furchtbar enttäuscht von ihr waren, denn sie war die einzige Tochter, und aus ihrem Namen hab ich geschlossen, daß ihre Eltern große Hoffnungen auf sie gesetzt hatten. Ihre beste Freundin war Mary Healy. Na, und Mary Healy, die hätte sich die Pulsadern aufgeschnitten, wenn Magdalene Cooke es von ihr verlangt hätte. So eine Angst hat sie gehabt, daß Magdalene sich jemand anders raussuchen könnte als sie. Ihr Vater war nämlich mit einer anderen Frau nach Liverpool durchgebrannt, wissen Sie, und Mary hat sich wie eine Klette an andere Leute gehängt, weil sie Angst hatte, von denen auch noch verlassen zu werden. Manchmal hat sie Magdalene den letzten Nerv gekostet, das war nicht zu übersehen – die hat wirklich nie lockergelassen. Mary sah richtig kränklich aus. Sie hatte ganz dünne Haut, wie Reispapier, und Sommersprossen wie ein kleiner Knirps und flaumige Haare, die hochstanden, wenn es regnete. Dann war da noch Bernie Sheedy, das war die Hübsche in dem Verein. So 'ne Fiese, Heimtükkische war das. Bernie Sheedy hat sich immer nur drangehängt, wenn die anderen mich fertigmachten. Die zweite Bernadette war Bernadette Ratty. (Es gab vier in der Klasse, wegen einer Diözesanpilgerfahrt nach Lourdes in dem Jahr, als wir alle auf die Welt kamen.) Bernadette Ratty hatte vorstehende Zähne, und ihre Augen stießen in der Mitte von ihrem Gesicht fast zusammen. Sie konnte richtig bösartig sein, genau wie die anderen, aber sie hat nicht den Mumm gehabt, mich allein zu piesacken. Sie hat's gerade mal geschafft, mich zu beschimpfen. Eine Mitläuferin war sie. Und es waren auch noch andere dabei. Aber diese vier haben mir am meisten zugesetzt.

Die Kirche, zu der von der Schule ein Sträßchen hochführte, war ein gutes Versteck, denn da saßen immer ein paar Nonnen und haben gebetet. In der Mittagspause bin ich da oft allein hingegangen, um zu essen. Wahrscheinlich hab ich dadurch den Ruf gekriegt, tief gläubig zu sein. Besonders an einen Tag erinner ich mich noch genau. Ich war damals sechzehn und in der fünften Oberschulklasse. Es war ein eisiger Dezembertag. Wenn ich heute daran zurückdenke, spür ich richtig wieder das kalte Weihwasser an meinen Fingern. Ich bin auf Zehenspitzen in die Kirche rein, wie ich es mir schon vor langer Zeit angewöhnt hatte.

(Ich geh in Kirchen immer noch ganz leise, weil mir die Stille angst macht.) Wie üblich hab ich mich in die hinterste Bank gekniet und meine Schultasche auf die Bank davor geschmissen. Es stand wieder was Neues auf der Tasche, neben all den anderen Sachen. Irgend jemand hatte mit schwarzem Kuli richtige Furchen in das Leder gegraben. »Warst du schon, Shamey? Warst du schon?« Das stand drauf. Shamey war nämlich mein Spitzname. Magdalene Cooke hatte ihn von irgend so 'nem Dussel aus einem Hörspiel übernommen, das sie vor einer Weile im Radio gehört hatte. »Warst du schon?« hieß, warst du schon auf dem Klo. Das war ein Satz aus dem Hörspiel.

Ich konnte beim besten Willen nicht verstehen, warum sie mich gerade Shamey nannten – ausgerechnet ein Männername. Warum nicht Mad Martha oder Baby Jane, wenn sie mich als Irre hinstellen wollten? Aber ich hab mir damals kaum Gedanken gemacht. Was mir an miesen Sachen einfach passiert ist, hab ich widerspruchslos über mich ergehen lassen, treudoof, wie ich damals war. Dreiunddreißig Jahre mußten vergehen, bis ich angefangen hab, darüber nachzudenken. Inzwischen hab ich mir das alles ungefähr so zusammengereimt: Ich war eine Einzelgängerin. Zu der Zeit, von der ich hier rede, hatte ich keine Freunde – nicht, daß mich das gestört hätte, aber Magdalene und ihre Freundinnen hat es gestört. Die waren schon komisch, die dachten, wer gern für sich ist, ist nicht normal. Natürlich war ich dadurch, daß ich allein war, auch ein dankbares Opfer für alle, die einen Sündenbock gesucht haben. Und in Thornhead, das können Sie mir glauben, gab es viele, die einen Sündenbock gesucht haben. Heranwachsende Mädchen in einer Klosterschule in einem katholischen Ort, ohne eine Menschenseele, der sie sich anvertrauen konnten – viele von denen waren völlig verängstigt und haben sich gar nicht wohl in ihrer Haut gefühlt, und so haben sie ihre Ängste und Komplexe an mir abreagiert. Ich hatte mich nämlich früher als die meisten anderen entwickelt, will sagen, ich hab schon meine Periode gekriegt, als ich noch in der Grundschule war. Zu der Zeit, von der ich hier rede, hab ich einen BH Größe 75 C getragen, und darauf waren sie alle neidisch. Außerdem hat es sie furchtbar geärgert, daß ich nie über Sex geredet hab und offenbar nicht mal daran dachte. Entweder das, oder sie hielten mich für eine eingebildete Schnepfe und wollten mir das unter die Nase reiben. Eine Woche zuvor hatten mich drei von denen auf den Boden geschubst und mir Grasbüschel in die Bluse gestopft. Einmal sind sie mir monatelang aufs Klo gefolgt. Sie sind in den Kabinen rechts und links von mir auf die Kloschüsseln geklettert und haben über die Trennwand runtergeguckt. Die haben mir einfach keine Ruhe gelassen. Wie Sie sich denken können, hat mir das nicht gerade geholfen, meine Schüchternheit zu überwinden. Ich war nämlich furchtbar schüchtern. Aber Magdalene und die anderen hatten keine Ahnung, die dachten, ich wäre nicht schüchtern, sondern zurückgeblieben, und deswegen haben sie mich nach diesem Dussel genannt. Ich nehm an, sie haben mich nach einem Mann genannt, weil ich anders war als sie. Ich war natürlich nicht die einzige Frau in der Schule mit einem Männernamen. Auch ein paar von den Schwestern hatten Männernamen, Schwester Aloysius und Schwester Christopher zum Beispiel. (Magdalene Cooke hat immer behauptet, das wären keine echten Frauen.) Ich glaub, ich hab für die eingesteckt. Und für die Männer. Indem sie Shamey bestraften, haben Magdalene und die anderen sich an all den Jungs und Männern gerächt, die ihnen irgendwann mal das Leben schwergemacht hatten. Und sie hatten auch jedes Recht, wütend zu sein, denn die katholische Kirche hat es den Frauen immer schwergemacht. Das seh ich heute ganz klar. Der heilige Augustinus sagt, »die Frau drückt den Geist des Mannes nieder«. Und Paulus – na, von dem fang ich lieber gar nicht erst an! Als Frau geboren zu sein war zu meiner Zeit nichts, was einen stolz oder glücklich gemacht hätte. Nicht mal ihre Augen haben einer Frau selbst gehört, jedenfalls wenn's nach dem Willen der katholischen Kirche ging. Frauen bekamen vorgeschrieben, was sie sehen durften und was nicht. Ich weiß noch, wie sie mich in Thornhead mal vom Spielplatz weggezerrt haben, bloß weil der Mann, der nebendran auf dem Feld gearbeitet hat, kein Hemd anhatte. Schwester Gabriel – unser Schutzengel sozusagen –, die im Turmgebäude am Fenster gestanden und über uns gewacht hatte, kam runter, um uns zu retten. Ich erinner mich noch an die harten Muskeln, die der Mann hatte, und an seine braungebrannte Haut.

Ich find ja nicht, daß all diese Erklärungen eine Rechtfertigung dafür sind, daß mich die anderen so schikaniert haben, aber zumindest versteh ich jetzt, warum es so war, und kann Magdalene und ihren Freundinnen vergeben. Sie wußten nicht, was sie taten.

Manchmal hatte ich so eine Angst, daß ich mich im Beichtstuhl versteckt hab. Es heißt doch immer, Hunde können Angst wittern und suchen sich so ihre Opfer raus. Na, wenn das stimmt, dann waren Magdalene und die anderen genau wie Hunde. Sie haben meine Angst gerochen, und das hat sie in Gang gehalten. Inzwischen haben diese Mädchen alle gute Stellen im Staatsdienst, wie ich gehört hab. Bernie Sheedy ist sogar Lehrerin geworden. Aber keine von denen hat Derry je verlassen. Als ich letztes Jahr mal wieder zu Besuch da war, bin ich auf der Bishop Street Magdalene Cooke begegnet. Sie hat durch mich durchgeguckt, als wär ich aus Glas. Sie hatte völlig vergessen, wer ich bin. Es gibt Leute, die meinen, die Vergangenheit findet nur in Geschichtsbüchern statt. Magdalene Cooke ist so eine.

Ich war jahrelang davon überzeugt, daß irgendwas mit mir nicht stimmt und daß die Leute deswegen so auf mir herumhacken. (Ich hab immer noch Tage, wo ich das glaube und wo ich mich selbst nicht riechen kann.) Aber vielleicht hat es mir damals auch einfach nur besser in den Kram gepaßt, das zu denken, so genau kann ich das heute nicht sagen. Eins steht jedenfalls fest, ich hätte es nie mit Magdalene Cooke und ihren Kameradinnen aufnehmen können, selbst in Gedanken nicht. Dafür war ich einfach nicht gewappnet. Ich hab die Menschen damals weder besonders gut verstanden noch besonders gemocht. Nicht daß ich mir heute viel aus ihnen machen würde – aus den meisten, die ich kenne, jedenfalls nicht. Ich nehm an, es war damals einfacher, mir selbst die Schuld zu geben. So war ich wenigstens meine eigene Herrin, und ich hatte eine gute Entschuldigung dafür, mich abzusetzen und mir nicht den Kopf über andere zu zerbrechen.

Um wieder auf den Tag in der Kirche zurückzukommen – meine ganze Tasche war also vollgeschmiert. »Shamey« stand drauf, mit großen Schnörkeln an den einzelnen Buchstaben. Ich kannte die Handschrift genau. Es war die von Bernie Sheedy. Gütiger Gott, die hielt sich doch wahrhaftig für eine Künstlerin.

Auch meine Bücher und sogar mein Regenmantel waren vollgeschmiert. Daß keine von den Lehrerinnen und Nonnen je was dazu sagte, lag einfach daran, daß sie dachten, dieser Shamey wär jemand, für den ich schwärme. Es war nämlich üblich, bei den Mädchen wie bei den Jungs, daß man den Namen von seinem Schwarm auf seine Schulsachen schrieb. Es wurde sogar erwartet. Es war Teil des Erwachsenwerdens, wissen Sie. Teil der Uniform.

Ich wußte, daß jemand an meiner Tasche gewesen war, denn die Schnalle saß ein Loch lockerer als sonst. Mich schaudert heute noch, wenn ich dran denke. Aber es war Mittag, und ich wollte was essen. Ich hatte ständig Hunger damals. Auf den ersten Blick sah alles aus wie immer. Ich hol also meine Brotbüchse raus. Als ich den Deckel aufklappe, springt wie ein Kastenteufel eine Damenbinde raus und fällt mir auf die Knie. Sie war mit Himbeermarmelade beschmiert, die aussah wie Blut. Ich seh die Kerne noch vor mir, wie kleine Augen haben sie vom Boden zu mir hochgeguckt. Weil ich Angst hatte, daß mich jemand sieht, hab ich die Binde sofort aufgehoben und wieder in die Büchse gesteckt. Ich war völlig benommen. Ich konnte nicht weinen und hab überhaupt nichts gefühlt. Diesen Betäubungszustand hab ich damals sehr zu schätzen gelernt.

In der Stunde nach der Mittagspause hatten wir Sport. Wie Sie sich sicher vorstellen können, war ich dazu nun wirklich nicht in der Stimmung, und so hab ich drum gebeten, nicht mitmachen zu müssen. Ich hab Miss Duddy, der Sportlehrerin, gesagt, daß es mir nicht gut geht. Na! Diese Frau hatte wirklich keine Manieren! Statt den Mund aufzumachen und mir zu antworten, wie sich das gehört, hat sie nur den Kopf geschüttelt und auf die Tür zum Umkleideraum gedeutet. So konnte niemand ihre schönen Haare und ihre langen Fingernägel übersehen. Miss Duddy war ein zierliches Persönchen und richtig etepetete; die hat ihre Kostüme immer bei Austin's gekauft und ist jede Woche zum Friseur gegangen. Sie hatte eine dicke Puderschicht im Gesicht und einen Mund aus bordeauxrotem Lippenstift. Ich seh sie noch vor mir, an dem Tag. Sie war in Hochform. »Brust raus. Bauch rein. Und den Hintern zusammenkneifen!« Peinlich ist gar kein Ausdruck. Aber davon hatte diese Frau noch nie was gehört, die war so was von gemein. Sie hat mich vor der ganzen Klasse nach vorne geholt und mich runtergeputzt wegen meinem Gang. Das Ulkige war, daß Miss Duddy eine Schwäche für Magdalene Cooke hatte. Obwohl Magdalene so plump und schwerfällig war, hat sie zu der nie auch nur einen Piep gesagt. Und Magdalene hatte auch einen Narren an Miss Duddy gefressen. Oft ist sie nach der Schule noch länger geblieben, zum »Benimmunterricht«. Jedenfalls hat Miss Duddy das so genannt.

Mir ist aufgefallen, während ich mit Miss Duddy geredet hab, daß Magdalene und Mary Healy mich nicht aus den Augen ließen. Sie hatten die Köpfe so eng zusammengesteckt, daß ich mir dachte, die haben bestimmt wieder irgendwas ausgeheckt. Wie Magadelene schon geguckt hat! Aber keine von beiden hat die Binde in meiner Brotbüchse auch nur mit einem Wort erwähnt. Sie haben mich nach dem Unterricht sogar in Ruhe duschen lassen. Erst als ich mir meine Schürze umgebunden hab, hab ich bemerkt, daß aus der Tasche ein Brief hervorguckt. Der Brief war von Magdalene. Und es war nicht der erste von der Sorte. Normalerweise hab ich diese Briefe nie aufgemacht. Aber an diesem Tag, weiß der Himmel warum, beschloß ich es zu tun. Ich hatte keine Angst mehr. Ich wollte einfach mal sehen, wieviel Haß ich auslösen konnte. Möge Gott mir verzeihen, das Ganze fing langsam an, mir Spaß zu machen.

Wie Sie sicher schon erraten haben, war es ein dummer und schlüpfriger Brief – so dumm und schlüpfrig wie Backfische eben sind, wenn sie nichts Besseres als Sex im Kopf haben. Ich war gerade fertig mit Lesen, da hat Miss Duddy den Kopf durch die Tür zur Umkleide gesteckt. Sie hat das Blatt in meiner Hand gesehen, hat aber so getan, als hätte sie es nicht gesehen. Sie wußte ganz genau, was da lief, genau wie die meisten anderen Lehrerinnen. Aber sie hat nie einen Finger gerührt, um mir zu helfen. An diesem Tag hab ich beschlossen, die erstbeste Gelegenheit zu nutzen, um aus Thornhead rauszukommen.

Freitags hab ich immer in der Hostienbäckerei in Haus Bethel ausgeholfen. Hier wurde das Abendmahlsbrot für die gesamte Diözese gebacken. (Die Nonnen waren da richtig stolz drauf.) Ich war dafür zuständig, die Hostien aus den Oblaten zu stanzen, wenn sie abgekühlt waren, und sie in kleine Pappschächtelchen zu packen. Fünfhundert häppchengroße Oblaten haben in eine Schachtel gepaßt. Zwischendrin hab ich immer mal eine Handvoll davon gegessen. (Seit ich denken konnte, gab es freitags abends immer Fisch, und ich konnte Fisch nicht ausstehen.) Außerdem war es ein aufregendes Gefühl, die Hostien einfach so runterzuschlingen.

»Gott kriegt dich schon noch, und dann macht er dich dick und fett!« hat Marie Coll mir ziemlich laut ins Ohr geflüstert. Ich hab einen Riesenschreck gekriegt, denn wir sollten bei der Arbeit nicht reden.

»Dann wird Schwester Agnes ja wohl ewig in der Hölle schmoren«, hab ich gesagt.

Arme Schwester Agnes! Genau in dem Moment hat sie einen schweren Sack Mehl auf den Tisch gewuchtet, und das Fleisch an ihrem Arm hat geschwabbelt wie Pudding.

Marie mußte lachen. Also diese Lacherei, das war so ’ne richtige Macke von Marie, und wenn sie erst mal damit angefangen hatte, konnte sie überhaupt nicht mehr aufhören. Sie hat gelacht, bis ihr die Tränen runterliefen. Schwester Agnes hat sie natürlich gehört. Der ihren Blick hätten Sie mal sehen sollen! »Brigid Keen«, raunzt sie mich an, »schrubb die Backformen noch mal ordentlich. Die Kreuze kommen nicht richtig raus.« Auf den Hostien waren nämlich so kleine Kreuzchen drauf, wissen Sie.

Ich hatte gerade das erste Blech ins Wasser gelegt, als Angie Page in die Küche gestürzt kam. »Brigid Keen soll sofort zu Bischof Cleary kommen«, hat sie gesagt. Sie war ganz aufgeregt.

Es gab zwei Gründe, warum man zum Bischof gerufen werden konnte: Entweder er hielt einem eine Standpauke (aber man mußte schon eine wirklich schlimme Sünde begehen, damit sich der Bischof höchstpersönlich einschaltete), oder man durfte ihm einen Gefallen tun. Ich war mir ziemlich sicher, daß mich keine Standpauke erwartete, denn ich hab mich nur selten danebenbenommen. Verstehen Sie mich nicht falsch, ich sag das nicht, um mich damit zu brüsten. Ich fand das Leben so schlichtweg einfacher.

Das Haus vom Bischof lag auf der anderen Seite der Stadtmauer, neben dem Jungenschlafsaal. Ich war so schnell von der Küche hergerannt, daß ich vor der Tür einen Moment lang stehenbleiben und verschnaufen mußte. Irgendwo tief drinnen im Haus hab ich die Türglocke läuten hören. Annie Zachery, die Haushälterin des Bischofs, hat aufgemacht und mich mit finsterem Gesicht angeguckt. »Hier stehst du falsch«, sagt sie. »Du hättest an die Hintertür kommen sollen.«

Also diese Annie Zachery, die war so ’n richtig böses altes Weib, das war allgemein bekannt. Das fing schon mit ihrem Äußeren an, denn sie hatte schwarzblaue Lippen wie eine Leiche und blutunterlaufene Augen, mit denen sie immer hektisch in der Gegend rumgeguckt hat. Ihre Haare haben ausgesehen wie Stahlwolle, die zu einem Dutt zusammengebunden war. Und dann hat sie immer so mit den Händen gezuckt, als könnte sie sie nur mit Mühe unter Kontrolle halten. Obendrein hatte sie riesige Füße, die einem sofort ins Auge gefallen sind. Über die haben sich die Kinder oft lustig gemacht. Aber sie hat's auch drauf angelegt, denn sie hat immer Hush Puppies getragen, und da konnte es wirklich keiner mehr übersehen.

Ich hab mir überlegt, ob sie wohl immer noch will, daß ich an die Hintertür geh.

»Jetzt bist du hier, also komm halt rein«, sagt sie und tritt gerade so weit zur Seite, daß ich an ihr vorbeikomme.

Die Wände drinnen hingen voll mit Fotos, auf denen der Bischof irgendwelchen Priestern und Kardinälen die Hand schüttelte. Und Urkunden! Gott, der Bischof mußte ein furchtbar gebildeter Mann sein. Aber das sind die Geistlichen alle. Eine lebensgroße Statue vom heiligen Martin strahlte mich im Flur von ihrem Sockel herunter an. Und unten an der Treppe zur Küche hat mir ein gutaussehender Herr Jesus sein blutendes Herz gezeigt. Ich muß wohl ziemlich geglotzt haben, das Herz füllte nämlich seinen gesamten Brustraum aus.

Annies eine Hand schoß vor, um mir zu zeigen, wo es zur Spülküche ging. Und als wir dort angekommen waren, hat sie auf den Stuhl gezeigt, den sie extra für meine Befragung genau an diesen Platz gestellt hatte, wie ich mal annehme. Er stand nämlich direkt gegenüber von einem großen Geschirrschrank voll mit silbernen Schüsseln und

Tellern und feinstem Porzellan – eine Art Hochaltar der vollendeten Hauswirtschaft sozusagen. Wann Annie jemals Gelegenheit haben sollte, dieses Zeug zu benutzen, konnte ich mir nicht vorstellen.

»Wie du weißt, ist der kommende Sonntag der letzte Adventssonntag«, fängt Annie also an. Und dann hat sie wieder aufgehört zu reden, als würde sie erwarten, daß ich irgendwas dazu sage. Als ich nichts gesagt hab, hat sie in dem gleichen geschwollenen Ton weitergeredet. »Bischof Cleary möchte den jungen Father Mann, der gerade zum Priester geweiht worden ist, in der Gemeinde offiziell willkommen heißen, und er dachte, der kommende Sonntag würde sich dazu gut eignen.«

Father Mann. Ich hatte den Namen schon mal gehört und hab versucht, ihn irgendwie einzuordnen. Ich konnte mich vage an einen hübschen Jungen namens Peter Mann erinnern, der mal – ach, das war schon Jahre her – mit einer ganzen Schar Buben vom St. Colomb's College in Haus Bethel zu Besuch gewesen war. Sie waren gekommen, um den *Messias* mitzusingen. Es war gut möglich, daß der es war, denn der hatte damals schon unheimlich fromm getan.

»Ich brauche jemand, der mir zur Hand geht«, sagt Annie und guckt auf ihre Hände runter, als ob die genug gelitten hätten und es verdienten, erlöst zu werden.

Irgendwas in mir weigerte sich, dieser Frau auch nur einen Millimeter entgegenzukommen. Also hab ich auch jetzt den Mund nicht aufgemacht. Was mich zurückgehalten hat, war allerdings nicht nur Annies griesgrämige Art. Ich hab in diesem Moment ein ganz komisches Gefühl gekriegt, so wie jedesmal, wenn ich hörte, daß jemand Priester oder Nonne wird. Als würde ich von einem Todesfall hören.

Annie, die alte Hexe, hat mich von oben bis unten gemustert. Mit ihren Schatten unter den Augen und ihrer zerfurchten Stirn hat sie ausgesehen, als würde sie nie schlafen. Das war wirklich unangenehm, wie die mich angegafft hat.

»Und?« hat sie gefragt. Gott, konnte die unfreundlich sein.

»Ganz wie Sie wollen«, hab ich gesagt. Ich könnte nicht behaupten, daß ich mich auf eine weitere Begegnung mit Annie gefreut hätte, aber ich hab auch keinen Grund gesehen, warum ich an dem Sonntag nicht helfen sollte. Außerdem konnte ich ja wohl sowieso kaum ablehnen. So gesehen war es eigentlich eine großartige Gelegenheit, mir mal das ganze Haus vom Bischof von innen anzugucken. (Bisher hatte ich kaum was gesehen.) Außerdem war ich neugierig, ob Father Mann der Peter Mann vom College war, an den ich mich erinnerte. Es wär übertrieben zu sagen, daß ich gespannt gewesen wäre. Dieses Gefühl hatte ich damals nie – es gab einfach nichts, worauf man gespannt sein konnte. Und ich hab mich auch nie auf was gefreut. Die Nonnen in Haus Bethel haben immer davon geredet, wie sehr sie sich »auf Weihnachten freuen« oder »auf Ostern freuen«. Ich hab schon verstanden, was sie meinten, aber ich hab es einfach nie so empfunden, wie die das gerne wollten. Geburtstage, Feiertage, der Tag meiner Firmung – für mich war das alles eins. Ich hab nie was erwartet und auch nie was bekommen. Ich glaub, mit dieser Einstellung lebt es sich leichter.

Als ich über die Stadtmauer wieder zurückgegangen bin, hab ich Tim McFaul getroffen. Ich konnte ihn im Dämmerlicht gerade noch erkennen. Damals war es in Derry noch ganz normal, daß man abends Leute draußen gesehen hat, nicht so wie jetzt. Heute stecken die Leute nicht mal mehr die Nasenspitze zur Tür raus, so eine Angst haben sie, daß sie ihnen abgeschossen wird. Tim hing über der Mauer und zog heftig an einer Zigarette. »'n Abend, Brigid«, sagte er. Er hatte immer ein freundliches Wort für mich. »Siehst ja so richtig zufrieden aus heute, Brigid Keen. Wo kommste denn her?«

»Vom Bischof«, sag ich.

»Wärste mal lieber mit mir ins Kino gegangen«, sagt er. Er hat mich immer hochgenommen. »Da hätteste Montgomery Clift sehen können, in *Ich beichte*.«

Ich mochte Tim. Er war ein prima Kerl, nicht so ein Rabauke wie die anderen Jungs aus Haus Bethel. Und er war ernsthaft, ohne langweilig zu sein, falls Sie wissen, was ich meine. Er war seit fünf Jahren in Haus Bethel, seit seine Ma und sein Da bei einem Autounfall ums Leben gekommen waren. Er hatte einen Onkel, der in Fahan wohnte und sehr gut zu ihm war, aber die Behörden haben nicht erlaubt, daß Tim und seine Schwestern bei ihrem Onkel aufwuchsen, weil er nämlich nicht verheiratet war.

Ich war nichts besonders gesprächig. Andere Menschen machten bloß Kummer. Aber mit Tim hab ich immer ein bißchen geplaudert. Tim, das wurde mir plötzlich klar, war mit seinen Gedanken außerhalb der Mauern – außerhalb der Mauern von Haus Bethel und außerhalb der Stadtmauern. Ich hab es an diesem Abend in seinem Gesicht gesehen, wie er so in die Ferne geguckt hat, über die Guildhall und den Foyle rüber bis nach Gobnascale in der Waterside. Eine ganze Menge Mädchen schwärmten für Tim. Ich erinner mich noch an so 'ne Heuchlerin, die ihn richtig anhimmelte. Aber wir haben uns damals alle nach einem Mann gesehnt, den wir bewundern konnten, und gleichzeitig hatten wir höllische Angst vor den Männern. Jedenfalls hatte ich Angst vor ihnen, außer vielleicht vor den Priestern.

An diesem Abend war Tim im Picture House in der Shipquay Street gewesen. Gnade seiner Seele, wenn die Nonnen das rausfanden. Er wär garantiert rausgeflogen, denn Kino war für die Nonnen was ganz Gefährliches. Der letzte Film, den wir hatten sehen dürfen, war *Das Lied von Bernadette*, da hatten sie das ganze Haus hingeschleift. Ich hab mich gewundert, daß Tim es sich leisten konnte, ins Kino zu gehen, und hab ihn danach gefragt.

»Wenn mein Onkel aus Fahan kommt«, hat er gesagt, »steckt er mir immer was zu. Ich weiß, sollen wir eigentlich alles den Nonnen geben, aber du weißt ja selbst, daß die unheimlich knickerig sein können.«

Also, Tim hat gelegentlich schon mal ein bißchen über die Nonnen rumgewitzelt, aber was Böses hatte ich ihn bis zu diesem Abend nie über sie sagen hören. Ihm lag was auf der Seele, das hab ich gemerkt, und ich hab gesagt, er soll es ausspucken.

»Du weißt ja, daß meine Mutter wollte, daß ich Priester werde«, sagt er. (Das war ein ungewöhnlicher Einstieg, denn Tim hat mir normalerweise nie was von seiner Mutter erzählt.) »Das ist der Traum aller Mütter, zumindest hier in Irland«, sagt er. »Abends ist sie immer in mein Zimmer gekommen, und dann ist jedesmal das gleiche abgelaufen, jeden Abend die gleiche Frage. ›Tim, mcin Kleiner, was willst du mal werden?‹ Und jeden Abend hab ich das gleiche geantwortet: ›Ich werd Priester, Ma!‹ Und dann ist sie immer glücklich und zufrieden schlafen gegangen.«

»Und, willst du Priester werden?« hab ich ihn gefragt, weil ich nicht wußte, was ich sonst sagen sollte, wo er in so einer komischen Stimmung war.

Er hat laut aufgelacht. »Was glaubst du denn, Brigid?« fragte er. Ich hab ihm offen und ehrlich gesagt, wie ich die Sache seh. Ich hab ihm gesagt, er hätte nicht das Zeug dazu.

»Mit diesen Haaren jedenfalls bestimmt nicht«, sagt er und streicht sich die fettigen Strähnen mit den Handflächen nach hinten. Er hatte sie sich in der Woche davor schneiden lassen wie James Dean. Der Schnitt betonte seine Augen, die jetzt aussahen wie große Schlammpfützen nach einer Überschwemmung. Ich hab ihn noch mal gefragt, was mit ihm los ist, denn beim erstenmal hatte er mir ja keine richtige Antwort gegeben.

»Diese Lügen verfolgen mich«, sagt er.

Ich habe versucht, so gut ich konnte, dagegenzuhalten. »Aber du warst doch noch klein damals«, hab ich gesagt. »Du hast das gesagt, was die Leute von dir hören wollten. Manchmal müssen wir das tun. Außerdem wollte deine Mutter doch nur dein Bestes.«

»Mein Bestes!« Er ist mir fast ins Gesicht gesprungen.

Anscheinend hatte ich alles nur noch schlimmer gemacht statt besser, denn jetzt fing er furchtbar an zu schimpfen. »Du und Millionen andere wie du, ihr denkt doch, die Welt dreht sich nur um die Geistlichen«, sagt er. »Ihr macht schon Heilige aus denen, bevor sie tot sind.«

Das hat mir alles gar nicht gefallen, wie Sie sich vielleicht vorstellen können. Was ich da hörte, das war nicht der Tim, den ich kannte. Wobei ich heute sagen muß, daß schon was dran war an dem, was er da sagte. Die Leute aus Derry, besonders die Frauen, haben die Geistlichen ganz schön aufs Podest gehoben. Kein Mann und keine Frau aus Derry wär je an einem Geistlichen vorbeigegangen, ohne ihn zu grüßen.

»Du wirst schon sehen, Brigid. Eines Tages wirst du's sehn«, sagt er zu mir. Und dann hat er mir vorgeschlagen, zur Kathedrale zu gehen und sich da reinzusetzen, denn es war ein eiskalter Abend. »Was wollte Seine Heiligkeit eigentlich von dir?« hat er mich gefragt, sobald wir durch die Tür waren.

Ich hab ihm erzählt, was Mrs. Zachery wollte, und gefragt, ob er irgendwas über diesen Father Mann weiß.

»O ja«, sagt er. »Father Patrick Mann, aus der Waterside. Es heißt, er wär einer von der neuen Priestergeneration.«

Also war es nicht Peter Mann, außer ich hatte den Namen falsch im Kopf.

»Und, wirst du seine Dienerin?« fragt Tim mit einer Miene, als hätte er in eine Zitrone gebissen.

Ich hatte langsam genug von ihm. »Ich mach, was ich will, nur daß du's weißt«, sag ich.

»Wirst du nicht.« Er grinste. »Als nächstes erzählst du mir noch, daß du Nonne werden willst.«

Jetzt mußte ich doch lachen.

»Hast du je ihre Eheringe gesehen, Brigid?« hat er mich gefragt. Er war jetzt richtig in Fahrt. »Wenn ich die bloß seh, läuft's mir kalt den Rücken runter. Meine Schwestern . . .« Er stockte und sagte einen Moment lang gar nichts mehr. »Es macht mir richtig Sorgen, was die Nonnen mit meinen Schwestern machen.«

Einfältig, wic ich damals war, hatte ich keinen blassen Schimmer, wovon er da redete.

»Die Kirche ist einfach gekommen und hat uns einkassiert. Die Priester und Nonnen haben sich abgesprochen, das weiß ich genau. Die können keine eigenen Kinder haben, und deswegen nehmen sie die von anderen Leuten und machen kleine Ebenbilder von sich selbst draus.«

Jetzt ging es aber wirklich mit ihm durch. »Wenn du schon Geschichten erzählst, dann erzähl sie wenigstens richtig«, hab ich zu ihm gesagt. Ich hab eh nicht verstanden, was diese Sorgen wegen seinen Schwestern sollten. Andere Jungs, die auch Schwestern hatten, haben sich nicht so aufgeregt. Wirklich wahr, so wie er sich aufführte, hätte man meinen können, er wär ihr Vater oder so was. Ich hab ihm geraten, alles in Gottes Hand zu legen. »Gott wird sich um euch kümmern!« sag ich.

»Gott!« schnaubt er. »Ich glaub nicht an Gott!«

Na, Sie können sich wohl vorstellen, wie diese Eröffnung auf mich wirkte. Niemand, von dem ich wußte, daß er katholisch war, hatte so was je vor meinen Ohren gesagt. Was zuviel war, war zuviel. Doch als ich aufgestanden bin, um zu gehen, hat er mich wieder zu sich runtergezogen. Er hat ganz verletzt geguckt, wie ein Hund, der zu Unrecht eine Tracht Prügel bekommen hat. Und ich hatte das Gefühl, das war alles meine Schuld.

»Ich will hier raus, Brigid«, sagt er. Richtig gejammert hat er jetzt. Also der Tim, den ich kannte, der hat nie geklagt und gejammert. »Ich will, daß meine Schwestern hier rauskommen«, sagt er. »Bei dir ist das was anderes, Brigid Keen. Du bist schon dein ganzes Leben lang hier. Ich brauch bloß ein kleines Stückchen Land, so wie mein Onkel in Fahan, und ein Haus, in dem wir wohnen können.«

Von dem anderen mal abgesehen – in einem hatte er recht: Mir ging es nicht wie ihm. Ich hab einen Gottvater mit einem menschlichen Gesicht gebraucht, der mich beschützt. Ein Haus oder ein Stück Land oder irgend so was ist mir nie in den Sinn gekommen. Und Tim hat wohl bemerkt, in was für einem Dilemma ich war, das muß ich fairerweise sagen. Er hat nämlich angefangen, das, was er vorher gesagt hatte, wieder zurückzunehmen. Jetzt zeigte der alte Tim wieder sein Gesicht. »Vielleicht hast du recht«, hat er ein paarmal gesagt. »Vielleicht sorgt Gott ja doch für uns.«

Ich hatte keine Ahnung, was ich nach alldem jetzt zu ihm sagen sollte, er war offenbar völlig durcheinander. Also hab ich den Mund gehalten, denn ich hatte Angst, daß er sonst wieder von vorne anfängt. Die Traurigkeit, die schon im Haus vom Bischof über mich gekommen war, ist wiedergekommen, und ich hab gemerkt, wie mir die Tränen in die Augen steigen, allerdings wußte ich nicht, wegen wem oder was ich diesmal weinte. Ich hab's dann auf den Abend geschoben; es war einer dieser stillen Dezemberabende, Sie kennen die sicher auch, an denen man meint, jeden Moment steht man einem Gespenst gegenüber – falls man an Gespenster glaubt. Und in der Kathedrale hätte man eine Stecknadel fallen hören können. Heute weiß ich, daß mein Schweigen in diesem Moment Tim mehr abgeschreckt hat als irgendwas, was ich hätte sagen können. Ich saß auf dem hohen Roß, und er war nicht bereit, mich da runterzuholen. Ich glaub, Tim wär es lieber gewesen, wenn ich ein bißchen rumgewitzelt oder sogar mit ihm geflirtet hätte. Wär ich eins der anderen Mädchen gewesen, dann hätte er jetzt wahrscheinlich versucht, mich zu küssen. Aber er hat nie versucht, mich zu küssen, obwohl ich durchaus Grund hatte zu glauben, daß ich ihm gefiel. Er hatte diesen gewissen Blick – Sie wissen, was ich meine. Aber ich bin ohne ein weiteres Wort gegangen.

Als ich wieder in der Hostienbäckerei war, hat mir richtig der Kopf geschwirrt. Schwester Agnes hat gesagt, ich soll den Teig in der Küchenmaschine im Auge behalten. Während ich so dastand und zusah, wie der Teig im Kreis herumgeschleudert wurde, kam mir der Gedanke, daß der

Leib des Herrn hier doch auf eine ziemlich seltsame Weise seinen Anfang nahm. Normalerweise bin ich nicht auf so komische Ideen gekommen. Aber an diesem Abend konnte ich für nichts mehr garantieren. Nach Annie Zacherys hochmütigem Getue und Tims eigenartigem Verhalten hab ich überhaupt nicht mehr gewußt, wo mir der Kopf steht. Ich war es damals wohl einfach nicht gewohnt, viel zu denken oder zu fühlen. Wirklich, das war so. Das Leben in Haus Bethel verlief meistens ziemlich gleichförmig, und ich hatte mich an die Ruhe in meinem Kopf gewöhnt und war's zufrieden so. Aber ab und zu, so wie an diesem Abend, kam es vor, daß mich irgend jemand völlig aus der Fassung brachte. Gott, wie ich das gehaßt hab. An diesen Tagen war ich wie ausgewechselt. Ich hatte das Gefühl, ich wär besessen, so wie diese Leute, von denen man in der Bibel liest. Ich hab diese Heimsuchungen gefürchtet wie meine Periode. Sie waren genauso unbequem und, wie ich damals fand, überflüssig.

Ich hab einfach nicht eingesehen, wozu ich eine eigene Meinung oder Gefühle haben soll, wenn ich dadurch bloß in Schwierigkeiten gerate. Die wenigen Male, wo ich den Mund aufgemacht hab, haben sie mir dafür fast den Kopf abgerissen. (Ich weiß noch, daß Schwester Gabriel mal fuchsteufelswild wurde, als ich gesagt hab, ich fände das Kloster deprimierend.) So hab ich gelernt, meine Zunge zu hüten. Wie es in den Sprüchen heißt: »Wer seinen Mund bewahret, der bewahret sein Leben; wer aber mit seinem Maul herausfährt, der kommt in Schrecken.« Und meine Gefühle hab ich genauso zu beherrschen gelernt; ich war nämlich jähzornig. Gott, war ich jähzornig. Ich weiß noch, daß ich einmal besonders wütend auf Schwester Marie-de-Lourdes war, als sie mich im Sommer nicht zur Fountain gelassen hat. (Die Jugendlichen aus der Bishop Street und der Carlyle Road waren da an den langen Abenden oft.) Was für einen Haß ich in mir hatte! Das darf ich wirklich keinem erzählen. In solchen Momenten hatte ich Angst vor mir selbst, denn ich konnte nie vergessen, daß das Blut eines Mörders durch meine Adern floß. Aber hinterher hab ich dann immer genauso heftige Schuldgefühle gehabt. Ich hab sogar die Idee entwickelt, daß ich schon allein durch den Wunsch, so zu leben, wie ich es will, dem Teufel meine Seele in den Rachen werfe. Natürlich waren diese Schuldgefühle damals sehr praktisch, denn sie haben mich davon abgehalten, einfach zu tun, was ich will, und dadurch mit den Nonnen aneinanderzugeraten. Ich hatte meine eigenen Methoden, meine Wutanfälle in den Griff zu kriegen. Meistens hab ich mich allein irgendwohin zurückgezogen. Auch Beten hat genützt – nicht daß es von Herzen gekommen wäre. Aber es hat mich vom Nachdenken abgehalten, und das war die Hauptsache. Wenn die üblichen Ave Marias und Glorias nichts geholfen haben, hab ich sie rückwärts in Reimen aufgesagt. Inzwischen hat mir jemand erzählt, daß die Teufelsanbeter auf diese Weise den Teufel herbeirufen. Im Laufe der Jahre habe ich da ganz schön Übung drin gekriegt. Aber in erster Linie hab ich mir in solchen Momenten auf die Zunge gebissen und drauf gewartet, daß es vorbeigeht. Auf die meisten Probleme in Haus Bethel war Schweigen die beste Antwort.

Als ich älter wurde, sind meine Wutanfälle seltener geworden. Nach einer Weile wußte ich überhaupt nicht mehr, was ich dachte oder fühlte, oder ob ich überhaupt etwas dachte oder fühlte. Man kann wohl sagen, daß ich in Haus Bethel ein behütetes Leben geführt hab. Natürlich hab ich dafür bezahlt – mit Langeweile.

Haus Bethel hat mich zur Träumerin gemacht. Ich hab das noch nie einem anderen Menschen anvertraut, nicht mal dem Priester bei der Beichte. Es war, als würde ich tagsüber schlafen und erst nachts aufwachen, wie ein Vampir. Das Problem war bloß, daß meine Träume dazu neigten, ein unangenehmes Eigenleben zu entwickeln. Ich erinner mich noch an eine ganz schlimme Zeit, als ich nur meinen Kopf aufs Kissen zu legen brauchte, und schon hab ich meinen Vater vor mir gesehen – das heißt, jemand, den ich für meinen Vater hielt, denn ich hatte den Mann bis dahin noch nie gesehen. Er hatte jedesmal ein anderes Gesicht, aber ich wußte trotzdem, daß er mein Vater war. Ungefähr zur gleichen Zeit haben mich auch Bilder, fast wie Schnappschüsse, vom Grab meiner Mutter geplagt. Die haben mir keine Ruhe gelassen.

Schon eine ganze Weile wanderte ich Nacht für Nacht in den gleichen Träumen rum. Mein Hirn war völlig ausgehungert nach neuen Gesichtern, neuen Orten, nach neuen Vorstellungen, wer oder was ich sein könnte – und wenn auch nur im Traum. Ich hatte die alten Träume bis auf die Knochen abgenagt. Auch die paar Romane, die es in Haus Bethel gab, haben mir nicht weitergeholfen. Die waren für mich alle wie überreiche Mahlzeiten – entweder zu fett oder zu exotisch. Ich sehnte mich nach was Schlichterem.

Als der Tag gekommen war, an dem ich im Haus vom Bischof aushelfen sollte, bin ich zur Frühmesse gegangen, damit ich hinterher genug Zeit hatte, um mich zurechtzumachen. Der Himmel war leuchtend orange an diesem Morgen, das weiß ich noch, und der Boden war von Rauhreif überzogen. Solche Tage sind mir immer richtig zu Kopf gestiegen. Meine einsamen Schritte hallten über den gepflasterten Platz, als ich zur Kirche lief, und ich hab mich beeilt, um dem heißen Atem zu entkommen, der vor meinem Gesicht hing. Ich fühlte mich zu lebendig. Meine Nerven spielten verrückt. Es war eine richtige Erleichterung, das sanfte Licht der Kirche zu erreichen und die Stille dort. Der Geruch der brennenden Kerzen hat mich beruhigt. (Ich mag diesen Geruch immer noch sehr gern.) Und von den Wänden rundum guckten die Statuen des heiligen Petrus, des heiligen Josef und der Jungfrau Maria auf mich runter. Als ich dann selbst zu ihnen hochgeschaut hab, schien sich allerdings die Lebendigkeit, die ich draußen gespürt hatte, auf sie zu übertragen, und ich hab in ihren Gesichtern nicht mehr die Gelassenheit gesehen, die man mich zu sehen gelehrt hatte, sondern unterdrückte Trauer. Man müßte sie nur aus der Kirche herausholen, hab ich mir gedacht, und dann würden ihre Schreie die ganze Stadt erfüllen. »Ich heule, aber meine Hilfe ist ferne.« Dieser Satz aus der Bibel ist mir ganz plötzlich in den Sinn gekommen. Es kam mir vor, als ob die Kirche auf die Statuen die gleiche Wirkung hatte wie auf mich, nämlich die von einem Vakuum. Sie hat ihre Schreie erstickt.

Ich hab wohl gemerkt, daß mir mein Kopf an diesem Morgen keine Ruhe lassen würde. Also hab ich mich abgelenkt, indem ich die paar Leute beobachtet hab, die nach mir eingetrudelt sind. Am Mittelgang haben sie sich aufgeteilt, die Männer sind zur Männerseite rüber und die Frauen zur Frauenseite. Ein tattriger alter Mann hielt seinen Kopf so gesenkt, daß ich mir dachte, der muß irgendeine furchtbare Sünde begangen haben. Er hat das Knie gebeugt, sich bekreuzigt und sich dann in eine der hinteren Bänke geschoben. Nach ihm ist eine junge Frau reingekommen und dreist auf ihren Pfennigabsätzen den Gang entlanggeklackert. Die Tür zur Sakristei ist aufgegangen und der Bischof, der sonntags für gewöhnlich die Frühmesse abhält, ist zum Altar gelaufen, vor sich sechs Ministranten. Zusammen haben die ausgesehen wie ein Sechsspänner. Die Ministranten waren alle Neulinge und wurden gerade eingelernt. Eingelernt werden hieß, daß sie zwölf Wochen hintereinander in der Frühmesse ministrieren mußten. Der kleinste Junge, der ganz vorne ging, hat sich die Faust in den Mund gesteckt, um ein Gähnen zu unterdrücken, und der Junge hinter ihm ist über den Teppich gestolpert, als er den Arm ausstreckte, um ihm einen Schubs zu geben. Sobald sie sich alle am Altar aufgestellt hatten, hat der Bischof dem Jungen, der gestolpert war, ein Zeichen gegeben, daß er die Adventskerze anzünden soll. Der Junge hat ein Wachslicht angezündet und sich am Altar vorbei auf den Weg gemacht. Alle haben zugeguckt und befürchtet, die Kerze könnte unterwegs ausgehen. Und auf halber Strecke ist sie tatsächlich ausgegangen. Der arme Bub. Er mußte wieder zurück und noch mal von vorn anfangen. Und der Bischof hat die ganze Zeit mit einem schrecklich beherrschten Gesicht danebengestanden.

Wenn Sie oft genug in der Messe gewesen sind, dann wissen Sie selbst, daß man das Ganze über sich ergehen lassen kann, ohne auch nur ein Wort zu hören. Aber an diesem Tag war das bei mir nicht so. So überreizt wie ich war, hab ich die Messe gehört, als wär es das allererste Mal. Alles, was der Bischof gesagt hat, schien direkt auf mich gemünzt zu sein. Von einem »Neuen«, einem »Erlöser« war die Rede. In den Gebeten sind immer wieder die Wörter »komm, komm« aufgetaucht. Aus der Predigt sind mir die Wörter »dienen« und »beistehen« am besten in Erinnerung. Und aus den Gebeten zur Gabenbereitung erinner ich mich noch besonders an eine Zeile: »Wohl denen, die in deinem Haus wohnen, die loben dich immerdar.« Ich hab sogar einen Hinweis darauf entdeckt, wie ich mich anziehen soll: »Eure Lindigkeit lasset kund sein allen Menschen. Der Herr ist nah.« Ich war wirklich völlig abgehoben. Bestimmt konnte man das auch in meiner Stimme hören. »Laß mich nicht zuschanden werden. Wir beten, daß wir die bevorstehenden Feiertage gebührend ehren werden.« Allerdings glaub ich nicht, daß der Rest der Gemeinde meine Begeisterung teilte. Es kam mir vor, als würde Gott selbst zu mir sprechen, als fände er gut, was ich wollte, und würde es mir gerne geben. Obendrein war der Gesang einfach wunderschön. Dieser eine junge Bursche! Mein Gott! So wie ich mich fühlte, hab ich gedacht, der würde selbst die Statuen noch zum Weinen bringen.

Also, es war kein Zufall, daß der Bischof mich gebeten hat, an diesem Sonntag bei ihm im Haus auszuhelfen. (Das hab ich später rausgefunden.) Er hat mich aus einem ganz bestimmten Grund ausgesucht. Er hat dem jungen Father Mann nämlich nicht ganz getraut, wissen Sie. Am Wochenende davor war Father Mann beim Rumstrawanzen – das Wort stammt vom Bischof, nicht von mir – mit ein paar Jungs und Mädels aus der Gemeinde von Long Tower gesehen worden. Falls er also, wie es schien, ein faules Ei war, dann wollte der Bischof ihn schnell loswerden, bevor er alles verdarb. Und konnte man ihn nicht am besten auf die Probe stellen, indem man ihn in Versuchung führte? Ich war der Köder. Der Bischof ließ mich an diesem Sonntag kommen, um mich Father als Haushälterin anzubieten. Allerdings hätte ich das viel eher kapieren sollen, denn es waren meistens die häßlichen Entlein, die als Haushälterinnen für die Priester ausgewählt wurden, und nicht die hübschen Mädels, die womöglich irgendwann weglaufen und heiraten würden.

Ich hab allerdings schon was hergemacht an dem Tag, das muß ich sagen. Das Kleid, das ich anhatte, war violett, mit kleinen roten Röschen drauf und einem schneeweißen Kragen. Um meine Wangenknochen zur Geltung zu bringen – die waren das Beste an meinem Gesicht –, hab ich mir die Haare mit einer lila Schleife straff nach hinten gebunden. Die Nonnen ließen uns nie Make-up benutzen. Also hab ich statt dessen ein kleines bißchen Farbe, das ich aus dem Spielzimmer geklaut hatte, auf meinen Lippen und Wangen verrieben. Allerdings nicht so viel, daß es auffiel. Ich wollte nicht die Aufmerksamkeit auf mich lenken.

Annie Zachery war gerade dabei, das Huhn mit Fett zu übergießen, als ich in die Küche kam. (Diesmal hatte ich daran gedacht, hintenrum zu gehen.) »Du hast dich ja rausgeputzt wie zum Tanzengehen«, hat sie gesagt und mich abschätzig gemustert. Die hat geguckt, als wollte sie mir gleich den Kopf abreißen. »Haben die Nonnen dir denn gar nichts beigebracht?«

Ich zog den Kragen von meinem Kleid hoch.

»Na ja, das muß jetzt auch so gehen«, sagt sie und drückt mir eine dreckige alte Schürze in die Hand. Ich konnte Bratensoße, Marmelade und Ketchup darauf ausmachen – mindestens. »Die hat der alten Köchin gehört, die jetzt tot ist. Aber für dich reicht sie allemal.«

Die Schürze war so riesig, daß ich darin wie ein kleines Mädchen ausgesehen hab.

Es kamen sechs Leute zum Essen, den Bischof eingeschlossen. Annie zufolge war Father Mann der einzige, der noch nicht aufgekreuzt war. Die anderen waren alle früher gekommen, da sie wußten, wie es der Bischof mit der Pünktlichkeit hielt, sie saßen oben in der Bibliothek. Die große Uhr über der Küchenuhr schlug eins.

»Lauf hoch und frag den Bischof, ob er jetzt zu Mittag essen will«, hat Annie gesagt.

Mir hat das Herz bis in den Hals geklopft vor Angst. Ich hab an den Schürzenbändern gezerrt, um sie aufzukriegen, aber sie haben sich nur noch mehr verknotet.

»Du bist schön genug so!« hat Annie geraunzt und mit der Hand Richtung Bibliothek gewedelt. »Die da oben interessieren sich doch keinen Deut dafür, wie du aussiehst.«

Ich mußte ein bißchen suchen, bis ich vor der Bibliothek stand. Gleichzeitig hatte ich Angst, daß plötzlich jemand vor mir stehen könnte. Und die ganze Zeit hab ich weiter versucht, die Knoten an meiner Schürze aufzukriegen. Ich war so durcheinander, daß ich gar nicht groß auf das Haus geachtet hab. Aber eins kann ich Ihnen sagen: Es hatte keinerlei Ähnlichkeit mit Haus Bethel oder dem Konvent. (Inzwischen ist mir der Gedanke gekommen, daß in den meisten Kirchen zwischen dem Altar und dem Mittelschiff genauso ein Unterschied besteht.) Es war richtig vornehm. Überall gab es Samtvorhänge und Stühle mit geschwungenen Beinen und Perserteppiche. Und die Türknäufe haben so geglänzt, daß man sein Gesicht drin sehen konnte. Nicht daß man sein Gesicht je so hätte anschauen müssen, denn es gab jede Menge Spiegel. Und alle Räume waren riesig und hell. Alles war voller Licht.

Gott, ich muß ein komisches Bild abgegeben haben an dem Tag, wie ich da in der Tür zur Bibliothek stand, denn ich hab meine Schürze hinter dem Rücken zusammengehalten und mein Gesicht hat geglüht vor Scham. Ich schwör's, ich hätte meine Seele dafür gegeben, in diesem Moment unter einem Zauberumhang verschwinden zu können. Drinnen im Zimmer war es richtig gemütlich. Der Bischof und seine Priesterfreunde saßen da und haben geraucht und Whiskey getrunken. Mir hat ja schon ein Priester allein angst gemacht. Aber fünf auf einmal! Ich hab kein Wort rausbekommen, sosehr ich mich auch bemüht hab. Fünf Augenpaare haben mich angestarrt; bestimmt haben die alle gehofft, daß ich endlich meinen Auftrag ausführe und wieder verschwinde. Es ist verrückt, woran das Auge in so einem Moment hängenbleibt. Ich hab auf den behaarten Knöchel des Bischofs gestiert. Über der einen Socke waren gut fünfzehn Zentimeter von seinem Bein zu sehen, denn er hatte die Beine übereinandergeschlagen und sich auf seine typisch affektierte Art im Sessel zurückgelehnt. Sein Bauch hing schlaff nach unten, und seine Hose hat über den Oberschenkeln gespannt. Der Bischof hatte einen kugelrunden Kopf, aus dem hier und da ein paar Haare sprossen. Und ein richtiges Mopsgesicht hatte er.

»Nun, Brigid?« hat er gesagt. So eine schöne Stimme hätte man ihm nie zugetraut, so wie der aussah. Ich hab gespürt, wie mich die kleinen schwarzen Punkte in der Mitte seiner Augen durchbohren, aber ich hab immer noch kein Wort über die Lippen gebracht. »Schweigsamkeit ist die größte Tugend einer Frau«, hat er gesagt und sein künstliches Lächeln aufgesetzt. Gleichzeitig hat er den Kopf ein bißchen geneigt, als könnte er mich so besser hören, genau wie er es bei der Beichte immer gemacht hat. Ich mußte etwas sagen.

Also hab ich gesagt: »Mrs. Zachery will wissen, ob sie das Essen auftragen soll.«

Er hat angestrengt vor sich auf den Boden geguckt, um den Eindruck höchster Konzentration zu erwecken. Ich hab die Gelegenheit genutzt, um einen schnellen Blick auf seine Freunde zu werfen. Da war einmal Father Jack Fraggart, ein bulliger, selbstbewußter Mann mit einem feuchten Mund und großen Händen. Father Jack, wie die Leute ihn nannten, hatte es sich auf dem Sofa vor dem Kamin bequem gemacht. In der einen Hand schwenkte er lässig ein großes Glas Whiskey, während die andere über die Sofalehne ganz langsam zum Nacken vom jungen Father Bosco rübergewandert ist. Father John Bosco, so hieß er mit vollem Namen, war ein bleicher, schmalbrüstiger Bursche mit dunklen Haaren, der aussah, als wären seine Knochen zu groß für die Haut drumrum. Und große, schöne Zähne hatte er. Aber als er versuchte zu lächeln, hab ich gesehen, wie sein Gesicht nervös zuckte. Mit Father Clerkin, der neben dem Bischof saß, war nicht zu spaßen. (Ich hätte es nie gewagt, ohne Kopftuch zu ihm in die Messe zu kommen.) Und richtig geschniegelt war er obendrein, mit glatten Schuhen, einem glatten Gesicht und den entsprechenden Händen. Er hat nicht sehr entspannt ausgesehen, so wie ihm sein Kragen den Hals zugedrückt hat. Die Haut unter seinem Kinn hing vorn über den Kragenrand runter. Father O'Dowd, der alte Priester, saß ein Stück abseits von den anderen. Er hatte sich auf einen harten Stuhl weit weg vom Feuer gesetzt. Father O'Dowd hab ich nie anders als mit mürrischem Gesicht gesehen. An diesem Tag hatte er seinen sauertöpfischen Blick auf den Bischof gerichtet, nur ab und zu hat er mal runtergeguckt und eingehend seine Fingernägel betrachtet. Er hatte wirklich hübsche Fingernägel. Sie waren rosa und haben geglänzt wie Perlmutt. Da hätte man den Rosenkranz mit beten können. Bevor der Bischof mir antworten konnte, klingelte es an der Tür.

»Das wird der junge Father Mann sein«, sagt er mit veränderter Stimme. »Sag Mrs. Zachery, sie soll sofort das Essen auftragen.« Ich hatte gerade auf dem Absatz kehrtgemacht, als mir der junge Father Mann, wie der Bischof ihn nannte, entgegengestürmt kam. Ich hab ihn zuerst gar nicht für einen Priester gehalten, weil er grau angezogen war, nicht schwarz wie die anderen, und weil sein Pullover den Kragen verdeckte. Er hatte seinen Mantel unterm Arm und die Hosenklammern noch nicht abgenommen. Obwohl ich mir sicher war, daß ich ihn noch nie gesehen hatte, kam er mir völlig vertraut vor. Er schien ein sanfter, empfindsamer Mensch zu sein.

»Moment!« hat er gesagt, und bevor ich es verhindern konnte, hatte er meine Schürzenbänder in der Hand. »Die sind ja völlig verwurschtelt. Komm, ich helf dir.«

Sie können sich vielleicht vorstellen, wie ich mich gefühlt hab, als ich da stand vor all den Priestern, während einer von ihnen versuchte, meine Schürze aufzuknoten. Ich wär am liebsten im Boden versunken. Er stand so nah bei mir, daß ich seine Zahncreme riechen konnte und Rasierwasser und Schweiß, und auf meinen Händen hab ich seinen warmen Atem gespürt, denn ich hielt immer noch die Schürzenbänder fest. Ich hab auf seinen schwarzen Schopf runtergeguckt. Er hatte lange Haare, die mal hätten gekämmt werden müssen. Als er mir sein Gesicht zuwandte, hab ich gesehen, daß er große, leuchtendblaue Augen hatte. Und vom Radfahren hatte er ganz rote Backen. Er kam gerade von der Waterside, wo er sein erstes Seelenamt gehalten hatte. Nach seinem Lächeln zu urteilen, hat ihn das allerdings nicht weiter belastet. Er entschuldigte sich für seine Verspätung. Die Worte sind ihm nur so aus dem Mund gesprudelt, wie Wasser aus dem Wasserhahn, und er hatte einen richtig hübschen Akzent. (Das ist eine typische Folge von Maynooth, hab ich festgestellt – dort beseitigen sie alle Spuren einer einfachen Herkunft, so wie die Taufe alle Spuren der Erbsünde beseitigt.) Weder der Bischof noch sonst einer hat ihm geantwortet. Es war klar, daß der Bischof vor Wut schäumte.

Father Mann richtete sich auf und zerrte so heftig an seinem Kragen, daß ich gedacht hab, er würde ihn noch abreißen.

»Vielleicht können wir jetzt endlich zu Mittag essen«, hat der Bischof gesagt und mir einen strengen Blick zugeworfen.

»Ein hübsches Mädchen ist das«, hab ich Father Mann sagen hören, als ich die Treppe zur Küche runterging. Das sollte bestimmt ein Witz sein, aber offenbar fand ihn keiner von den anderen lustig, denn danach war es erst mal furchtbar still.

Meine Aufgabe bestand darin, zwischen den einzelnen Gängen den Tisch abzudecken, während die Haushälterin das Essen für den nächsten Gang richtete. Sie hatte mir gesagt, daß ich beim Bischof anfangen und mich dann bis zu Father Mann vorarbeiten sollte, der rechts vom Bischof saß. Aber da ich nicht alle Teller auf einmal tragen konnte, kam es öfters vor, daß ich noch mal zurückkommen und Fathers Teller einzeln raustragen mußte. Den Bischof, der eh schon schlechter Laune war, hat das richtig aufgeregt, und als Father Mann aufgestanden ist, um seine Puddingschüssel selbst rauszutragen und mir einen Weg zu ersparen, hat er ihn wieder auf seinen Stuhl zurückgeschoben. »Laß Brigid das machen«, hat er gesagt und mich finster angeguckt. »Du schaffst das ganz gut allein, Brigid, oder?«

Armer Father Mann. Er hatte gar keine andere Wahl, als sich bedienen zu lassen, ob er nun wollte oder nicht. Als ich mit dem Käse ins Eßzimmer zurückkam, fiel mir auf, daß keiner mit ihm redete. Der Bischof hat ihn allerdings genau im Auge behalten, während er Father Clerkin ein Ohr abquasselte. Sie haben sich über die Welle von Festnahmen in der letzten Zeit unterhalten und wie sich die katholische Kirche dazu verhalten soll. Father Mann sah ganz verstört aus. Ich hatte das Gefühl, daß das meine Schuld war, und wollte unbedingt irgendwas zu ihm sagen. Vielleicht ist dem armen Mann erst in diesem Moment klargeworden, daß er nicht mehr sein eigener Herr war. Und es war inzwischen auch nicht mehr zu übersehen, daß der Bischof ihn nicht mochte. Anscheinend (das hat er mir später erzählt) waren sein geistlicher Berater – so nannte der sich, glaub ich – in Maynooth und der Bischof dicke Freunde, und der geistliche Berater hatte dem Bischof gesagt, daß Father Mann sich nicht als Priester eignete. Und zwar deshalb, weil Father Mann das halbe Priesterseminar in Frauenkleider gesteckt hatte, als sie *Piraten* aufführen wollten.

Ich hab gerade den Tee eingeschenkt, da dreht sich der Bischof zu Father Mann um und fragt ihn: »Patrick, was hielten Sie denn von Brigid als Haushälterin?«

Na, ich hab gar nicht gewußt, wo ich hingucken soll. Und Father Mann, der Gute, der war genauso platt wie ich. Wenn Sie mich fragen, dann war der arme Mann nie auf die Idee gekommen, daß er eine Haushälterin brauchen könnte. Aber der Bischof war einer von der alten Schule und fand, daß jeder Priester eine Haushälterin haben sollte. Ulkig eigentlich, wenn man sich überlegt, wie streng die katholische Kirche ist, wenn ein Mann und eine Frau unter demselben Dach leben, ohne verheiratet zu sein. Aber der Bischof hatte da keine Bedenken. Im Gegenteil, viele von den Mädchen aus Haus Bethel hatte er selbst vermittelt.

»Das kommt ganz auf Brigid an«, sagt Father Mann zum

Bischof. Und dann haben alle mich angeguckt. Das heißt, alle außer Father Mann. Der arme Father hat versucht, einen Keks zu retten, den er zu lange in seinen Tee gehalten hatte. So verwirrt war er.

»Brigid macht nicht viele Worte«, hat der Bischof gesagt und mich angegrinst. »Spricht für sie, finde ich.«

»Aber bist du denn auch gläubig, Brigid?« Father Jack hatte beim Essen einen über den Durst getrunken und wollte mich aufziehen. Die haben bestimmt alle gewußt, daß ich regelmäßig zur Beichte und zur Kommunion geh und jeden Sonntag zur Messe. »Eine Frau, die nicht gläubig ist, ist wie ein Whiskey ohne Soda«, sagt er dann, »schwer zu genießen.«

Wenn Blicke töten könnten! Der Bischof hat Father Jack so böse angeguckt, daß der sich an seinem Feixen fast verschluckt hätte. Und seinen Spruch hätte der Bischof ihm bestimmt am liebsten gleich auch noch hinterhergeschoben, wenn er nur gewußt hätte wie, da bin ich mir ganz sicher. »Wie sieht's aus, Brigid?« wollte er dann von mir wissen.

Was sollte ich schon sagen? Ich hab mich geschmeichelt gefühlt, daß er mich überhaupt gefragt hat. Außerdem war es damals in Derry für eine katholische Frau furchtbar schwierig, eine gute Stelle zu kriegen, und ein Dach über dem Kopf war auch nicht so leicht zu finden. Und ich bekam beides auf einmal auf dem Silbertablett präsentiert. Es wär schlichtweg undankbar gewesen abzulehnen. Und da ich aus Haus Bethel kam, hatte ich zudem das Gefühl, daß ich es ohnehin jedem Priester, der mir so was anbot, schuldig gewesen wäre. »Ganz wie Sie wollen«, hab ich also zum Bischof gesagt. Und so bin ich Fathers Haushälterin geworden.

Zweites Kapitel

Ich kann Ihnen sagen, die Frauen in der Gemeinde waren verrückt nach Father. Jede Entschuldigung war ihnen recht, und zur Not haben sie sogar eine erfunden, damit sie zu ihm konnten. Das war auch kein Wunder, er war wirklich ein guter Mann. Ich erinner mich noch, wie eine Frau mir mal erzählt hat, Father wär ihr einziger Trost, denn ihr Mann würde sich überhaupt nicht um sie kümmern. »Er interessiert sich richtig für mich«, hat sie gesagt. Ich hab immer zugesehen, wie die Frauen mit strahlendem Gesicht aus seinem Zimmer rauskamen. Und Father hat das auch richtig aufgemuntert, was ich kaum fassen konnte, denn Sie wissen ja selbst, wie Frauen sein können – ständig am Klagen. Er war nach diesen Gesprächen immer in Hochstimmung. Dafür, daß er die Gelübde abgelegt hatte, hat Father ganz schön viele Frauen um sich gehabt, mehr als irgendein anderer Mann in der Gemeinde. Er wußte sie einfach zu nehmen, wie man so schön sagt, auf eine Weise, von der viele andere Männer nur träumen konnten. Vielleicht war es eine Sünde, so zu denken, aber ich hab mir oft überlegt, ob er wohl mal was mit einer Frau hatte, bevor er Priester wurde. Schwestern hatte er keine, das wußte ich. Bloß eine Mutter, und die war tot.

Natürlich hat er nur die anderen Frauen so behandelt, nicht mich. Mich hat er behandelt, als ob ich zum Inventar gehöre. Nach dem ersten Tag konnte ich von Glück reden, wenn er überhaupt mal ein Wort mit mir gewechselt hat. Meiner Ansicht nach war das die Schuld vom Bischof. Hätte ich Father die Schuld gegeben, ich glaub, dann wär ich sofort gegangen. Und das kam nicht in Frage. Das hätte ich nicht ausgehalten. Ich hing nämlich inzwischen richtig an ihm, obwohl ich ihn erst so kurz kannte und er mich so behandelt hat. Ich gehör zu den Menschen, die ganz schlecht loslassen können, wissen Sie. Ich klammer mich mit aller Gewalt an die Leute. Außerdem, wo hätte ich sonst hingehen sollen? Die Nonnen hätten mich nie zurückgenommen. Viele Ehefrauen sind in genau dem gleichen Dilemma, das weiß ich aus den vielen Geschichten, die ich in meiner Zeit als Fathers Haushälterin gehört hab.

Wer überhaupt nichts für Frauen übrig hatte, das war Bischof Cleary. Er hat so getan, als wären sie eine Geißel der Menschheit. Die einzigen, die bei ihm irgendwas zu melden hatten, waren alte Drachen wie Annie Zachery oder wie Molly Devenny, die sonntags nach der Messe immer stundenlang unter den Kreuzwegstationen stand. Ehrenwort, die stand da, als wär sie in Trance – Nase und Kinn ganz komisch nach oben verdreht und in jeder Hand einen Rosenkranz. Nicht daß sie ein Engelsgesicht gehabt hätte oder so was. Ich weiß noch, daß ich einmal nah genug an sie rangekommen bin, um zu sehen, daß auf ihrem Kinn ein zarter weißer Flaum wuchs, wie ein Bart. Und grauslig gelbe Zähne hatte sie außerdem. Aber für hübsche junge Mädels hatte der Bischof nichts übrig. Ich hab doch selbst gesehen, wie er sie behandelt hat. Besonders an ein Mädel erinner ich mich noch – sie war Schauspielerin (wobei die in Derry damals nicht gerade gefragt waren). Sonntag für Sonntag hat er sie vor der versammelten Gemeinde blamiert, weil sie die heilige Kommunion nicht richtig empfangen hat. Je grimmiger er guckte, um so schlimmer wurde es, bis das arme Mädchen schließlich an der Altarschranke in Tränen ausgebrochen ist. Und dieser Mann hat doch glatt weitergemacht, als wär nichts gewesen, und sie einfach da knien lassen. Marie Coll kannte sie und hat mir versichert, daß Bischof Cleary ihr die Kommunion bis an ihr Lebensende verleidet hätte. Keine zehn Pferde würden das Mädel da mehr hinbringen, hat Marie mir erzählt. Obendrein hat sie wegen dieser ganzen Geschichte anscheinend auch noch Krach mit ihrem Vater gekriegt, der sie prompt auf die Straße gesetzt hat. Wenn Sie mich fragen, dann hat Bischof Cleary ganz schön viel Unheil angerichtet. Mich konnte er auch nicht leiden. Das hat man schon an den scheelen Blicken gesehen, die er mir immer zugeworfen hat. Und er hat mich permanent im Haus rumgescheucht. Am Anfang war er wirklich ständig da. Er ist einfach ohne Vorwarnung aufgetaucht. Möge Gott mir verzeihen, wenn ich was Falsches sage, aber so genau, wie *der* Father und mich beobachtet hat, glaub ich, daß er versucht hat, uns bei irgendwas zu erwischen, was wir nicht tun sollten. Stellen Sie sich das mal vor! Nichts hätte Father ferner gelegen. Und das hätte ich dem Bischof auch sagen können, wenn er die Traute gehabt hätte, mich danach zu fragen. Ständig hat er Father im Nacken gesessen. Wirklich wahr, Father war das reinste Nervenbündel, wenn der Bischof da war. Er hat kein Wort zu mir gesagt und mich nicht mal angeguckt, weil er Angst hatte, der Bischof würde das falsch verstehen und sich irgendwas zusammendichten.

Zu Bischof Cleary sind die Frauen nie gegangen, so wie sie zu Father Mann oder Father Bosco gingen. Erst mal war es nicht gerade einfach, überhaupt an Annie Zachery, der alten Wetterhexe, vorbeizukommen. Außerdem gibt es Männer, mit denen Frauen einfach nichts anfangen können, und Bischof Cleary war so einer. Allein sein Aussehen war schon abschreckend genug. Ich bin mir sicher, daß er das alles genau wußte. Und statt zu versuchen, sich zu bessern, hat er seine schlechte Laune an den Frauen ausgelassen. Allerdings hat er nicht nur den Frauen das Leben schwergemacht. Auch Father und anderen Männern, die ähnlich gut mit Frauen umgehen konnten, hat er das Leben schwergemacht. Was er selbst nicht haben konnte, das sollte auch kein anderer haben, wenn er es irgendwie verhindern konnte. Father Mann, der Gute, hat wirklich mehr als seinen Teil einstecken müssen. So wahr mir Gott helfe – selbst wenn der Bischof nicht im Haus war, schien uns sein wachsamer Blick aus dem Mauerwerk zu verfolgen. Ich wünschte bloß, Father hätte sich zur Wehr gesetzt; schon zu seinem eigenen Wohl, wenn nicht zu meinem. Denn kaum hatten Father und ich uns eingerichtet – damit fing es an –, hat der Bischof ihm befohlen, sich die Haare schneiden zu lassen. Gott, ich war wirklich stinksauer, denn wie gesagt, Father hatte richtig schöne Haare. Aber damit hat sich der Bischof noch nicht zufriedengegeben. Als nächstes hat er Father verboten, weiter seinen hübschen blauen Anorak zu tragen. Und ich werd nie den Abend vergessen, als Father zum ersten Mal ganz in Schwarz nach Hause kam. »Ist jemand gestorben?« hab ich ihn gefragt. Von seinem Fahrrad mußte er sich auch trennen. Innerhalb von einem Monat – ich lüge nicht – hat er ausgesehen wie alle anderen Priester in der Gemeinde. Es ist mir echt nahegegangen.

Aber Unkraut vergeht nicht, wie es so schön heißt. Father hat immer noch gut ausgesehen und die Frauen zu nehmen gewußt, und daran konnte der Bischof auch bei aller Mißgunst nichts ändern. Ich kannte mindestens ein Dutzend Frauen aus der Gemeinde, die von Father völlig hingerissen waren. Aber für eine galt das ganz besonders. Mary Bosco hieß sie. Sie war die Zwillingsschwester von Father Bosco, und die beiden glichen sich wie ein Ei dem anderen. Father kannte die beiden schon seit seiner Kindheit. Einmal, als er ein bißchen was getrunken hatte, hat er mir erzählt, daß er wegen Marys Bruder überhaupt erst hatte Priester werden wollen. Auch Mary hat große Stücke auf ihren Bruder gehalten. Das hat man schon daran gesehen, wie sie ihn immer angeguckt hat. Aber Father hatte nicht nur deshalb was für Mary übrig, weil sie Father Boscos Schwester war. Sie war damals eins der attraktivsten Mädchen in ganz Derry und obendrein auch noch gescheit. Sie hatte lange schwarze Haare, die ihr bis zur Taille gingen, und war immer viel schicker angezogen als alle anderen Frauen in der Stadt. Angeblich hat sie ihre Kleider in England gekauft, denn da hat sie studiert. Damals haben nur wenige Leute aus Derry studiert, und wenn, dann höchstens an der Queen's University. Das war also auch noch was Besonderes an Mary. Daß da irgendwas Seltsames im Gang war, hab ich zum ersten Mal an einem Abend zu Beginn der Fastenzeit bemerkt. Ich hatte gerade Fathers Abendessen vor ihm auf den Tisch gestellt, als jemand laut an die Tür klopfte. Es war Mary Bosco, und ich hab an ihrem verängstigten Gesichtsausdruck gleich gemerkt, daß was nicht stimmt. Mary kam regelmäßig bei Father vorbei, und ich hab da nicht groß was dran gefunden, weil sie eben war, wer sie war. Father hat ihr immer genausoviel Zeit gewidmet wie allen anderen, nicht mehr und nicht weniger – bis zu diesem Abend, an dem die beiden erst nach Mitternacht aus seinem

Arbeitszimmer rausgekommen sind. Sie waren volle vier Stunden da drin gewesen, was immer sie da auch gemacht haben, und Fathers Abendessen war inzwischen ungenießbar geworden. Als ich ihn gefragt hab, ob er was anderes will, hat er mir fast den Kopf abgerissen. Bei meiner Seele, so zornig hatte ich ihn noch nie erlebt. Er hat die Fäuste geballt, als wollte er gleich jemand umbringen. Ich hab mir gedacht, diese Mary Bosco hat ihn wohl den letzten Nerv gekostet. Es war mir nicht entgangen, daß Father im Flur kein Wort mit ihr geredet hatte, als sie ging, was für ihn völlig ungewöhnlich war, denn normalerweise war er immer munter am Plaudern mit den Leuten. Er hat oft zu mir gesagt, daß er sich gern in heiterer Stimmung von seinen Besuchern verabschiedet, damit sie dann auch in dieser Stimmung nach Hause kommen. Aber nicht an diesem Abend. Hinterher hat er natürlich versucht, so zu tun, als wär alles in bester Ordnung, aber mir konnte er nichts vormachen.

Kurz nach dem Abend, von dem ich gerade erzählt hab, hab ich gehört, daß Mary in England so 'nen Asiaten geheiratet hat, mit dem sie auf dem College war. Vielleicht ahnen Sie ja, was die Leute sich erzählten, und wenn ich richtig rechne, war an der Geschichte auch was dran, denn Mary hat noch im selben Jahr im August ein Baby gekriegt. Ich mußte annehmen, daß Father sich deswegen so aufgeregt hatte, obwohl ich es kaum glauben konnte, denn er hatte doch ständig mit irgendwelchen jungen Mädels zu tun, die sich in die gleiche mißliche Lage gebracht hatten. Aber ich hab keiner Menschenseele ein Sterbenswörtchen davon erzählt, und Father hat Marys Namen sehr lang nicht mehr in den Mund genommen. Trotzdem, man mußte nur mal seinen Gesichtsausdruck sehen, wenn jemand anders ihren Namen gesagt hat.

Nachdem sich die Aufregung etwas gelegt hatte, ist Mary wieder nach Derry gezogen. Die Leute haben einen großen Bogen um sie gemacht, selbst die, die früher mit ihr befreundet waren. Fairerweise muß ich allerdings sagen, daß Mary schon immer ein komischer Vogel war und daß keiner, außer vielleicht ihr Bruder, aus ihr schlau wurde. Irgendwie fanden wir es wohl alle seltsam, daß ein Mädchen aus unserer Gegend mit so 'nem Schlitzauge verheiratet war. Und das kann man uns auch nicht verdenken. Das müssen Sie schon verstehen. Damals hat man so was einfach nicht gemacht.

Der Ehealltag hatte auch bei Mary seine Spuren hinterlassen, so wie bei den meisten Frauen. Manchmal hab ich sie morgens, wenn ich auf dem Weg zur Messe war, mit einem Kinderwagen die Fountain Street entlanggehen sehen. Sie hatte inzwischen drei Kleine, zwei im Kinderwagen und eins, das hinter ihr herdackelte. Wenn ihr Mann (Mennas hieß er, allerdings haben ihn die Leute bei uns einfach Schlitzauge genannt) überhaupt mal dabei war, dann ist er immer gut drei Meter vor ihr hergelaufen. Sie hatte ihre wunderschönen Haare abgeschnitten. Und so manches Mal hab ich gedacht, so wie die aussieht, hat sie letzte Nacht bestimmt in ihren Kleidern geschlafen. Und dicke Ringe hatte sie unter den Augen. Sie war ungefähr seit einem Jahr zurück und gerade in eine Wohnung im Rossville gezogen, als sie wieder mit ihren Besuchen bei uns anfing. Sie ist alle drei Monate vorbeigekommen, zuverlässig wie ein Uhrwerk, wenn sie ihren Mann und ihre Kinder einfach nicht mehr ertragen konnte, und hat ihren Kummer bei Father abgeladen. Von der Küche aus konnte ich hören, wie sie schimpfte und jammerte und sich die Seele aus dem Leib weinte. Ich fand es erstaunlich, daß sie sich das getraut hat. Ich bin nie zu Father gerannt, ganz egal, wo mich der Schuh drückte. Father hatte natürlich eine Engelsgeduld. Ich nehm an, das war kein Problem, solang er ihr nur alle drei Monate einmal zuhören mußte. Aber dann kam sie öfter, und zu jeder Tages- und Nachtzeit. Das hat Fathers Tagesablauf ziemlich durcheinandergebracht. Also, ich hab mich ja normalerweise in Gemeindeangelegenheiten nicht eingemischt. (Das hab ich nicht gewagt.) Aber trotzdem hab ich schließlich irgendwann zu Father gesagt, daß er sich Mary vom Hals schaffen muß. Ich hab ihm gesagt, daß er dem Mädel keinen Gefallen tut. Sie ist doch bloß immer abhängiger von ihm geworden. Um ehrlich zu sein, ist mir das richtig nahegegangen – zu sehen, wie er oder auch irgendein anderer Mann einfach so für selbstverständlich genommen und ausgenutzt wird. Manche Frauen sind dermaßen egoistisch! Ich war dann auch froh, daß ich was zu ihm gesagt hatte, denn Father sah richtig erleichtert aus. »Du hast recht, Brigid«, sagt er. »Ich kann wirklich nichts mehr für sie tun. Sie hat sich ihre Suppe selbst eingebrockt, und jetzt muß sie sie auch auslöffeln.« Das waren seine Worte. Und wenn sie das nächste Mal vorbeikam, das haben wir vereinbart, dann sollte ich ihr sagen, daß er nicht da war. (Father gehörte zu den Menschen, die nicht gern nein zu jemand sagen.) »Vielleicht geht sie dann ja nach Hause und redet mit ihrem Mann«, hat er gemeint.

Nicht sehr wahrscheinlich, hab ich mir gedacht. Aber das war nicht unsere Sache. Also hab ich den Mund gehalten. Doch gleichzeitig, das muß ich sagen, hatte ich auch Mitleid mit Mary. Wie so viele Ehemänner hat auch ihr Mann sonntags in der Messe nie neben ihr gesessen. Er ist im hinteren Teil der Kirche bei den anderen Männern geblieben, während sie mit den Kleinen allein nach vorne gegangen ist. (Allerdings hat Mary eh gern direkt vor Fathers Nase gesessen.) Das war kein gutes Zeichen, glauben Sie mir. Daran konnte man immer erkennen, welche Paare miteinander auskamen und welche nicht. Außerdem hat Mary sich allein um den Haushalt und die Kinder gekümmert, während ihr Mann jeden Abend beim Billardspielen war, und zwar den ganzen Abend, und samstags war er den ganzen Tag im Wettbüro. Manchmal hab ich sie allein im Brook Park sitzen sehen, wo sie den Kindern beim Schaukeln zugeguckt hat. Ich hab Father das erzählt, einen Tag nachdem er sie weggeschickt hatte. »Die Männer müssen noch viel lernen«, war alles, was er dazu sagte.

Aber wir hatten Mary nicht das letzte Mal gesehen. Nachdem Besuche nicht mehr drin waren, ist sie dazu übergegangen, spätabends anzurufen und stundenlang ins Telefon zu jammern, immer die alte Leier. Nicht daß ich zugehört hätte. Ich hab mir das aus Fathers Antworten zusammengereimt. Nachdem sie mich dann mal vier Nächte hintereinander aus dem Schlaf geklingelt hatte, hab ich ihr gesagt, sie soll nicht mehr anrufen, außer in einem Notfall. »Aber es ist doch ein Notfalll«, sagt sie. »Mein ganzes Leben ist ein Notfall.« Die hatte vielleicht Nerven! Für so ein dummes Geschwätz fehlte mir wirklich die Geduld, besonders um zwei Uhr früh. Also bin ich ziemlich barsch geworden. »Father braucht seinen Schlaf«, hab ich gesagt. Aber sie ließ sich nicht abwimmeln, und so mußte ich Father aus dem Bett holen. Solche Dauerleider gehen mir wirklich auf die Nerven. Die sind ja so was von egoistisch. Und das schlimmste ist, daß man genau aufpassen muß, was man zu denen sagt, denn sie könnten es ja in den falschen Hals kriegen. Und weiß der Himmel, was sie dann tun, aus reiner Bosheit oder weil sie es einem heimzahlen wollen. Aber nachdem ich Mary Bosco fast das ganze Jahr lang mit Samthandschuhen angefaßt hatte, war ich's einfach leid. Ich hatte die Nase gestrichen voll von ihr. Und als sie das nächste Mal abends anrief, hab ich ihr gehörig meine Meinung gesagt. Anscheinend hat das funktioniert, denn sie hat danach nie mehr angerufen.

Für Father und mich war es eine echte Erleichterung, daß jetzt alles wieder seinen geregelten Gang ging. Father hatte gern seine Ruhe, und das konnte man ihm auch kaum verdenken, bei all den Zankereien und Aufregungen, mit denen er sich den lieben langen Tag herumplagen mußte. In was für Schwierigkeiten sich manche Menschen reingeritten haben! Und immer sind sie zum Priester gerannt, genau wie heute noch, damit er wieder alles in Ordnung bringt. Deshalb wollte Father nicht auch noch von mir behelligt werden, wenn er nach Hause kam. (Wobei ich immer richtig darauf brannte, mit ihm zu reden, denn ich war ja den ganzen Tag allein zu Hause. Aber das hab ich mir schnell abgewöhnt.) Er hatte ganz genaue Vorstellungen, wie ich den Haushalt führen sollte, und es sollte immer still im Haus sein. So würden sich die Leute, die zu ihm kamen, wohlfühlen, hat er gesagt. Und sein Abendessen sollte immer pünktlich auf dem Tisch stehen, falls er später noch mal wegmußte. Abends hatte er so eine bestimmte Routine, die ich bald auswendig kannte. Bevor er sich schlafen gelegt hat, ist er durchs ganze Haus gelaufen und hat in allen Zimmern die Stecker aus der Steckdose gezogen. Er hatte furchtbare Angst davor, im Bett zu verbrennen, das hat er mir mal erzählt, als ich vergessen hatte, das Schutzgitter vor dem Kamin hochzuklappen. Jeden Abend hat er auf genau die gleiche Art gebadet. Ich hab ein Weilchen das

Wasser einlaufen hören, und dann hat er exakt fünfzehn Minuten dringesessen. Er ließ die Wanne immer bis zur selben Stelle vollaufen, ein bißchen weiter als bis zur Hälfte. Ich wußte das, weil ich die Wanne am nächsten Tag saubergemacht hab. Danach hat er sich die Zähne geputzt. Es klang immer gleich. Und wenn er aus dem Bad kam, hatte er wieder seine ganzen Priestersachen an, als hätte er sie nie ausgezogen. Er hat seine Schlafzimmertür hinter sich zugemacht und sie vor dem nächsten Morgen nicht mehr aufgemacht, außer wenn er gerufen wurde.

Als ich den Ablauf erst mal richtig drauf hatte, wußte ich genau, was ich tun mußte, um ihn bei Laune zu halten. Ganz gelegentlich ist es mal vorgekommen, daß er mir gesagt hat, wie schön er es findet, daß ich seine Haushälterin bin; das war immer Musik in meinen Ohren. Für diese Momente hab ich gelebt. Ich erinner mich noch an das allererste Mal. Es war im Frühling, im ersten Jahr, als ich für ihn gearbeitet hab. Ich weiß das deshalb noch so genau, weil Tim mich am selben Tag gefragt hat, ob ich mit ihm ausgehen will. Es kommt mir vor, als wär das erst gestern gewesen, wenn ich jetzt daran zurückdenke. Ich war im Garten und hab für Fathers Abendessen Radieschen gepflückt, und plötzlich ist Tim wie aus dem Nichts aufgetaucht. Ich hab hochgeguckt, und da stand er über mir wie der Erzengel Gabriel höchstpersönlich. Eine kleine Vorwarnung hätte auch nichts geschadet, denn meine Arme waren bis zu den Ellbogen mit Erde und Ruß verschmiert. Und meine Kleider haben nach Bleiche und Bratfett gestunken. Das war eine der Sachen, die ich an meinem Leben als Fathers Haushälterin wirklich gehaßt hab: Die ganzen Gerüche aus dem Haus sind an mir hängengeblieben, und solang ich jeden Tag da gearbeitet hab, bin ich sie auch nicht losgeworden. Ich hab immer die Frauen beneidet, die in einer Wolke von teurem Parfüm zu uns gekommen sind. Und Father auch. Kein Tag, an dem er nicht nach Old Spice gerochen hätte. Ein- oder zweimal hab ich selbst ein Parfüm ausprobiert – billiges Zeug, das Marie Coll mir zu Weihnachten geschenkt hatte, aber ich hab mich nie getraut, es zu tragen, es war dermaßen penetrant.

Na ja, jedenfalls hab ich an diesem Tag einen Sicherheitsabstand zu Tim eingehalten und weiter nach Radieschen gebuddelt. Die Erde war voller Würmer. Als Tim gesehen hat, daß ich mich ekle, hat er die Radieschen für mich rausgezogen, denn er hatte vor nichts Angst, was in der Erde rumkroch, nicht mal vor den riesigen roten Käfern, vor denen ich einen richtigen Horror hatte. »Hast du Lust, morgen ins Kino zu gehen?« hat er mich gefragt, als er den Kopf gerade nach unten gebeugt hatte, so daß ich sein Gesicht nicht sehen konnte.

Er hat immer davon geredet, daß ich doch mal mit ihm ins Kino soll, aber so konkret war er noch nie geworden. Und er hat mich ganz schön in Verlegenheit gebracht, das kann ich Ihnen sagen. »Das muß ich erst mit Father abklären«, hab ich gesagt.

Eigentlich mußte ich das gar nicht, aber es war das erste, was mir in dem Moment einfiel.

»Ich hab dich doch nicht gefragt, ob du mich heiraten willst«, sagt er, »bloß ob du mit mir ins Kino gehst.«

Der hatte gut reden! Diese Bemerkung hat mir auch nicht gerade weitergeholfen. Und so wie er jetzt die Fersen in den Lehmboden rammte, war mir klar, daß er langsam wütend auf mich wurde. Irgendwie war es wirklich egal, worüber wir geredet haben, es konnte noch so harmlos sein – früher oder später haben wir uns immer schrecklich in die Wolle gekriegt. Oder er hat furchtbar über jemand anders hergezogen, das war eine ganz üble Angewohnheit von ihm. An diesem Tag hatte es schon gereicht, daß ich Father erwähnte. Ich hatte wirklich gute Lust, ihn hinzuschicken, wo der Pfeffer wächst; ich hatte es satt, daß er sich immer aufführte wie ein verwöhntes Kleinkind. Aber Streit hat die Menschen noch nie weitergebracht, wie Father uns immer predigte. Also hab ich ihm gesagt, ich würde mitgehen, wenn er es noch wollte. So wie ich ihn kannte, bereute er es inzwischen wahrscheinlich schon, daß er mich überhaupt gefragt hatte. Gott, war das ein Querkopf. Abends hab ich Father gesagt, daß ich den nächsten Abend gerne frei hätte. Er war vollkommen überrascht. Außer zum Einkaufen oder um zur Messe zu gehen hab ich das Haus nämlich nie verlassen, wissen Sie, und er hatte sich daran gewöhnt, daß ich jederzeit da war, falls er mich brauchte. Er hat mir ein Loch in den Bauch gefragt, wo ich denn hinwill und mit wem. Ich hab genau gewußt, worauf er hinauswollte. Er wollte wissen, ob ich mit Tim gehe. Möge Gott mir verzeihen, aber ich hab ihn ein Weilchen zappeln lassen, einfach so aus Spaß. Schließlich hab ich ihm aber gesagt, daß ich mit niemand gehe und auch nicht vorhab, mit einem zu gehen, jedenfalls nicht, solang ich für ihn arbeite. »Das ist schön«, sagt er, »denn ich würde nur ungern eine so gute Haushälterin verlieren.« Na, an dem Tag bin ich nur noch so durch die Gegend geschwebt. So was Nettes hatte noch nie jemand zu mir gesagt. Es war ein gutes Gefühl, gebraucht zu werden, besonders von einem, der so gescheit war wie Father Mann und zu dem die Leute so aufblickten.

Aber er war nicht der einzige, der sich auf mich verließ. Father Jack wollte dauernd, daß ich zu ihm rüberkomme und dies und das für ihn erledige, weil er nämlich die meiste Zeit keine Haushälterin hatte. Er hat Haushälterinnen verbraucht als wären es Frühstücksbrötchen. Weiß der Himmel, woran das lag, jedenfalls ist keine länger als drei Monate geblieben. Und er hat immer gejammert, er würde nie finden, was er sucht. Zu allen Tages- und Nachtzeiten hat er mich angerufen und gesagt, er hätte das ganze Haus auf den Kopf gestellt, um irgendwas Bestimmtes zu finden, und ob ich bitte rüberkommen könnte, suchen helfen. Oder er hat mich gebeten, ihm zu helfen, wenn er sonntags die Umschläge aus der Kollekte sortierte oder das Kirchenblättchen druckte. Um ehrlich zu sein, glaub ich, daß er eigentlich bloß ein bißchen Gesellschaft wollte, denn wenn ich rübergekommen bin, wußte er oft schon gar nicht mehr, warum er mich überhaupt zu sich gerufen hatte. Ich hatte den Eindruck, daß Father Jack ein sterbenseinsamer Mensch war, ganz anders als Father Mann, der sich selbst immer genug war. Man sollte meinen, so ein Mann, von dem dauernd jemand was will, würde sich nie einsam fühlen. Aber Father Jack war da anders – was immer das nun auch genau hieß. Jedenfalls hat ihm der Kontakt mit irgendwelchen x-beliebigen Leuten nicht gereicht. Er wollte etwas von den Menschen, was er von den Leuten aus der Gemeinde einfach nicht gekriegt hat. Als Priester war er schon etwas merkwürdig, wenn Sie mich fragen – so wie der getrunken hat und was er alles so von sich gegeben hat. Von den Leuten, die ich kannte, haben nur wenige was mit ihm anfangen können, und ich muß leider sagen, daß das auch für Father Mann galt. Ich erzähl Ihnen jetzt mal was über Father Jack, was Sie vielleicht schockieren wird. Er ist nie zur Beichte gegangen; jedenfalls hat Marie Coll das gesagt. Und Sie wissen ja, die hatte ihre Augen und Ohren überall. Wenn man bedenkt, was für ein Gewicht Father Jack da mit sich rumschleppen mußte, von all den Sünden – kein Wunder hat er getrunken und die Leute immer so vollgequasselt. Marie Coll hat außerdem behauptet, er würde immer einen Schuß Schnaps in den Meßwein tun. Allerdings konnte ich ihm das kaum verdenken. Es muß scheußlich sein, anderen Leuten die Kommunion in den Mund zu legen. In was für Münder er da reingucken mußte! Also, ich wollte das nicht machen. Neunundneunzig Prozent der Leute würde ich nicht mal mit der Mistgabel anfassen. Und ich spreche aus Erfahrung, Sie können mir also glauben. Ich weiß noch, wie ich das erste Mal den Hostienteller für Father gehalten hab, als der Ministrant nicht aufgetaucht ist. Man kriegt ziemlich genau mit, wie die Leute sind, wenn man ihnen so in den Mund guckt, und bei den meisten darf man wahrlich keinen empfindlichen Magen haben. Schon die belegten Zungen von irgendwelchen Krankheiten und der Mundgeruch reichen, um einem den Kontakt mit anderen Menschen ein für allemal zu verleiden. Also, wie gesagt, ich konnte es Father Jack nicht verdenken, wenn er den Meßwein mit Schnaps versetzte. Und dann hatte er noch eine Eigenschaft, die für einen Priester ungewöhnlich war: Er hat immer bemerkt, wenn man ein neues Kleid anhatte oder gerade beim Friseur war. So was gefällt einer Frau natürlich.

Für die übrigen Priester im Umkreis hätten wir Haushälterinnen genausogut drei Köpfe haben können. Allerdings haben dieselben Männer sehr wohl von den Frauen Notiz genommen, wenn es ihnen gerade in den Kram gepaßt hat. Da war zum Beispiel die Sache mit den Wöchnerinnen. Zu meiner Zeit war es noch so, daß eine Frau, die gerade ein Baby gekriegt hatte, die Kirche so lange nicht mehr betreten durfte, bis sie ausgesegnet worden war; ihr Mann dagegen durfte gleich rein. Und bei den Einkehrwochen war es genauso. Die Frauen durften nicht zu denen von den Männern und die Männer nicht zu denen von den Frauen. Aber von diesen Fällen abgesehen, waren die meisten Priester so wie Bischof Cleary. Entweder fanden sie es unter ihrer Würde, Frauen überhaupt zu beachten, oder sie waren viel zu sehr mit ihren eigenen Angelegenheiten beschäftigt, um sich für Frauen zu interessieren. Einmal ist mir das ganz besonders aufgefallen. Es war an dem Tag, als der Erzbischof zu Bischof Cleary zu Besuch kam. Wenn es beim Bischof irgendeine größere Festlichkeit gab, wurde immer erwartet, daß wir Haushälterinnen alle mit anpackten. An diesem Tag hatte kein Mensch was zu mir gesagt, und dann sollte ich plötzlich innerhalb von zwei Minuten los. Father ist einfach so in die Küche reinspaziert gekommen und hat gesagt, daß ich drüben beim Bischof gebraucht werde. Da stand ich nun in meinen alten Klamotten und hab nach Bratfett und was weiß ich noch allem gestunken. Er hat mir nicht mal genug Zeit gelassen, um mir wenigstens kurz mit dem Kamm durch die Haare zu fahren. Jeder halbwegs vernünftige Mann hätte doch gewußt, daß das so nicht geht. Und ich hatte immer geglaubt, daß er die Frauen versteht. Möge Gott mir verzeihen, an diesem Tag hab ich wirklich eine unheimliche Wut auf ihn gehabt. Keine Frau läßt sich gern hetzen, schon gar nicht, wenn es um einen wichtigen Mann geht. Allerdings hab ich mir dann letztlich ganz umsonst so einen Kopf gemacht. Annie Zachery hat nämlich die ganze Aufmerksamkeit auf sich gezogen, und ein häßlicheres und übellaunigeres Weib als die dürfte man selbst in der Hölle kaum finden.

Ich bin übrigens dann an dem Abend mit Tim ins Kino

gegangen. Natürlich wurde es ein echter Reinfall, genau wie ich es vorhergesehen hatte, und wir lagen uns von der ersten Minute an nur in den Haaren. Aus irgendeinem Grund hatte dieser Dickschädel beschlossen, daß mir der Film nicht gefallen würde, und zwar noch bevor es überhaupt losging. Allerdings lag er damit auch nicht ganz falsch. Für Cowboys und Indianer, die sich in irgendwelchen unwirtlichen Gegenden gegenseitig hinterherjagen, hab ich nie viel übrig gehabt. *Rio Grande* hieß der Film, wenn ich mich recht erinnere. Während der ersten Hälfte hat er mich insgesamt dreimal gefragt, ob ich nach Hause will. Zum Schluß hab ich wirklich gedacht, er will mich loswerden. Viel kann er von dem Film selbst auch nicht gehabt haben, denn er war vollauf damit beschäftigt, Popcorn unter seinem Absatz zu zermahlen und die Packung in kleine Stücke zu reißen. Hinterher hat er mich gefragt, wie es mir gefallen hat, und ich hab ihm die lautere Wahrheit gesagt. Nicht daß ich was drauf gegeben hätte, ob der Film gut oder schlecht war. Das war mir egal. Ich wollte einfach mal ausgehen und ein bißchen Gesellschaft haben. Aber das hat er nicht verstanden, und auf dem ganzen Weg die Shipquay Street entlang hat er kein Wort mit mir geredet. Es war offensichtlich, daß ihm was auf der Seele lag. Aber ich war keine Hellseherin, und er mußte schon selbst mit der Sprache rausrücken, wenn er wollte, daß ich oder sonst jemand ihm half. Doch er hat mir nie die Gelegenheit gegeben, ihm zu helfen. Weder an diesem Abend noch sonst irgendwann. Und er wollte auch nicht noch mal mit mir ausgehen, was mich allerdings nicht sonderlich überrascht hat. Er kam nicht mal mehr bei uns vorbei, außer um im Garten zu arbeiten. Und selbst dann hat er sich geweigert, das Haus zu betreten, und ich mußte ihm seinen Tee auf die Straße rausbringen. Das Ulkige ist bloß, obwohl wir nie einer Meinung waren, hab ich Tim schrecklich vermißt.

Kurz danach hat er dann angefangen, als Hausmeister im Waterside Hospital zu arbeiten. Da sind all die Leute mit Tbc hingekommen, und ich hatte wahnsinnig Angst, daß er sich ansteckt. Es kam mir wie eine furchtbare Verschwendung vor, daß er sich ausgerechnet so eine Arbeit ausgesucht hatte, Flure aufwischen und Bettpfannen ausleeren, wo ihm doch eigentlich alles offenstand; er hätte sich bloß dahinterklemmen und ein bißchen mehr Selbstvertrauen haben müssen. Aber er war damals nicht der einzige in Derry mit diesem Problem. Das einzige, was mit Tim nicht stimmte, war, daß er meinte, keiner würde ihm eine Chance geben. Wenn ich doch nur für jedesmal, wo er mir das erklärt hat, einen Penny gekriegt hätte! Und seine Reaktion bestand darin, daß er sich selbst aufgegeben hat, bevor jemand anders ihn überhaupt hätte aufgeben können. Wenigstens darin ist er den anderen zuvorgekommen, wenn schon in nichts anderem.

Ich hab ihn abends immer die Bishop Street hochkommen sehen. Punkt sechs kam er auf dem Rückweg ins Haus Bethel am Pfarrhaus vorbeigeschlendert. Ich hätte die Uhr nach ihm stellen können, wirklich. Er war damals schon über achtzehn und hätte eigentlich längst nicht mehr in Haus Bethel wohnen sollen, sondern in einer eigenen Wohnung. Aber die Nonnen hatten ihm erlaubt zu bleiben, solang seine Schwestern noch dort wohnten. Wobei ihnen das selbst wohl auch entgegenkam, denn wenn man den Gerüchten glauben durfte, dann haben sie dafür eine ganz ordentliche Portion von seinem Lohn eingesackt. Von Marie Coll weiß ich, daß Tim mit leeren Taschen dastand, als die Nonnen schließlich mit ihm fertig waren. Armer

Tim. An manchen Abenden hab ich ihm zugewinkt, aber abgesehen von einem gelegentlichen Kopfnicken hat er nie darauf reagiert. Ich seh ihn noch vor mir, die Hände in den Taschen vergraben und den Blick gesenkt. Immer düster und deprimiert hat er damals ausgesehen. Und im Laufe der Wochen hat sein Gesicht einen verschlagenen, hungrigen Ausdruck angenommen. Er kam mir vor wie ein halbverhungerter Hund, den man auf die Straße gejagt hat. Insgeheim hab ich immer erwartet, daß er auf dem Heimweg vielleicht mal im Pfarrhaus haltmachen würde. Aber er hat es nie getan.

Tim hatte sich verändert. Da er nichts hatte, woran er sich festhalten konnte, hat er sich einfach treiben lassen. Ich war nicht die einzige, der diese Veränderung aufgefallen ist. Keiner, der von ihm sprach, hatte noch was Gutes über ihn zu sagen, außer daß er ein verläßlicher Arbeiter und ein guter Gärtner war, was beides stimmte. Er hatte sich einen richtig schlechten Ruf eingehandelt. Wenn er sich nicht gerade mit jemand gestritten hat, ist er für sich geblieben. Und das hat keinem gefallen. Es hat die Leute irritiert. Die haben ihn nur nach dem äußeren Anschein beurteilt; so sind die Menschen nun mal. Und man konnte es ihnen auch kaum verdenken. Er konnte wirklich garstig sein. Und sie hatten nur eine Möglichkeit, ihm das heimzuzahlen, nämlich indem sie ihm die kalte Schulter zeigten. Ich dagegen, ich wußte Bescheid. Ich wußte, daß mehr in Tim steckte, und war entschlossen, die erstbeste Gelegenheit zu nutzen, um ihn auf die ganze Sache anzusprechen. Blöd wie ich war, hab ich immer noch geglaubt, daß er auf mich hören und nett zu den Leuten sein würde, statt weiter überall anzuecken. Es war an einem Sonntag, das weiß ich noch, da bin ich ihm zufällig vor der Kirche begegnet. Ich hatte ganz schön Bammel. Aber ich hab nicht lang um den heißen Brei rumgeredet, sondern ihn direkt gefragt, was eigentlich mit ihm los ist. Ich hätte mir die ganze Aufregung sparen können – es war völlig hoffnungslos. Er ist schier explodiert, als hätte ich ihn angegriffen, und das alles bloß, weil ich ihm eine einfache Frage gestellt hab. Es war unmöglich, mit ihm zu reden. Ihn hat nur eins interessiert, genau wie schon vor Jahren: ein Haus, in dem er mit seinen Schwestern wohnen konnte. Aber wenn Sie mich fragen, war das bloß ein Vorwand, um davonzulaufen. In Wirklichkeit wollte Tim nämlich niemand um sich haben, davor hatte er eine Heidenangst. Ich erinner mich noch an den Tag, als mir plötzlich schlagartig klar wurde, daß er nie vorbeikommen würde. Es war zu Anfang des Winters, denn ich war unterwegs, um ein paar warme Laken für Fathers Bett zu besorgen, weil wir keine Heizung hatten, und da hab ich ihn auf dem Diamond getroffen. Er kam aus dem Kino. »Hallo«, hab ich gesagt, aber er hat keinen Mucks von sich gegeben. Er ist mit gebeugtem Kopf gegangen, wie üblich, und hat von niemand Notiz genommen. Ich hab noch mal seinen Namen gesagt, aber er hat immer noch nicht geantwortet. Da hab ich ihn angestupft. Gott! Sie hätten mal sehen sollen, wie böse der mich angeguckt hat. Als hätte ich versucht, ihm den Arm abzureißen. Aber das war mir auch früher schon an Tim aufgefallen. Er konnte es nicht haben, wenn ihn jemand angefaßt hat. Solang er derjenige war, der jemand anders angefaßt hat – kein Problem. Aber wenn man es selbst gewagt hat, ihm auch nur die Hand auf den Arm zu legen, hat er sämtliche Stacheln ausgefahren. An diesem Tag hat er keine zwei Worte mit mir geredet, höchstens mal gebrummt oder ja oder nein gesagt. Nicht daß ich neugierig gewesen wäre. Das war ich wirklich nicht. Trotzdem bin ich noch ein bißchen bei ihm stehengeblieben, denn ich hab gedacht, er würde mich vielleicht nach meiner Arbeit im Pfarrhaus fragen. Aber das hat er nicht gemacht. Es hat ihn nicht interessiert. Und ich hab die ganze Zeit gespürt, daß er von mir wegwollte. Sein Blick war auf den Hügel gerichtet, wo er hinwollte. Schließlich hat er gesagt, daß er gehen muß, was wahrscheinlich auch stimmte, denn Tim war einer, der sich nie Zeit zum Plaudern genommen hat. Er hat jede Arbeit angenommen, für die er bezahlt wurde, und andere noch dazu. Er hat sich sogar um die Gärten von den Priestern gekümmert, obwohl er für die nun wirklich nichts übrig hatte. Im Sommer war er bis spät in die Nacht draußen zugange, und im Winter hat er zusätzlich in der Hemdenfabrik als Packer gearbeitet. Tim in ein Gespräch zu verwickeln war ungefähr so einfach, wie eine Eidechse mit der Hand zu fangen – auch dem entschlossensten Mensch ist da irgendwann die Geduld ausgegangen. Ich wünschte bloß, Tim wär mit sich ins reine gekommen und ein bißchen netter zu uns gewesen.

Im Waterside Hospital hat Tim dann Matty kennengelernt. Sie war Hilfskrankenschwester – jedenfalls hat sie sich gern so genannt. In Wirklichkeit war sie bloß Putzfrau. Im nachhinein denk ich, es hätte mich eigentlich nicht überraschen dürfen. Die Jungs bei uns haben alle geheiratet, sobald sie achtzehn oder neunzehn waren. Da es für katholische Männer in der Stadt keine interessanten Jobs gab, war das einzig Aufregende, was sie tun konnten, sich eine Frau zu suchen und zu heiraten. Allerdings hat es bei den Frauen auch nicht besser ausgesehen, und daraus ist eine Menge Kummer entstanden. Viele von den jungen Paaren, die zu Father gekommen sind, haben alles andere als glücklich ausgesehen. Ich hab das darauf zurückgeführt, daß es nicht genug Arbeit gab, denn wenn die Leute nichts Besseres zu tun haben, kommen sie immer auf dumme Gedanken. Verhütung gab es damals nicht, und so was wie alleinerziehende Mütter war undenkbar, außer vielleicht in Amerika oder so. Heiraten war die einzige Möglichkeit, sich richtig auszuleben, für Männer wie für Frauen. Und Tim war da nicht anders als alle anderen. Ich hab mich mit dem Gedanken getröstet, daß er sich jedes x-beliebige Mädchen hätte aussuchen können und daß Matty einfach im richtigen Moment zur Stelle war. Aber es hat mehr dahintergesteckt. Mattys Da besaß nämlich ein Stück Land, und da sie das einzige Kind war, würde sie es erben. Und zwar schon bald, denn der alte Mann stand mit einem Fuß im Grab. Tim wollte schon immer ein Stück Land haben, das wissen Sie ja, und dazu war ihm jedes Mittel recht. Daß er auf dem Weg dahin Matty heiraten mußte, hat ihn nicht im geringsten gekümmert.

Ich weiß noch, wie ich Matty das erste Mal gesehen hab. Ich dachte, sie wär genauso wie all die anderen Mädchen, mit denen Tim sich vergnügte, und er würde sie fallenlassen, sobald er genug von ihr hatte, denn das war Tims Art, mit Frauen umzugehen. Deswegen hab ich sie am Anfang auch gar nicht weiter beachtet. Ich hatte nämlich immer noch diese Idee im Kopf, daß Tim sich eigentlich für mich interessierte und früher oder später zur Vernunft kommen würde. Sie können sich vorstellen, was für ein Schock es war, als ich ihn und Matty dann Hand in Hand die Bishop Street hab hochkommen sehen. Tim hat nie Händchen gehalten. Ich bin mir sicher, daß er mich an dem Tag am Fenster gesehen hat, denn er hat sich abgewandt. Und als ich ihn am nächsten Tag auf dem Waterloo Place getroffen hab, ist er meinem Blick ausgewichen.

Vielleicht fragen Sie sich jetzt, wie ich das alles aufgenommen hab. Ich sag nur so viel – und ich übertreibe nicht: Für mich ist eine Welt zusammengebrochen. Was mich so aus der Bahn geworfen hat, war nicht nur, daß Tim sich ausgerechnet Matty ausgesucht hatte. Ich hab zum ersten Mal in meinem Leben die Erfahrung gemacht, daß nicht alles so läuft, wie ich es will, und das hat mich zu Tode geängstigt. Nicht daß man mir das angemerkt hätte, denn ich hab genau wie immer meine Arbeit für Father getan – allerdings hab ich keinen Sinn mehr darin gesehen. Und Tim ist mir ständig durch den Kopf gespukt. Father hat davon nichts mitgekriegt, genausowenig wie alle anderen. Er hat nie mehr erfahren als das, was ich ihm in der Beichte erzählt hab, nämlich daß ich so 'ne andere Frau, Namen hab ich nicht genannt, hasse, weil sie etwas hat, das ich nicht hab. Und er, typisch, hält mir einen kleinen Vortrag, so hat er das genannt, über die Sünde des Neides. Er hat gemeint, ich soll zufrieden sein mit dem, was ich hab. Aber das hat mir auch nicht weitergeholfen, es hat mich nur noch wütender gemacht. Nichts konnte mich davon abbringen, daß ich Tim zurückhaben wollte. Allerdings hatte ich keine Idee, wie ich das anstellen sollte, außer indem ich ihn noch eifersüchtiger auf Father gemacht hab, als er es eh schon war. Und wie nicht anders zu erwarten, hab ich ihn so erst recht vertrieben. Das Problem war – heute ist mir das klar –, daß ich auf nichts verzichten wollte, ich wollte alles haben. Ich hätte wissen müssen, daß ich für Tim nicht mehr interessant war, seit ich bei Father arbeitete. Ich konnte nicht gleichzeitig Fathers Haushälterin sein und heiraten. Nicht daß mir je einer einen Antrag gemacht hätte. Genug Männer gab es wohl, ich hab sie ja sonntags immer in der Messe gesehen. Aber gesellige Abende und

Tanzveranstaltungen waren einfach nicht mein Ding, und die meisten Frauen, die ich kannte, sind bei so was zu ihren Männern gekommen.

Da fällt mir ein, wie Marie Coll und ich mal aus Jux in den Embassy Ballroom gegangen sind. Marie war damals Haushälterin bei Father Bosco. Wir hatten kaum den Kopf durch die Tür gesteckt, da haben uns auch schon zwei Jungs aus dem Desmond-Werk angequatscht. Meiner hatte ein hübsches, knochiges Gesicht, so wie Michael Rennie, und herrliches dickes blondes Haar. Alles lief prima, bis die beiden rausfanden, daß wir die Haushälterinnen von Priestern waren. Da wurden sie erst ganz still und dann furchtbar höflich. Und nach einer halben Stunde haben sie erklärt, sie müßten jetzt nach Hause. Aber wir haben sie später in der Bar gesehen. Meiner hat sich geduckt, damit wir ihn nicht entdecken, und der andere hat uns wie Luft behandelt. Außer Tim damals hat mich dann auch nie mehr einer gefragt, ob ich mit ihm ausgehen will. Und bei Marie war es genauso.

Nach ihrem Aussehen zu urteilen war Matty gut zehn Jahre älter als Tim, und ungeheuer fett war sie obendrein. Ihr Bauch hat richtig ihren Rock ausgebeult, und man konnte sehen, wie ihr BH ihr ins Fleisch schnitt. Sie war ein Koloß, um es ganz klar zu sagen. Unansehnlich wär noch eine schmeichelhafte Beschreibung für sie gewesen. Ihre Haare waren so richtig strohig und ausgebleicht, als würde sie sie mit Waschmittel waschen. Und ihre Kleider waren immer schmuddelig. Ich konnte beim besten Willen nicht verstehen, was Tim an der fand, abgesehen von den vierzig Ar Land natürlich. Wenn ich an all die Mädchen denke, die er hätte haben können – aber was bringt es schon, sich heute noch darüber Gedanken zu machen. Ich glaub übrigens auch, daß Matty ihn genötigt hat, sie zu heiraten. Allerdings war er auch reif. Tim war auf der Suche nach jemand, der sich um ihn kümmert und etwas Struktur in sein Leben bringt. Der Gute – zu der Zeit war er wirklich kaum in der Lage, auf seinen eigenen zwei Beinen zu stehen. Außerdem war er ein richtiger Schürzenjäger. Meiner Meinung nach hat er versucht, sich davon zu kurieren, indem er eine Familie gegründet hat – als ob das je was genützt hätte. Ich bin mir sicher, daß mir da die meisten Männer zustimmen werden.

Matty, diese Schlange, hatte sich bei den Nonnen eingeschmeichelt und sie überredet, sie im Kloster wohnen zu lassen, damit sie in Tims Nähe sein konnte. Wenn Sie mich fragen, hatte sie Angst, ihn auch nur eine Sekunde aus den Augen zu lassen, denn er hätte ja was mit einer anderen anfangen können. In dem halben Jahr, bevor die beiden geheiratet haben, ist sie kein einziges Mal weg gewesen. Deswegen habe ich sie auch dauernd gesehen. Sie ist ständig auf irgendwelchen Botengängen für die Nonnen ins Pfarrhaus gekommen. Samstags abends hat sie immer die Hostien gebracht. Ich wußte, daß sie es ist, noch bevor ich aufgemacht hab, denn sie hat immer mit der Faust gegen die Tür gebollert. Die war wirklich dumm wie Bohnenstroh. Aber ich sag Ihnen, was noch schlimmer war: Sie war niederträchtig wie ein Heckenschütze. Ich hab alles getan, um sie nicht gegen mich aufzubringen, das kann ich Ihnen sagen, denn Matty konnte Gift verspritzen wie keine andere, wenn ihr danach war.

Ihre Ma, Gott hab sie selig, war tot, und ihrem Da ging es, wie gesagt, nicht gut. In den letzten drei Wochen vor der Hochzeit mußte er immer wieder ins Altnagelvin Hospital, wegen seiner Lunge. Deswegen haben die Nonnen die

Vorbereitungen für den Empfang übernommen. Die Rechnung mußte natürlich trotzdem Mattys Da bezahlen. Und wenn ich richtig gerechnet hab, dann haben die Nonnen dabei ordentlich Geld gemacht.

Die Messe sollte in der Kathedrale abgehalten werden. Und wie der Zufall es wollte, war der einzige Priester, der an diesem Tag Zeit hatte, die Messe zu lesen, Father Mann. Das hat Tim natürlich überhaupt nicht gefallen. Er hat in sämtlichen Gemeinden in der Diözese rumgefragt und versucht, doch noch einen anderen Priester aufzutreiben. Und ich mußte mir jeden Samstagabend aus Mattys Mund seine Klagen anhören. Wie die Father beschimpft hat! Einen steifen Schnösel hat sie ihn genannt, einen arroganten Heuchler, und dann hat sie sich auch noch darüber lustig gemacht, wie er die Litanei betet. Von jemand anders hätte ich mir das nie bieten lassen, schon gar nicht unter Fathers eigenem Dach. Aber mit Matty wollte ich mich nicht überwerfen, denn wer weiß, was die Leute dann gedacht hätten. Nachher zählten sie zwei und zwei zusammen und es kam vier dabei raus, und dann? Ich hatte auch so schon genug Sorgen, ohne daß sich die Leute hinter meinem Rücken das Maul zerrissen und weiß Gott was über mich verbreiteten.

Sechs andere, die zusammen mit Tim im Haus Bethel gewesen waren, wurden auf die Hochzeit eingeladen, unter anderem Marie Coll und ich. Es gab keinen besonderen Grund, warum gerade wir sechs kommen sollten, außer damit auch der Bräutigam ein paar Gäste vorzuweisen hatte. Von Matty kamen über achtzig Leute, inklusive Cousins zweiten Grades, Großtanten und Onkels. Sie hatte eine riesige Familie.

Wie Sie sich denken können, hatte ich nicht die allergeringste Lust, auf Tims Hochzeit zu gehen. Aber ich hab keinen Ausweg gesehen. Wenn ich nicht hingegangen wäre, hätte Father mir bloß peinliche Fragen gestellt, und wie ich ihn kannte, hätte er wahrscheinlich die Wahrheit aus mir rausgequetscht, so wackelig, wie ich damals war. Und ich konnte ihm ja wohl kaum ins Gesicht lügen, wo er doch Priester war. Ich hätte mich in Grund und Boden geschämt, wenn er die Wahrheit erfahren hätte. Er hätte mich für eine alberne Gans gehalten, das hab ich gewußt. Und ich wußte auch, was er zu mir sagen würde, denn ich hatte ihn das auch schon zu anderen Leuten sagen hören: »Das ist nicht der einzige Fisch im Teich«, hätte er gesagt. Als ob mir das weitergeholfen hätte. Tim war kein Fisch.

Irgendwie war ich fest davon überzeugt, daß Tim und Matty es nie bis vor den Altar schaffen würden. Und das war nicht nur Wunschdenken. Ein paar Leute aus meinem näheren Bekanntenkreis hätten ebenfalls ihren Kopf darauf verwettet. Es wär nicht die erste Hochzeit gewesen, die im letzten Moment abgesagt wurde. Das hat damals in der Gemeinde richtig grassiert. Father meinte, es wär ein Zeichen der Zeit, daß sich die Leute nicht mehr wie früher an ihre Versprechen hielten. Wenn Sie mich fragen – nach allem, was ich gesehen hab, war das nur gut so. Nichts gegen Father, aber er hat so manches Paar vermählt, das nie hätte zusammensein sollen. Tag für Tag hab ich mit der Nachricht gerechnet, daß auch Tim und Matty ihre Hochzeit abgeblasen hatten. Jedesmal wenn Father nach einer von seinen Runden wieder nach Hause kam, hab ich erwartet, daß er es mir sagt. Wenn es an der Tür geklingelt hat, war ich davon überzeugt, daß Marie Coll kommt, um es mir zu erzählen. Eine Woche bevor die Hochzeit stattfinden sollte, hatte ich die Hoffnung fast aufgegeben, und da kam Marie Coll doch noch reingeschneit, völlig außer Atem.

»Hast du's schon gehört?« fragt sie.

»Was gehört?« sag ich.

»Das von Tim und Matty«, sagt sie.

Es gibt also doch einen Gott, hab ich mir gedacht, aber ich hab aufgepaßt, daß ich nicht zu begeistert klinge, damit Marie nichts merkt. »Was ist mit denen?« hab ich gefragt und so getan, als ob ich gleichzeitig das Spülbecken saubermache.

Marie hat mir fast ihre Nase ins Gesicht gerammt und ihren Mund weit aufgerissen, so wie jedesmal, wenn sie eine Sensation zu verkünden hatte. »Matty ist schwanger«, sagt sie.

Ich war vollkommen platt, als ich das gehört hab.

»Und die Nonnen sind auf hundertachtzig. Sie haben allen in Haus Bethel verboten, darüber zu reden, und zwar strengstens«, hat Marie erzählt.

Ich hatte Angst, daß mein Gesicht irgendwas verraten könnte.

»Guck doch nicht so schockiert«, sagt Marie ganz blasiert. »Du weißt doch, was dieser Tim McFaul für einer ist.«

Marie Coll hatte meine Geduld schon öfter auf die Probe gestellt, aber diesmal ging sie zu weit. »Was soll sein mit Tim?« hab ich sie angefahren.

Sie hat schnell gemerkt, daß sie einen Fehler gemacht hatte, und hat sich nicht getraut weiterzureden. Marie wußte nur zu gut, was es hieß, sich mit mir anzulegen.

Ich hab vermutet, daß das Kind nicht von Tim ist.

»Das seh ich genauso«, sagt Marie.

»Die Hochzeit fällt also aus«, stell ich fest.

»Meine Güte, nein«, sagt Marie. »Allerdings, so wie's in Haus Bethel derzeit zugeht, ist alles möglich. Es hat einen Riesenkrach gegeben. Die Nonnen haben Tim und Matty zu sich gerufen. Und sie haben meinen Priester geholt, damit er ihnen den Kopf wäscht. Der Gute hat richtig erschöpft ausgesehen, als er wieder rauskam.« Und dann sagt sie: »Aber ich hab kein Wort zu dir gesagt« – ich sollte niemand verraten, daß sie mir irgendwas erzählt hatte. »Ich weiß das alles auch nur von dem Mädchen, das den Nonnen die Buchführung macht, die hat nämlich im Nachbarzimmer gesessen.« Maries letzter Stand war, daß die Hochzeit zwar stattfinden sollte, Tim aber nicht mehr mit Matty redete. Das war für sie offenbar der Knüller von ihrem Bericht. Ich hab gemeint: »Das hat sie bestimmt absichtlich gemacht.«

»Genau«, hat Marie mir zugestimmt. »Tim und sie liegen sich nämlich ständig in den Haaren. Wahrscheinlich will sie sich an ihm rächen.«

»Jetzt muß er sie heiraten«, sag ich.

»Ich würd's ihr glatt zutrauen, daß sie das alles nur erfunden hat«, sagt Marie, »um sich Tim unter den Nagel zu reißen.«

Gott möge mir verzeihen, aber genau dieser Gedanke war mir auch schon gekommen. Bloß sag ich so was nicht laut.

»Tim McFaul ist zwar ein ziemlicher Draufgänger«, sagt Marie, »aber ein guter Fang ist er schon, das mußt du zugeben.«

»Warum glaubst du, daß sie es erfunden hat?« frag ich sie.

»Du hättest sie mal vor einer Stunde sehen sollen«, sagt Marie. »Die hat gegrinst wie ein Honigkuchenpferd. Was die Nonnen auch zu ihr gesagt haben, es ist an ihr runtergelaufen wie Öl.«

Ich hab sie gefragt, ob sie Tim noch mal gesehen hätte.

»Hab ich«, sagt sie. »Als ich ihn das letzte Mal gesehen hab, ist er mit eingeklemmtem Schwanz die Bishop Street entlanggeschlichen.«

Das hat mich überhaupt nicht überrascht. Egal, was er mir über die Nonnen und Prieser erzählte, ich wußte, daß es ihm trotzdem schwer zu schaffen machte, wenn sie schlecht von ihm dachten. Außerdem war er ein schamhafter Mensch. Daß die Geschichte in Haus Bethel die Runde machte, mußte ihn hart ankommen, das war mir klar. Und dann waren da ja auch noch seine Schwestern. Den ganzen nächsten Tag hab ich versucht dahinterzukommen, was in Tim gefahren war – wenn überhaupt etwas in ihn gefahren war. Denn ich war mir immer noch nicht sicher, ob es wirklich seine Schuld war, daß Matty schwanger war – wenn sie denn schwanger war. Ich mußte immer wieder an etwas denken, das mir bei den Leuten aufgefallen war, die zusammen mit Tim und mir in Haus Bethel aufgewachsen waren. Man konnte sie in zwei Gruppen einteilen: Die einen wollten unbedingt Kinder haben und die anderen nicht. Haus Bethel hat einen entweder in die eine oder in die andere Richtung getrieben. Ich gehörte zu denen, die keine Kinder wollten.

(Zumindest hab ich mir das immer gesagt.) Aber Tim? Meine Güte, der dachte doch, er könnte über Nacht die Welt verbessern. Er war entschlossen, seinen Kindern all das zu geben, was er selbst nie bekommen hatte.

Im Laufe der nächsten paar Tage kamen mir alle möglichen Geschichten zu Ohren. (Im Pfarrhaus entging einem kaum etwas.) Manche Leute haben genau wie Marie behauptet, daß Matty die ganze Geschichte erfunden hätte. Und Dympna hat mir erzählt, Mattys Da hätte gedroht, daß er Tim umbringen würde – wo er doch kaum einen Finger rühren konnte. Ich hab diese Geschichte nicht weiter beachtet und beschlossen, selbst rauszufinden, was los ist. Father hätte es mir sagen können, da bin ich mir sicher, aber ihn konnte ich ja wohl kaum direkt fragen – nachher kam er noch dahinter, warum ich das wissen wollte. Es half alles nichts, ich mußte in Haus Bethel vorbeigehen. Als ich dort war, hab ich Augen und Ohren aufgesperrt. Tim war nirgends zu sehen. Also hab ich beschlossen, mich an Josie, seine jüngste Schwester, ranzumachen und zu hören, was die mir erzählen konnte. Ich dachte mir, wenn jemand Bescheid weiß, dann sie, denn Tim und sie standen sich sehr nahe.

»Sie haben ihn weggejagt«, hat sie gesagt.

»Weggejagt?« frag ich.

»Ja, genau. Er hatte Streit mit den Nonnen«, sagt sie. »Er hat Schwester Marie-de-Lourdes beschimpft, und sie hat ihn dann furchtbar runtergeputzt.«

Das war mir neu.

»Sie haben den Bischof gerufen«, erzählte Josie, »und der hat Tim gesagt, daß er aus Haus Bethel verschwinden soll, bevor er ihn rauswirft. Er darf das Haus erst wieder betreten, wenn er sich entschuldigt hat und zur Beichte gegangen ist.«

Das will ich sehen, hab ich mir gedacht. Tim war seit Jahren nicht mehr zur Beichte gegangen, und ich konnte mir nicht vorstellen, daß er jetzt damit anfangen würde. Das konnte immer noch bedeuten, daß die Hochzeit abgeblasen würde. Also hab ich Josie gefragt, was sie meint. Arme Josie. Sie hat nur mit den Schultern gezuckt und einen tiefen Seufzer ausgestoßen.

»Was hat Tim gesagt, bevor er gegangen ist?« hab ich gefragt.

»Seit das rausgekommen ist, hat er mit keinem von uns mehr geredet«, sagt sie.

»Seit was rausgekommen ist?« hab ich sie gefragt und so getan, als wüßte ich nicht, wovon sie redet. Gott möge mir verzeihen, ich hätte es nicht tun sollen, denn die Worte sind dem armen Mädchen fast im Hals steckengeblieben. Aber schließlich hat sie sie doch über die Lippen gebracht. Matty wär schwanger, hat sie gesagt. »Das hat sie einem Mädchen erzählt, mit dem sie sich gestritten hat – bloß um das letzte Wort zu haben. Und dieses Mädchen ist dann zu den Nonnen gerannt und hat ihnen alles erzählt, um es Matty heimzuzahlen. Matty hat weiter damit geprahlt, selbst als die Nonnen es schon wußten, und in Nullkommanix wußte das ganze Haus Bescheid. Als Tim von der Arbeit nach Hause gekommen ist, haben sie ihn um die Wette ausgefragt. Er und Matty mußten zusammen zur Mutter Oberin. Am nächsten Tag hat er dann Schwester Marie-de-Lourdes beschimpft, als sie ihn aufgefordert hat, zu Father Mann zu gehen. Jetzt ist keiner im Haus mehr gut auf ihn zu sprechen«, sagt Josie. »Und ich fürchte, die Nonnen werden ihn auch nicht mehr reinlassen.«

Ich hab sie gefragt, wo er denn jetzt wär.

»Als ich ihn das letzte Mal gesehen hab«, sagt sie, »stand er ohne Jacke draußen im Regen. Die haben ihm nicht mal Zeit gelassen, seine Jacke zu holen.«

Mehr wußte Josie nicht. Also hab ich beschlossen, Matty auszuquetschen. Ich hatte das Hochzeitsgeschenk dabei, falls ich einen Vorwand brauchte, um mit ihr zu reden. Matty hatte wie üblich die Hände untätig im Schoß liegen, als ich reinkam. Dieses faule Stück! Sie hat sich nicht mal die Mühe gemacht aufzustehen, als ich ins Zimmer kam.

Halb saß sie, halb lag sie auf dem Bett, mit dem griesgrämigsten Gesichtsausdruck, den man sich nur vorstellen kann. »Was willst du?« hat sie mich gefragt.

Als ich ihr den Umschlag hingehalten hab, hat sie mich angeguckt, als wollte sie sagen: »Ist das alles?« Sie hat sich nicht mal aufgerichtet, um ihn mir abzunehmen. Also hab ich ihn unten aufs Bett gelegt.

Genau wie bei Josie hab ich so getan, als wüßte ich von nichts. »Ist alles in Ordnung?« hab ich gefragt. »Du siehst nicht gerade besonders glücklich aus.«

»Er ist abgehauen, und ich hock jetzt hier bei diesen dämlichen Nonnen«, sagt sie.

Ich hab mir immer noch nicht anmerken lassen, daß ich Bescheid weiß. Und dann hat sie mir die ganze Geschichte aus ihrer Sicht erzählt, genau wie ich es gehofft hatte. Ihrer Meinung nach versuchte Tim sich aus der Hochzeit mit ihr rauszumogeln.

»Mach dir keine Sorgen«, sag ich. »Wenn er sich beruhigt hat, kommt er schon wieder.«

Es fällt mir schwer zu wiederholen, was daraufhin aus ihrem sündigen Mund kam.

»Dieser elende Scheißkerl«, sagt sie. Ich hab meinen Ohren nicht getraut. Und das in einem Kloster. Aber das war noch nicht alles – was es nur an schlimmen Schimpfwörtern gibt, das hat sie ihm angehängt, und noch mehr. Wenn die Nonnen auch nur ein Wort davon mitgekriegt hätten, dann hätte sie im Nu auf der Straße gesessen. Aber Matty war schlau. Solange eine von denen in der Nähe war, war sie lammfromm. Ich hab sie dann so verstanden: Die Hochzeit sollte weiterhin stattfinden, und sie hatte jetzt nur noch ein Ziel, nämlich Tim teuer bezahlen zu lassen, sobald sie ihn »auf ihrem eigenen Grund und Boden« hatte, wie sie das ausgedrückt hat. »Dafür wird mein Da schon sorgen«, sagt sie.

Armer Tim. Ich hab mich gefragt, ob er eigentlich weiß, was er sich da einhandelt. Es war mir völlig schleierhaft, warum er sich überhaupt je mit so einer Frau eingelassen hatte, einer Frau, die fest entschlossen war, ihn zu Hackfleisch zu verarbeiten. Aber von Matty würde ich auf diese Frage keine Antwort bekommen. Also hab ich mich auf den Weg zurück ins Pfarrhaus gemacht. Und wer hat mich wohl dort erwartet? Tim höchstpersönlich. Völlig verschüchtert hat er ausgesehen, wie er da auf der Treppe saß, den Kopf zwischen den Knien. Er wär schon seit einer Stunde da, hat er gesagt, und wär den ganzen Tag da sitzen geblieben, wenn ich nicht gekommen wär. Ich hab ihn bloß angestarrt. Normalerweise hätte ich ihn sofort reingebeten. Aber nach dem, was ich gerade in Haus Bethel gehört hatte, war ich völlig unschlüssig, was ich mit ihm machen sollte. Nachher bekam der Bischof es noch mit, und dann wär ich in Sekundenschnelle meine Stelle los, das war so sicher wie das Amen in der Kirche. Andererseits konnte ich den armen Jungen ja schlecht da draußen sitzen lassen. Also hab ich schließlich gesagt, daß er reinkommen soll. Father war nicht da. Und wie der Zufall es wollte, hab ich ihn auch erst spät zurückerwartet. Er war zu einer Hochzeit in den Freistaat gefahren – von so einem, der mit ihm in Maynooth gewesen war und nicht bis zum Schluß dabeigeblieben war. Ich hab Tim gefragt, wo er gewesen ist.

»Da und dort«, hat er gesagt. So wie er aussah, hatte er die letzte Nacht jedenfalls nicht in seinem Bett verbracht, wo immer er sich auch rumgetrieben hatte. Dann hat er mich gefragt, ob er über Nacht bei uns bleiben könnte. Na, das hat mich ganz schön in Verlegenheit gebracht, das kann ich Ihnen aber sagen. Father hatte feste Grundsätze, was das anging. Er hat nie Leute bei sich aufgenommen. Sonst hätte bald die ganze Gemeinde bei ihm gewohnt, und das ging ja nun wirklich nicht. Wie er selbst immer gesagt hat, wenn das Thema aufkam: Irgendwo muß die Nächstenliebe ein Ende haben. Das hab ich dann auch zu Tim gesagt. Sie hätten mal sehen sollen, wie der mich angeguckt hat. »Deinen geliebten Father Mann hab ich nicht gefragt«, hat er ganz spöttisch gesagt. »Ich hab dich gefragt, ob ich die Nacht hier verbringen kann.«

Mich um Kopf und Kragen bringen kann, meinte er wohl. Schließlich war es nicht mein Haus, und das hab ich ihm auch gesagt.

»Bring mich nicht in Teufels Küche, Brigid«, hat er daraufhin in einem ganz anderen Ton gesagt, als er gemerkt hat, daß ich fest bleibe. »Ich weiß nicht, wo ich sonst hin soll.«

Ich muß Ihnen sagen, ich hatte bis dahin keine Probleme damit gehabt, Leute vor die Tür zu setzen, und wenn sie noch so verzweifelt waren. Weder hab ich ein Hotel geführt, noch war Father die Heilsarmee. Aber Tim rauszuschmeißen, das hab ich beim besten Willen nicht fertiggebracht. Wahrscheinlich konnte er sonst wirklich nirgendwohin. Durch seine ruppige Art hat er nur schwer Freunde gefunden. Und man konnte ihm sicher alles mögliche vorwerfen, aber ein Lügner war er nicht. Tim war nicht der Typ dazu, mir was vorzumachen. Trotzdem, mir lag einfach zuviel an meiner Stelle, um ihn bei uns übernachten zu lassen. Ich wußte genau, was Father sagen würde. Wenn es rauskam, würde man ihm vorwerfen, daß er einzelne Leute begünstigte, und das ging nun wirklich nicht. Die Gemeindemitglieder würden ihm nie mehr trauen. Ich hab Tim das alles erzählt, und ich muß zu seiner Ehre sagen, daß er es ohne sein übliches Geziere angenommen hat. Er hat gesagt, daß er mich nicht in Schwierigkeiten bringen will, und ist aufgestanden, um zu gehen. Mir ist fast das Herz gebrochen.

»Augenblick«, hab ich gesagt. »Niemand sagt, daß du nicht bis heute abend hierbleiben kannst.«

Sein Gesicht leuchtete auf, als hätte es einer angeknipst. Mir fiel auf, daß Tim im vergangenen Jahr ganz schön alt geworden war. Außerdem hat er viel mehr geraucht, vierzig Stück am Tag. An diesem Tag hat er sich eine nach der anderen angesteckt, und seine Hände haben so gezittert, daß er seine Teetasse kaum gerade halten konnte. Kein Wunder, daß er nie Geld hatte. Als ich mich vom Herd wieder zu ihm umgedreht hab, um ihm ein Rosinenbrötchen zu geben, hab ich gesehen, daß ihm dicke Tränen die Backen runterkullerten. Ich hatte noch nie einen erwachsenen Mann weinen sehen und wußte nicht, was ich tun sollte. Wenn er ein Kind gewesen wär, hätte ich ihn in den Arm nehmen können. Aber das war nicht drin. Und zu allem Überfluß kam genau in dem Moment auch noch Marie Coll reingeschneit. Timing ist nie Maries Stärke gewesen. Der arme Tim hat den Kopf nach unten gebeugt, damit sie nicht die Tränenspuren auf seinem Gesicht sieht.

»Die Luft hier drin haut ja den stärksten Mann um«, hat sie gesagt und Tim von der Seite angeguckt. Ich hatte gute Lust, sie hinzuschicken, wo der Pfeffer wächst. Aber ich hab mir auf die Zunge gebissen. Ich wollte mich wegen dieser Geschichte mit niemand überwerfen. Es haben sich schon genug Leute in den Haaren gelegen, ohne daß ich noch dazu beitragen mußte. Außerdem hat Tim meine Hilfe nicht gebraucht. Mit Marie ist er ganz gut allein zurechtgekommen.

»Ja, Mensch, du solltest auch anfangen«, hat er zu ihr gesagt, womit er meinte, daß sie auch mit dem Rauchen anfangen sollte. »Dann wär dein Mund mal sinnvoll beschäftigt.«

»Da hat wohl einer schlechte Laune, was?« hat sie geantwortet, und ich hab gesehen, wie sie ihm unter dem Tisch kräftig ans Schienbein trat. Marie konnte ganz schön direkt sein.

»Wolltest du irgendwas Bestimmtes?« hab ich sie gefragt, denn ich wollte sie loswerden, bevor einer von ihnen weitermachte. Ich hatte eine Heidenangst, daß das Ganze ausarten würde.

Marie hat Tim nicht aus den Augen gelassen. »Ich brauch bloß ein bißchen Salz für das Abendessen von meinem Priester«, sagt sie. »Ich hatte keine Zeit, einkaufen zu gehen.«

Keine Zeit, da lachen ja die Hühner! Sie hatte mich vormittags eine geschlagene Stunde lang vollgequasselt. In Wirklichkeit war Marie einfach unheimlich geizig und wollte dauernd irgendwas von mir haben. An diesem Tag hab ich die Packung Saxa-Salz vor ihr auf den Tisch gestellt und gehofft, daß sie sie nehmen und Tim und mich allein lassen würde. Aber es hat nichts genützt. Sie hat keinerlei Anstalten gemacht, sich vom Fleck zu rühren. Sie hat Tim mit Fragen über ihn und Matty bombardiert, eine nach der anderen, so daß ich überhaupt nicht mehr zu Wort kam. Tim hat ihr nur weiter Rauch ins Gesicht geblasen und ausweichende Antworten gegeben. Ich hab mich schließlich dermaßen unwohl bei den beiden gefühlt mit ihren schlechten Manieren, daß ich hochgegangen bin, um Fathers Bett zu machen. Und ich bin erst wieder runtergekommen, als ich die Hintertür zuschlagen hörte.

»Wie kannst du diese Zicke bloß ertragen?« hat Tim mich gefragt, als Marie weg war.

Marie Coll hatte weiß Gott ihre Fehler, aber ich war nicht bereit, mir anzuhören, wie er sie schlechtmachte. Ich hab ihm gesagt, er soll aufpassen, was er sagt.

»Du suchst dir wirklich komische Freundinnen aus«, sagt er.

Ich hätte ihm erzählen können, daß Marie Coll nicht meine Freundin war, wenn ich der Ansicht gewesen wär, daß ihn das irgendwas anging. (In dieser Laune hätte allerdings nicht mal der Papst persönlich vor ihm bestehen können.) Tim war nämlich schlichtweg eifersüchtig – auf Marie Coll und überhaupt auf alle, die irgendwie in meine Nähe kamen; und deswegen hatte auch Father Mann bei ihm nicht die allergeringste Chance, obwohl er selbst nichts mit mir zu tun haben wollte. Wie seine Schwester Josie immer sagte, Tim war ein ganz schöner Querkopf. Der hat noch 'nen Schimmel zum Rappen erklärt, rotzig und trotzig bis zum Gehtnichtmehr. An diesem Tag hätte er sich sogar mit Gott eingelassen, wenn der ihm den Gefallen getan hätte, da bin ich mir ganz sicher. Aber ich war nicht bereit, mich mit ihm zu streiten. Ich hab ihn viel zu selten gesehen, um das bißchen Zeit, das wir zusammen hatten, mit Zanken zu verbringen. Es ist ein Jammer, daß nicht mehr Leute so mit ihm umgegangen sind. Dann hätte er nämlich keinen gehabt, mit dem er sich streiten konnte. Allerdings sollte ich den anderen Leuten keinen Vorwurf draus machen, daß sie sich an Tim stießen. Er konnte furchtbar egoistisch sein, das hab ich wohl gewußt. An diesem Tag hat er mich nicht mal gefragt, wie es mir geht oder ob es mir Spaß macht, Fathers Haushälterin zu sein, dabei hätte ich ihm liebend gern davon erzählt. Er saß bloß da, mit einem meterlangen Gesicht, und hat kein Wort gesagt. Allerdings wurde er im Laufe des Abends etwas munterer und hat mir ein paar gute Geschichten über die Leute im Krankenhaus erzählt. Er konnte richtig lebhaft sein, wenn es nicht gerade um irgendein heikles Thema ging. Und niemand hat an der Tür geklingelt und uns gestört, denn Father hatte am vorigen Sonntag in der Kirche schon angekündigt, daß er an diesem Tag weg sein würde. Es war schön, das Haus ganz für uns zu haben, und ungewöhnlich obendrein. Nichts gegen Father. Aber es war eine Riesenerleichterung, nicht dauernd auf der Hut sein und ihm aus dem Weg gehen zu müssen.

Irgendwann war es dann elf Uhr, und Father war immer noch nicht aus der Republik zurück. Ich konnte mich nicht daran erinnern, je schon mal so einen Abend erlebt zu haben – es goß wie aus Kübeln, und von Inishowen hat es furchtbar zu uns rübergeblasen. Tim, der Gute, war über dem Herd eingenickt. Ich hab ihm die Kippe aus der Hand genommen, damit er sich nicht die Finger verbrennt. Wie Sie sich denken können, war ich ziemlich ratlos, was ich mit ihm machen sollte, wo es draußen so stürmte. Noch eine halbe Stunde, hab ich mir gesagt. Ich geb ihm noch eine halbe Stunde, und dann schick ich ihn los. Ich hatte schon die Hand ausgestreckt, um ihn wachzurütteln, als das Telefon klingelte. Es war Father, der mir sagte, daß er an diesem Abend nicht mehr nach Hause kommen würde, wegen dem Wetter. Es gäbe riesige Überschwemmungen überall, hat er gesagt, und er würde bis zum nächsten Tag da unten bleiben.

»Was ich nicht weiß, macht mich nicht heiß«, hab ich mir gedacht und aufgelegt, und dann hab ich Tim gesagt, er soll ins Bett gehen. Ich hab ihm einen von Fathers alten Schlafanzügen gegeben und ihm gezeigt, wo Fathers Zimmer ist. Wir hatten zwar auch ein Gästezimmer, aber das war zu feucht. Wie gesagt, Father hat nie Leute über Nacht dabehalten, und das Gästezimmer wurde bloß als Stauraum für unnützen alten Krempel benutzt – alte Bücher und Spielzeugsoldaten und so was –, den Father im Laufe der Jahre angesammelt hatte und von dem ich mich irgendwie nicht trennen konnte. (Von mir war nichts dabei. Ich war bloß mit einem Koffer bei Father angekommen.)

Ich hab keiner Menschenseele je erzählt, daß Tim bei uns übernachtet hat, und Tim auch nicht, was mich überraschte, denn er konnte ein ganz schön loses Mundwerk haben, wenn ihm gerade danach war. Es tat ihm ausgesprochen gut, sich mal richtig auszuschlafen. Am nächsten Morgen war er wie ausgewechselt, richtig nett war er zu mir. Aber von Matty hat er nach wie vor nicht geredet, obwohl dieses Thema schon seit dem vorigen Tag wie eine Wolke zwischen uns hing. Ich bin nie jemand gewesen, der schlafende Hunde weckt, jedenfalls bei den meisten Leuten nicht. Aber bei Tim war das was anderes. Und so hab ich das Thema dann auf den Tisch gebracht. Ich kann Ihnen sagen, wenn ich gewußt hätte, was er daraufhin abließ, hätte ich tunlichst den Mund gehalten. Er vermißt Matty, hat er gesagt. Und das, nachdem ich meine Stelle für ihn aufs Spiel gesetzt hatte! Matty, Matty er dachte bloß an Matty. Wobei ich immer noch nicht so recht geglaubt hab, daß er sich wirklich etwas aus ihr machte. Männer sind schon seltsame Wesen.

»Dann bleibt dir wohl nichts anderes übrig«, hab ich gesagt (und zwar ausgesprochen kühl), »als zurückzugehen und genau das zu tun, was der Bischof will. Geh zur Beichte«, sag ich. Ich hab gedacht, daß ihn dieser Vorschlag ja nun ganz bestimmt abschrecken würde. Aber nichts da. Schon hat er sich auf die Socken gemacht, und zwar genau in dem Moment, als Father durch die Vordertür hereinspaziert kam. Ich hab ihn gerade noch hinten über den Zaun klettern sehen, sein Frühstücksbrot in der Hand.

Das war das letzte Mal, daß ich Tim als Junggesellen gesehen hab. Am Dienstag drauf wurden Matty und er getraut. Es war eine furchtbar triste Angelegenheit. Nicht daß ein Freudenfest angebracht gewesen wäre, denn die beiden sahen hundeelend aus. Wir aus Haus Bethel hatten allerdings auch nichts anderes erwartet. Wir wußten, daß eine Veranstaltung, wo die Nonnen ihre Finger drin hatten, eine einzige Katastrophe werden mußte. Auch diesmal wurden wieder dieselben alten Kleider hervorgezogen, die jedesmal benutzt wurden, wenn der seltene Fall eintrat, daß eins der Mädchen aus Haus Bethel heiratete. Mindestens zwanzig Jahre müssen die alt gewesen sein, so zopfig wie sie ausgesehen haben. Das Brautkleid war völlig vergilbt, und der Schleier war voller Mottenlöcher. Tims Schwestern waren die Brautjungfern. Und die hätten wirklich was Besseres verdient, wo doch alle auf sie schauten. Aber mit so was stieß man bei den Nonnen auf taube Ohren. Die hielten einem dann bloß einen langen Vortrag über Geldverschwendung, wo in Afrika doch die kleinen Kinder verhungerten. Die armen hungernden Kinder in Afrika. Die Nonnen haben sie jedesmal aus der Versenkung hervorgeholt, wenn sie eine Entschuldigung für ihre Knickerigkeit brauchten. Hübsch aussehen kostet nun mal Geld, und die Nonnen haben uns für jeden Penny, den wir dafür ausgaben, mit Schuldgefühlen büßen lassen. Kein Wunder, daß die meisten von uns ausgesehen haben wie wandelnde Anzeigen für Brot für die Welt.

Drittes Kapitel

Father liebte Gott – was immer das auch heißt. Mit allen anderen hat er sich nur arrangiert. (Ich muß an dieser Stelle gestehen, daß ich nicht weiß, was es heißt, Gott zu lieben. Ich hatte nur Angst vor ihm, so wie ein Kind Angst vor dem schwarzen Mann hat.) Es hat mich richtig wütend gemacht, wie Father da in der Kirche kniete, manchmal stundenlang am Stück, und mit der Luft redete, wenn er mit mir den ganzen Tag noch kein vernünftiges Wort geredet hatte. Ich war eifersüchtig auf Gott, um die Wahrheit zu sagen. Es ist leicht, jemand zu lieben, den man nicht kennt und mit dem man nicht tagein, tagaus zusammenlebt. Man kann aus ihm machen, was man will. Und genau das hat Father mit Gott getan, wenn Sie mich fragen. In der Bibel heißt es doch, Gott hat die Menschen nach seinem Bild erschaffen. Aber ich hab oft gedacht, wenn ich Father da vorne am Altar reden hörte, daß es andersrum war: daß der Mensch Gott nach seinem Bild erschaffen hat. Denn der Gott, von dem Father gepredigt hat, der erinnerte mich doch sehr an ihn. Nicht daß ich dadurch weniger Angst vor ihm gehabt hätte – vor Gott, mein ich.

Ich will damit nicht sagen, daß Father nicht gut zu den Leuten war. Im Gegenteil. Bloß hatte er einfach statt einem Herz ein besonders großes Gewissen und ist meistens für sich geblieben. Als wären all die anderen Leute für ihn bloß Fahrscheine in den Himmel. Und davon gab es die verschiedensten Sorten, angefangen von Frauen, die von ihren Kindern tyrannisiert wurden, bis hin zu Männern, die kamen, um als letzte Rettung Abstinenz zu geloben. Im einen Moment hat er einem jungen Mädel gute Ratschläge gegeben, das sich in andere Umstände gebracht hatte, und im nächsten hat er irgendeine arme Frau getröstet, die mit ihren vielen Bälgern überhaupt nicht mehr zurechtkam. Aber als Vertrauter war ihm keiner genug. Außer Gott natürlich. Und selbst Gott war nicht im Bilde. Ich hab meine Zweifel, ob Father überhaupt in der Lage war, einen anderen Menschen zu lieben – meiner Meinung nach hatte er viel zuviel Angst. Oder es war ihm einfach zu mühsam. Ich weiß, wovon ich rede, denn die Männer, die zu uns kamen, haben mir oft genug erzählt, wie anstrengend es ist, eine Frau bei Laune zu halten.

Auch noch so viele Novenen und Gebete an die Heilige Jungfrau Maria haben nichts gegen die Wut genützt, die ich am Anfang auf Gott hatte. Und am allereifersüchtigsten war ich an dem Tag auf ihn, als Father Green in unserer Gemeinde zum Priester geweiht wurde. Dieser Father Green und Father Mann waren schon seit Jahren dicke Freunde. Sie waren zur gleichen Zeit in Maynooth gewesen, und Sie wissen ja, wie Priester sind, wenn sie zur gleichen Zeit im Priesterseminar gewesen sind. Die halten zusammen wie Pech und Schwefel. Wie es immer so schön heißt: Vereint im Gebet, vereint im Leben. Bloß ist das bei Priestern noch viel extremer. Die sind wie Soldaten, die zusammen im Schützengraben gelegen haben. Und nicht nur das, sie lassen auch niemand anders teilhaben. Na ja, wie gesagt, dieser Father Green und Father Mann waren also seit Jahren dicke Freunde. Father Green hatte Maynooth neunzehnhundertsechsundfünfzig Hals über Kopf verlassen, kurz bevor er zum ersten Mal zum Priester geweiht werden sollte. Der Anlaß war ein junges Mädchen, das er kennengelernt hatte, als er im Sommer zuvor auf Urlaub zu Hause gewesen war. Als Father Mann und ich uns mal darüber unterhielten, hat er mir erzählt, daß das für seine Klassenkameraden damals ein echter Schock war. »Man sieht es nicht gern, wenn ein guter Mann seine Möglichkeiten verschenkt«, so hat er das beschrieben. Aber damit war die Geschichte noch nicht zu Ende, denn Father Green änderte seine Meinung noch mal und beschloß, doch Priester zu werden. Das war drei Jahre später. Angeblich hat er sich einen Tag vor seiner Hochzeit mit ebendem Mädchen, das ihn damals weggelockt hatte, wieder umbesonnen. Das arme Mädchen, kann ich da nur sagen – überläßt er die einfach so ihrem Schicksal. Das muß man sich mal vorstellen, all die Vorbereitungen, und das Brautkleid war auch schon gekauft. Das hat ihr bestimmt das Herz gebrochen. So was kann einen doch zur Männerhasserin werden lassen. Aber um wieder auf Father Green zurückzukommen: Er sollte in Derry zum Priester geweiht werden, weil seine Familie von dort kam. Und weil er und Father Mann so dicke Freunde waren, sollte der Empfang bei uns stattfinden.

Natürlich war es meine Aufgabe, ein großes Festessen aufzutischen. Was für ein Theater Father machte! So aufgeregt hatte ich ihn noch nie erlebt. Als ob der Papst höchstpersönlich zum Tee kommen würde. Und er konnte sich einfach nicht entscheiden, was ich denn nun eigentlich vorbereiten sollte. Im einen Moment wollte er, daß alle um den Tisch saßen, im nächsten Moment sollte es ein kaltes Büffet sein – so nennt man das doch? Und keiner von meinen Vorschlägen hat ihm gepaßt. Ich mußte lauter so komische Kochbücher lesen, mit exotischen Gerichten, von denen ich noch nicht mal die Namen aussprechen konnte, geschweige denn auch nur die Hälfte der Zutaten kannte. Ich sag's Ihnen ganz ehrlich – ich war stinksauer auf ihn. Denn bis zu diesem Tag hatte er nie was an meinem Essen auszusetzen gehabt. Er war immer völlig zufrieden mit dem, was ich mir so einfallen ließ. Aber für Father Green war das nicht genug. Himmel, nein! Es mußte etwas Besonderes sein. Es war nämlich eine besondere Gelegenheit, hat Father mir erklärt, und zwar deswegen besonders, weil Father Green »fast der Herde entlaufen wäre«. Das waren seine Worte. »Father Green war verloren«, sagt er, »und jetzt haben wir ihn wiedergefunden.« Ich hätte ihm gern gesagt, daß das arme Mädchen, das da allein vor dem Altar stand, sich bestimmt erst recht verloren gefühlt hat. Aber ich hab den Mund gehalten, denn ich wollte keinen Rüffel riskieren.

Die Priesterweihe fand nachmittags statt, weil einige der Greens aus der Republik anreisen mußten. Deswegen gab es erst mal ein geselliges Beisammensein bei uns im Haus, bevor dann alle in die Kathedrale gingen. Ich weiß noch, was mein erster Gedanke war, als Father Green durch die Tür kam. Noch kann er einen Rückzieher machen, hab ich gedacht, es muß ihm bloß einer das Richtige ins Ohr flüstern. Und ich hab den ganzen Tag drauf gewartet. Er war ja schon mal im letzten Moment abgesprungen, also konnte es gut sein, daß er es diesmal auch wieder machen würde. Um ganz ehrlich zu sein, hab ich gehofft, daß er es tun würde, schon wegen dem Riesenwirbel, den das verursacht hätte. Aber je mehr Leute mit Geschenken und guten Wünschen ins Haus reindrängten, desto schlechter standen die Chancen für den armen Mann, noch zu entkommen. Und Father Mann hat die Leute auch noch richtig angestachelt, hat allen erzählt, was für ein mutiger Mann Father Green doch ist, weil er »seinen Fehler zugegeben hat«, wie er es nannte. Die waren entschlossen, Father Green an diesem Tag mit vereinten Kräften zum Mastkalb zu machen. Wahrscheinlich wundern Sie sich, wie ich daherrede – wie eine Heidin, obwohl ich doch mein Leben lang für einen Priester gearbeitet hab. Aber es ist einfach so, daß ich mich bis zum Schluß immer hundsmiserabel gefühlt hab, wenn ich gehört hab, daß jemand Priester oder Nonne wird. Als hätten die Krebs oder so was.

Der arme Father Green. Ein Mastkalb hat er an diesem Tag nun wirklich nicht abgegeben. Er war bleich wie Tapetenkleister und sah aus, als hätte er seit zwei Wochen keinen Bissen mehr bei sich behalten. Und dicke schwarze Ringe hatte er um die Augen. Sobald ich ihn allein erwischt hab, hab ich ihm gesagt, er soll sich hinsetzen, bevor er mir noch zusammenklappt. Ich bin mir sicher, daß mein freundlicher Rat nicht auf taube Ohren gestoßen ist. Aber sie haben ihn einfach nicht in Ruhe gelassen, obwohl doch jeder, der nicht gerade auf beiden Augen blind war, sehen konnte, daß es ihm nicht gut ging. Die haben ihn wie die Fliegen umschwirrt und von allen Seiten an ihm gezupft und gezerrt. Ich will ja nicht schimpfen, aber Father, mein Father Mann, war der Schlimmste. Nicht die allerkleinste Verschnaufpause hat er dem armen Mann gegönnt. Er hat eine richtige Trophäe aus ihm gemacht, hat ihn mit sich rumgeschleift und allen erzählt, daß man sich an ihm ein Beispiel nehmen soll. Verstehen Sie mich nicht falsch, ich hab große Stücke auf Father Mann gehalten. Aber er hatte kein Recht, Father Green das anzutun, jedenfalls nicht, wo der in so einem Zustand war. Man hätte meinen sollen, ein so gebildeter Mann wie Father Mann wüßte das. Aber nichts da.

Und zusätzlich zu diesem ganzen Theater haben dann ein paar von den Leuten die Nase auch noch dermaßen hoch getragen, als ich den Tee serviert hab, daß ich gute Lust hatte, einfach alles fallen zu lassen und zu verschwinden. Bei meiner Seele, ich war so angespannt, daß ich kaum mehr Luft gekriegt hab. Ich hab's gerade mal geschafft, ab und zu den Kopf aus dem Fenster zu stecken und ein bißchen frische Luft zu schnappen, um wenigstens etwas zur Ruhe zu kommen. Einmal ist genau in so einem Moment Father Jack in die Küche spaziert gekommen. Father Jack und ich verstanden uns inzwischen besser, denn ich hatte gemerkt, daß er eigentlich ein harmloser Geselle war und bloß einen Haufen Unfug im Kopf hatte. Unsere Küche war ein richtiger Zufluchtsort für ihn geworden, denn nur hier konnte er in aller Ruhe einen trinken. An diesem Tag hat er mich gar nicht weiter beachtet, sondern gleich nach der Whiskeyflasche Ausschau gehalten. Ich hab immer eine extra für ihn unters Spülbecken gestellt, und die übrigen hab ich hinter dem Mehlsack versteckt.

Father Jack hat kein Treffen ausgelassen, bei dem er mit einem guten Tropfen rechnen konnte – oder mit einer ordentlichen Keilerei. Für ein bißchen Krawall war er immer zu haben, und wenn's keinen gab, hat er selbst dafür gesorgt. Deswegen bin ich etwas nervös geworden, als ich ihn hab kommen sehen, das können Sie sich sicher vorstellen. Aber trotz seiner Fehler und dem, was manche Leute so über ihn erzählt haben, mochte ich Father Jack. An diesem Tag war ich sogar froh, ihn zu sehen, denn ich war ziemlich bedrückt. Father Mann, weiß der Himmel, was in ihn gefahren war, hat mich nämlich wie eine Dienstmagd behandelt. Ich mußte einer Frau, die sich mit Wein bekleckert hatte, das Kleid abwischen und Hinz und Kunz zeigen, wo die Toilette ist. Als hätten sie die nicht auch allein gefunden. Schließlich war unser Haus nicht die Paddington Station. Father Jack hatte für das ganze Spektakel genausowenig übrig wie ich. »Warum bringen sie's nicht einfach hinter sich«, hat er gesagt, »und erlösen den armen Kerl aus seinem Elend?« Alle paar Minuten hat er einen kleinen Abstecher ins Wohnzimmer gemacht, um den Bischof bei Laune zu halten, und dann ist er wieder in die Küche zurückgekommen und hat mich vollgequasselt. Für einen Mann war Father Jack eine ganz schöne Quasselstrippe. Das meiste, was er gesagt hat, ist bei mir zum einen Ohr rein und zum anderen wieder raus. Nicht daß Father Jack das gejuckt hätte. Wenn er einen gezwitschert hatte, war er sich selbst genug. Überhaupt hat der arme Mann wohl den größten Teil seines Lebens damit verbracht, sein eigenes Spiegelbild auf dem Boden irgendeines Glases vollzuquasseln. An diesem Tag hat er sich darüber ausgelassen, wie er vor fünfzehn Jahren, an dem Tag, als er aus Maynooth zurückkam, vom ganzen Ort empfangen wurde.

»Die haben eine richtige Sensation aus mir gemacht, Brigid«, sagt er. »Meine Ma, die aus Maynooth mit mir zurückgefahren war, hat mich den Wagen ganz langsam durch die Menge steuern lassen. Und zwar mit runtergekurbeltem Fenster, da kannte sie gar nichts. Alle haben ihre Hände reingesteckt und nach mir gegrabscht. Gott, war das ein Zirkus. Die wollten mir nur die Hand schütteln, das weiß ich schon, aber ich hatte das gräßliche Gefühl, daß sie mich gleich in Stücke reißen würden – besonders die Frauen. Und dann hatten sie so riesige bunte Transparente quer über die Straße gespannt, da stand drauf: ›Willkommen zu Hause, Father Jack!‹ Selbst damals haben mich die Leute schon Father Jack genannt. Wahrscheinlich haben sie mich nie für einen echten Priester gehalten, weder damals noch heute. Ich kann dir sagen, ich war vielleicht froh, als ich durch die Haustür war. Aber damit war die Sache noch nicht ausgestanden. Meiner Treu, keine Rede davon. Meine Ma hat gesagt, ich soll rausgehen und die Leute segnen und mich dafür bedanken, daß sie mir so einen Empfang bereitet haben. Das wär ich ihnen schuldig, hat sie gesagt, und sie würden es von mir erwarten. Was blieb mir anderes übrig? Aber noch mal auf die Straße rauszugehen, das war mir zuviel. Also hab ich meiner Ma gesagt, daß ich den Segen vom Fenster im ersten Stock aus sprechen würde. Ich weiß noch, daß ich mir vorgekommen bin wie der Papst höchstpersönlich, der über dem Petersplatz erscheint. Allerdings«, sagte er mit einem frechen Grinsen, »ist das an diesem Abend ein ziemlich kurzer Segen geworden. Aber selbst dann sind sie nicht gegangen und haben mich in Ruhe gelassen. Ein paar von ihnen sind bis um zwei Uhr nachts geblieben, haben Knallfrösche angezündet und zu mir reingejohlt.«

Ich hab ihm gesagt, er soll froh sein, daß er so viel Aufmerksamkeit bekommen hat. Viele Leute, hab ich gesagt, sehnen sich ihr Leben lang danach, beachtet zu werden, und nehmen diese Sehnsucht mit ins Grab.

»Kein Grund, mich zu beneiden, Brigid«, sagt er.

Er hätte ja leicht reden, hab ich gesagt, wo die Leute alle zu ihm aufblickten.

»So so, beachtet werden willst du also«, hat er mich geneckt.

Jetzt hat es mir leid getan, daß ich überhaupt was gesagt hatte. Also hab ich sein Glas bis zum Rand vollgegossen, damit er den Mund hält. Die meisten anderen wären nach so einer Portion aus den Latschen gekippt, aber Father Jack nicht. Der hatte eine Konstitution wie ein Brauereigaul.

Er hat sich über sein Glas gebeugt und hineingestarrt, als wär es eine Kristallkugel.

»Die Elenden werden das Himmelreich erben«, sagt er spöttisch.

Keiner von den anderen Priestern hat sich je so über religiöse Dinge lustig gemacht wie Father Jack. Aber in seinem Fall hab ich das auf den Alkohol zurückgeführt.

Ich hab die Platte mit den Schnittchen genommen, die ich gerichtet hatte, während er vor sich hin schwadronierte.

»Komm, ich helf dir, Brigid«, hat er gesagt, und als ich an ihm vorbeigegangen bin, hat er nach der Platte gegriffen. Er hat so heftig dran gezogen, daß ein paar Schnittchen auf den Boden gefallen sind. Mir helfen! Er konnte ja nicht mal gerade stehen, geschweige denn Schnittchen herumreichen. Hatte ich eine Mühe, ihm das auszureden! So ein Schrank von Mann, und wild entschlossen. Wenn der Bischof ihn gesehen hätte, wär mein Leben keinen roten Heller mehr wert gewesen. Er hätte mich dafür verantwortlich gemacht, das war so sicher wie das Amen in der Kirche. Bischof Cleary hätte behauptet, das Ganze wär meine Idee gewesen. Oder er hätte Father Mann zu verstehen gegeben, daß ich meine Arbeit nicht ordentlich mache. Ich konnte Father Jack schließlich nur dadurch zurückhalten, daß ich ihm noch ein Glas Whiskey eingeschenkt hab. Das war eine absolut sichere Methode, da war er wie ein Baby, das die Flasche kriegt. Allerdings hat er mich trotzdem nicht gehen lassen, sondern sich an mir festgeklammert wie ein verzogenes Gör. »Ich wünschte, du würdest zu mir kommen und für mich arbeiten, Brigid«, sagt er. »Warum sollte Pat Mann die beste Haushälterin haben?«

Ich hab ja schon erzählt, daß er keine Haushälterin über längere Zeit halten konnte, wobei mir nicht klar war, warum. Marie Coll hat mir alle möglichen Geschichten erzählt, aber ich weiß nicht so recht – Marie hatte ein böses Mundwerk, wenn sie jemand nicht mochte. Und für Father Jack hatte sie gar nichts übrig, seit er ihr mal gesagt hatte, sie hätte eine Stelle beim ›Telegraph‹ annehmen sollen.

»Und was würde Father Mann dann machen?« frag ich ihn.

»Ach, der würde doch sofort jemand anders finden«, sagt er. »Der braucht doch bloß ein Paar kräftige Hände.« Father Jack legte seine eigenen Hände aneinander, als wollte er beten. »Father Mann verdient keine Frau wie dich, Brigid«, sagt er.

Ich hatte mich gerade an ihm vorbeigeschoben, als Father Green in der Küchentür auftauchte. Er sah völlig erschöpft aus. (Meine Güte, an diesem Tag wußte ich überhaupt nicht mehr, wo mir der Kopf stand, mit all den Priestern.) Father Green sah richtig panisch aus, als wär ihm ein Killer auf den Fersen. »Gibt es hier noch einen anderen Ausgang?« hat er mich gefragt, während er nach der Hintertür Ausschau hielt. Father Jack hat laut aufgelacht. »Haben die Blutsauger dich untergekriegt?« fragt er. Dem armen Father Green ist die Kinnlade runtergefallen. Er hat mich mit einem Blick um Erlaubnis gebeten, durch die Küche zu gehen. Ein paar Minuten später hab ich aus dem Fenster geschaut, um zu sehen, ob ich ihn irgendwo entdecken kann. Und da stand er, hinter ein paar Rosenbüschen im Garten. Nach den Geräuschen zu urteilen, die aus dem anderen Zimmer kamen, hatte offenbar noch keiner bemerkt, daß er weg war. Also hab ich Father Jack die Stellung halten lassen und hab die Gelegenheit genutzt, um ein paar Worte mit Father Green zu wechseln. Wenn ich's mir so recht überlege, stand es mir vielleicht nicht zu, etwas zu sagen. Father hat mich immer ermahnt, ich soll meine Nase nicht in Gemeindeangelegenheiten stecken. Natürlich hat er das nicht so ausgedrückt, aber genau das hat er gemeint. Von mir wurde erwartet, daß ich Tee koche und geduldig zuhöre, wenn jemand ein offenes Ohr braucht. Aber an diesem Tag war mir nicht danach, mich nach Father Manns Vorstellungen zu richten. Armer Father Green. Der Schweiß ist ihm in Strömen runtergelaufen, als ich vor ihm stand, und er hat hektisch an einem Rosenkranz herumgefummelt, den er sich um die Finger gewikkelt hatte.

»Machen die vielen Leute Ihnen zu schaffen?« hab ich ihn gefragt. Ich wußte ganz genau, daß seine Nöte nichts mit den vielen Leuten zu tun hatten, ich hab das bloß gesagt, um ein Gespräch anzufangen. Am Anfang war er sich nicht sicher, ob er mit mir reden soll oder nicht, was wahrscheinlich ganz normal war, denn immerhin war ich für ihn eine Fremde, und im Haus waren massenhaft Verwandte und Freunde von ihm. Aber Sie wissen ja selbst, Fremde sind oft die einzigen, mit denen man wirklich reden kann, wenn einen sonst keiner versteht. Ich bin also einfach stehengeblieben und hab ihm Zeit gelassen. Allerdings hatte ich die ganze Zeit gräßliche Angst, daß Father Mann auftauchen könnte. Und ich hab auch lieber nicht darüber nachgedacht, was Father Jack womöglich gerade in der Küche anstellte. Ich wollte schon aufgeben, da entschloß sich Father Green, doch den Mund aufzumachen.

»Ich habe Angst, es durchzuziehen«, hat er gesagt. Das war natürlich keine neue Erkenntnis für mich, aber ich hatte nicht damit gerechnet, daß er so direkt damit rausrükken würde. Dicke Tränen standen ihm in den Augen. Ich wußte beim besten Willen nicht, was ich sagen sollte. Ich muß wie der letzte Tölpel ausgesehen haben, wie ich da mit offenem Mund vor ihm stand. »Die Leute da drin erwarten es alle von mir«, sagt er. »Die denken, ich wäre dafür geschaffen, so hat meine Mutter das immer genannt. Aber ich habe mich nie weniger zum Priester berufen gefühlt als heute.«

»Noch können Sie einen Rückzieher machen« – das ist mir so rausgerutscht, es war das erste, was mir in den Sinn kam. Erst nachdem ich es gesagt hatte, wurde mir klar, daß es wahrscheinlich das letzte war, was er hören wollte. Das hat er nun wirklich nicht gebraucht, daß ich seine Verwirrung noch steigere. Ich konnte sehen, wie er dachte: »Die hat leicht reden.« Gesagt hat er allerdings nichts. Er hat mich nur voller Mißtrauen angeguckt, als wäre ich der Teufel höchstpersönlich. In mir hat sich alles zusammengezogen.

»Wissen Sie«, sagt er, »ich beneide Priester wie Father Mann. Die wissen, was sie wollen. Die sind sich ihrer selbst sicher.«

In dem Moment hab ich durch die Küchentür laute Stimmen gehört. Die Bluthunde waren ihm auf der Spur, und jetzt kamen sie raus, die ganze Mannschaft, um ihn wieder reinzuzerren. Der arme Kerl! Er hat sich hinter den Rosenbüschen ganz klein gemacht und gehofft, keiner würde ihn sehen. Aber es hat nichts genützt. Sie hatten ihn schon entdeckt. Als ich mich umgedreht hab, konnte ich Father Mann an der Spitze einer ganzen Kolonne über den Rasen kommen sehen.

»Sie können denen immer noch sagen, daß Sie die Sache abgeblasen haben«, sag ich zu Father Green, mit gedämpfter Stimme, damit mich keiner hört. Können Sie sich vorstellen, was Father Mann zu mir gesagt hätte, wenn er mich so hätte reden hören? Vielleicht war es sogar eine Sünde. Falls ja, dann mußte ich es ihm in der Beichte erzählen, ob ich nun wollte oder nicht. Was er dann wohl sagen würde? Immerhin führte ich gerade einen Priester in Versuchung, sich von seiner Berufung abzuwenden, und das unter seinem Dach. Ganz abgesehen davon, daß der Priester auch noch ein Freund von ihm war. Einen Moment lang war mir so bang, daß ich Father Green völlig vergessen hab. Ihm hat das allerdings nichts ausgemacht. Er hat einfach weitergeredet. Sein Blick war in die Ferne gerichtet, und er hat die Bande, die sich da näherte, überhaupt nicht beachtet. Irgendwas war mit ihm geschehen, denn seine Stimme war jetzt klarer.

»Daß andere Leute es von mir erwarten, ist mir egal«, hat er gesagt. Das klang ja nun völlig anders als das, was er gerade eben noch gesagt hatte. »Das wahre Problem ist, daß ich es selbst von mir erwarte. Schon als kleiner Junge wollte ich Priester werden. Und dieses Gefühl hat mich bis heute nicht losgelassen.«

Das war das erste Mal, daß ich eine vage Vorstellung davon gekriegt hab, was es heißt, »eine Berufung zu verspüren«. Und ich hab mich gefragt, ob Father mit dem gleichen Gefühl aufgewachsen war. Wenn ja, hab ich mir gedacht, dann steht es mir nicht zu, böse auf ihn zu sein. Vielleicht hatte er keine andere Wahl, genau wie Father Green es gerade beschrieben hatte. Und ich reg mich die ganze Zeit über ihn auf, weil er mich nicht beachtet! Doch wenn man vom Teufel spricht – genau in dem Moment ist er an mir vorbeigepoltert, als wär ich unsichtbar. Er hat Father Green den Arm um die Schultern gelegt und ihm etwas ins Ohr geflüstert. Ich hab allerdings nicht verstanden, was, denn ich hab mich gerade wieder zu fangen versucht. Dann hat er übertrieben laut gesagt, so daß alle es hören konnten: »Drinnen warten alle auf dich, Michael.« Er hatte ein breites Grinsen aufgesetzt, um jede Spur von Unruhe zu übertünchen, die Father Green womöglich noch bei ihm hinterlassen hatte. Die ganze Zeit hat er mich nicht mal angeguckt. Aber Sie hätten mal seinen bitterbösen Blick sehen sollen, als die anderen sich abgewandt haben. Wenn Blicke töten könnten, dann läge ich jetzt unter der Erde. Und ich muß Ihnen sagen, die Schuldgefühle, die ich gerade noch gehabt hatte, weil ich von diesem Mann beachtet werden wollte, verschwanden im Nu, und ich war wieder stinksauer auf ihn. Priester oder nicht, hab ich mir gesagt, nichts gibt ihm das Recht, rücksichtslos auf den Gefühlen anderer Menschen herumzutrampeln, so wie gerade eben auf meinen.

Der arme Father Green. Ob er es wollte oder nicht, sie haben ihn wieder zurück ins Haus geschleppt. Jetzt bestand wohl keine Hoffnung mehr für ihn, mit der Meute da drin, die ihm an den Kragen wollte, und wo er doch so ein zurückhaltender Mensch war. Sally Green, seine Schwägerin, die im Garten geblieben war, als die anderen reingingen, hat mich abschätzig gemustert, als wollte sie mir sagen, daß ich kein Recht hätte, hier zu sein – und das in meinem eigenen Garten. Solche Frauen, die sich wer weiß was einbilden, gehen mir wirklich auf die Nerven. Gott möge mir verzeihen, aber als ich sah, wie sie mit ihrem neuen Kleid in einem Ginsterbusch hängenblieb, konnte ich mir ein Grinsen nicht verkneifen. Natürlich hat mir Father Mann vom Küchenfenster aus ein Zeichen gegeben, daß ich ihr helfen soll. Aber ich hab so getan, als hätte ich ihn nicht gesehen, und sie einfach stehenlassen; sollte sie sich doch allein aus ihrer mißlichen Lage befreien.

Diese Priesterweihe war die erste, die ich je miterlebt

hab. Schon Wochen vorher haben alle, die zu uns ins Haus kamen, davon geredet. Die ganze Gemeinde war aufgeregt. Also hab ich mir gedacht, ich sollte wohl auch aufgeregt sein. Das zeigt doch bloß mal wieder, wie leicht man sich mitreißen läßt, wenn man von genug Leuten umgeben ist, die auf derselben Schiene fahren wollen. Die Frauen, die den Altar schmückten, sind zu Höchstform aufgelaufen. Vor denen war ja auch so schon kein Staubkörnchen sicher. Aber in dieser Woche haben sie sich praktisch in der Kirche einquartiert. Und alle naslang sind sie zu uns rübergekommen und wollten irgendwas, Teppichshampoo für den Läufer – als ob der nicht sauber genug gewesen wäre – und Wachs für die Altarschranken. Und am Tag vor der Feier mußte Father dreimal rübergehen und das Blumenarrangement begutachten. Wer nur irgend konnte, hat versucht, an dem Spektakel mitzuwirken. Als Father Ordner gesucht hat, standen die Männer von unserem Haus bis zur Kathedrale Schlange, und der Chor hat jeden Abend geprobt.

Ich sag Ihnen jetzt mal was. Diese Priesterweihe war die fürchterlichste Veranstaltung, die ich je über mich hab ergehen lassen. Zunächst mal war es dermaßen voll in der Kirche, daß man sich kaum rühren konnte. Die Leute sind schier aus der Tür rausgequollen, und der ganze Kirchhof stand auch noch voll. Wer irgendwie dazu in der Lage war – und wer nicht, zum Teil auch –, war gekommen, um den Jungen zu sehen, der es so weit gebracht hatte. In den Köpfen dieser Leute war es das Größte, Priester zu sein. Draußen wurde ein Lautsprecher aufgestellt, damit die Leute dort auch was hören konnten. Aber Marie Coll und ich hatten Glück. Eine Freundin von Marie hatte uns zwei Plätze auf der Empore freigehalten, damit wir alles sehen konnten. Father Greens Verwandte hatten sich richtig rausgeputzt, die Frauen mit Hüten und die Männer in Anzug und Krawatte. Von ihrer Aufmachung her hätte man meinen können, sie wären zu einer Hochzeit gekommen.

Langsam wurde es spät. Es war schon deutlich nach drei, und da hätte die Messe eigentlich anfangen sollen, aber es ist immer noch keiner am Altar aufgetaucht. Und es sah auch nicht so aus, als ob gleich jemand kommen würde. Die Leute wurden mehr als unruhig, und die Kinder, die eigentlich sowieso nichts in der Kirche verloren hatten, haben auf ihren Plätzen rumgezappelt. Dann fing jemand an zu flüstern, erst hier, dann dort, und bald war die ganze Kirche von Stimmen erfüllt. Wenn man sich in einer Bingohalle so verhält, ist das ja schön und gut, aber in einer Kirche ist es schlichtweg respektlos, finde ich. Ich hab alle in meiner Nähe, die es wagten, den Mund aufzumachen, bitterböse angeguckt. Gott möge mir verzeihen, aber ich glaub, meine Nerven waren an diesem Tag einfach überstrapaziert.

Als die Rathausuhr halb vier schlug, hat Mrs. Green es keine Sekunde länger mehr ausgehalten. Obwohl ihr Mann heldenhaft versucht hat, sie zurückzuhalten, ist sie geradewegs in die Sakristei hineinmarschiert. Sie hat nicht das Knie gebeugt, als sie am Tabernakel vorbeiging, und sich nicht einmal bekreuzigt. In der Kirche wurde es totenstill. Alle Blicke waren auf die Tür zur Sakristei gerichtet, denn jeder wollte sehen, was als nächstes passiert. Schon nach einer Minute ist Mrs. Green wieder rausgekommen. Sie sah alles andere als glücklich aus – sie hielt ihre Handtasche an die Brust gepreßt, und ihr Gesicht war völlig verzerrt, als hätte sie in eine Zitrone gebissen. (Marie Coll hat mir hinterher erzählt, was passiert war. Offenbar war Father Green in der Sakristei ohnmächtig geworden, und Mrs.

Green war deswegen wütend auf ihn.) Sie ist wieder zu ihrem Platz zurückgegangen. Aber hingesetzt hat sie sich nicht, o nein. Sie hat ihren Mann runtergeputzt, als wär der an allem schuld. Ich hab natürlich nicht verstanden, was die beiden gesagt haben. Aber ihre finsteren Blicke haben Bände gesprochen. Mrs. Green war noch mitten in ihrer Schimpftirade, als die Tür zur Sakristei aufging und die Prozession rauskam. Bischof Cleary, der aus irgendeinem Grund breit grinste, ging vorneweg, und als letzter hat sich Father Green reingeschleppt. Zwischendrin ging eine lange Reihe von Priestern, darunter auch Father Mann, der an diesem Tag Meßdiener war. Bei besonderen Gelegenheiten wie dieser war das üblich, da mußten die Priester die Aufgabe der Ministranten übernehmen.

Für Father Green muß es furchtbar gewesen sein – Hunderte von Leuten, die ihn angafften, ganz zu schweigen von Bischof Cleary, der ihm im Nacken saß. Und dann war er auch noch unpäßlich, der arme Mann. Als er umgekippt ist, hab ich gedacht, jetzt wieder aufstehen, das schafft er nie. Aber Father Jack, der Gute, hat ihm aufgeholfen. Ich finde ja nicht, daß dieses ganze Theater notwendig ist, um ehrlich zu sein. Priester ist doch einfach ein Beruf, so wie jeder andere auch. Ich versteh nicht, warum Priester nicht einfach eine Bescheinigung kriegen können, auf der steht, daß sie Priester sind – so wie Ärzte und Rechtsanwälte. Sobald die Priesterweihe vorbei war, ist Father Green in die Sakristei gegangen, und nach ein paar Minuten ist er in vollem Ornat wieder rausgekommen. Die ganze Gemeinde hat ihn erwartet, so wie Hochzeitsgäste, die drauf warten, daß die frischgebackene Ehefrau in ihrem Ausgehkleid erscheint. Er hatte nagelneue Gewänder an, richtig edel, so was hatte von den anderen Priestern in der

Gemeinde keiner. Offenbar hatte er sie von einem gutbetuchten Onkel aus Amerika geschenkt bekommen, der sich so was leisten konnte. Aber teuer oder nicht, Father Green sah nicht so aus, als ob er sich besonders wohl darin fühlte. Er hat das Meßgewand ständig von den Schultern weggehoben, als wär es zu schwer. Und die Albe hätte ein ganzes Stück kürzer gemacht werden müssen.

Um die erste Messe von einem Priester wird immer ziemlich viel Aufhebens gemacht. Aber was die Leute daran interessiert, ist in erster Linie die Predigt. Aus der schließen sie nämlich, wie der neue Priester ist, ob er es ihnen schwermachen wird oder nicht. Ich könnte mir denken, daß die Leute, die an diesem Tag zu Father Green gekommen sind, mit schwerem Herzen nach Hause gegangen sind, denn er hat von nichts anderem geredet als von den »hohen Anforderungen«, die Gott an uns stellt. »Unser Selbst muß sterben, damit wir in Gott leben können« – das waren seine Worte. Sie müssen zugeben, daß das für eine erste Predigt ein ziemlich trüber Gedanke war, besonders von einem so jungen Mann wie ihm. Obendrein klang er furchtbar matt und bedrückt. Während ich ihm zuhörte, mußte ich dauernd dran denken, wie er mittags im Garten ausgesehen hatte.

Diese Marie Coll, die konnte nie auch nur mal einen Moment lang Ruhe geben. Sie ist ständig auf ihrem Stuhl rumgerutscht und ist mir schließlich dermaßen auf die Nerven gegangen, daß ich bitterböse zu ihr rübergeguckt hab. Nicht daß das irgendwas genützt hätte, denn Marie hatte eine richtige Elefantenhaut. Sie hat mich in die Seite geboxt und mich auf ein Mädchen aufmerksam gemacht, das ein paar Reihen von uns entfernt saß. »Das ist die, die er heiraten wollte«, sagt sie.

»Pssst«, hab ich gemacht, denn ich hatte schreckliche Angst, daß jemand anders sie hören könnte. Dann hab ich mir das Mädchen genauer angeguckt, denn ich war schon neugierig, was für eine Frau wohl einen Mann davon abbringen kann, Priester zu werden. Aber soweit ich sehen konnte, war überhaupt nichts Besonderes an ihr. Sie war völlig normal: ein normales Gesicht, normale Haare, normale Kleider. Es stimmt eben doch: Über Geschmack läßt sich nicht streiten. Ich hab mich gewundert, daß sie überhaupt da ist, unter diesen Umständen. Vielleicht hat sie genau wie ich drauf gewartet, daß er im letzten Moment noch seine Meinung ändert, und wollte dann zur Stelle sein, um ihre Ansprüche anzumelden. Oder vielleicht war sie masochistisch veranlagt. Sie sah wirklich furchtbar elend aus, als hätte er sie gerade gestern erst sitzenlassen. Und es war auch kein Mann bei ihr, jedenfalls saß keiner neben ihr. Manche Frauen sind so – die verschreiben sich mit Haut und Haar irgendeinem Nichtsnutz, der sie nicht haben will. Und dann geht's ihnen den Rest ihres Lebens schlecht, und sie lassen ihren Ärger an anderen Leuten aus, statt ihr eigenes Leben in die Hand zu nehmen, so wie es angebracht wäre. Ich muß gestehen, daß ich bis zum Ende der Messe kaum die Augen von ihr gelassen hab, denn ich hatte Angst, was zu verpassen.

Als dann die Kommunion dran war, hat sie die ganze Zeit die Leute angestarrt, die von der Altarschranke zurückkamen, Männer wie Frauen. Und zwar mit einem absolut gehässigen Blick. Als wär sie eifersüchtig auf alle, die auch nur in die Nähe von ihrem Father Green kamen. Sie hat bis ganz zum Schluß gewartet und ist dann erst selbst hochgegangen. (Ich bin gar nicht hin. Mir war es zu voll da oben. Ich hatte also ausgiebig Gelegenheit, sie zu beobachten.) Father Green hat sie erst bemerkt, als sie vor ihm niederkniete. Aber in dem Moment, wo er sie gesehen hat, ist er zur Salzsäule erstarrt. Father Mann, der den Hostienteller für ihn gehalten hat, mußte ihn anstupsen, damit er weitermacht. Und selbst dann war er noch ganz steif vor Schock und Verlegenheit. Ein ausgesprochen peinlicher Anblick war das. Der arme Mann. Er war so verstört, daß er die Hostie nicht aus dem Kelch rausbekommen hat. Ich weiß, wie die Dinger zusammenkleben können, denn ich hab ja in der Hostienbäckerei gearbeitet. Man braucht eine ruhige Hand, um sie auseinanderzukriegen. Und Father Green, der Gute, der hatte an diesem Tag keine ruhige Hand. Marie Coll, der wie gesagt nie etwas entging, hat mich noch mal in die Seite geboxt und angefangen zu kichern. Übrigens waren wir nicht die einzigen, die geguckt haben. Die gesamte Gemeinde hat das Schauspiel inzwischen verfolgt. Aber nicht genug damit, daß Father Green die Hostie nicht aus dem Kelch herausbekam – als er es geschafft hatte und sie dem Mädchen in den Mund legen wollte, hat er sie auch noch fallen lassen. Es gab das übliche Theater, und die verdorbene Hostie wurde in die Sakristei getragen. Und das Mädchen hat die ganze Zeit einfach weiter dort gekniet. Ich finde es erstaunlich, daß sie den Mumm dazu hatte, wo sie doch wußte, wie die Leute über sie reden würden. Ob es nun geplant war oder nicht, sie hat an diesem Tag einen echten Volltreffer gelandet. Es ist ihr gelungen, Father Green seine erste Messe so gründlich zu vermasseln, wie nur sie allein das hinkriegen konnte. Allerdings hat der arme Mann danach versucht weiterzumachen, als wär nichts geschehen. Und nach der Messe hab ich gesehen, wie Father Mann das Mädchen hinter der Kathedrale ausgeschimpft hat.

Father Green hat an diesem Tag kein Wort mehr mit mir geredet, und auch in den nächsten Monaten nicht. Und er ist jedesmal rot geworden, wenn ich ihm in der Stadt über den Weg gelaufen bin. Oft hat er sogar extra einen Umweg gemacht, wenn er mich hat kommen sehen. Nicht daß ich ihm das übelgenommen hätte, dem armen Kerl. Er schämte sich wahrscheinlich, weil er mir sein Inneres preisgegeben hatte. Ich kenn das Gefühl. Auch ich hab schon so einiges gesagt, was ich am liebsten wieder zurückgenommen hätte. Aber da das nun mal nicht geht, paß ich heute mehr denn ja auf, was ich sage.

Bei dem Empfang abends war Father Jack furchtbar trübselig, was ungewöhnlich für ihn war, denn immerhin floß der Alkohol ja in Strömen. Die Leute haben sich immer drauf verlassen, daß er die Partys in Schwung hielt. Als die Reden gehalten werden sollten, war ich richtig gespannt, was er sagen würde, denn seit er aus der Kathedrale zurückgekommen war, hatte ich ihn nur schimpfen und stöhnen hören. Der Bischof als Ehrengast hat als erster gesprochen. Also, so ein leeres Geschwätz hab ich mein Lebtag lang noch nicht gehört. Genau wie so ein paar Politiker, die ich aus dem Fernsehen kenne, hatte der Bischof ein echtes Talent dafür, stundenlang zu reden und nichts zu sagen – wobei er gleichzeitig genau die richtigen Sachen gesagt hat, eben all die Nettigkeiten, die man von ihm erwartete. Die Zuhörer haben alle geklatscht und gejubelt. Aber ich hätte hinterher keinen Satz davon wiedergeben können, und wenn mein Leben davon abgehangen hätte. Als nächstes hat Mr. Green, der Vater von Father Green, das Wort ergriffen; allerdings mußte er erst ziemlich bekniet werden. Er hatte nämlich Bedenken, daß er »seinen Jungen«, wie er ihn nannte, über den grünen Klee loben würde.

Aber gleichzeitig hat man aus jedem einzelnen Wort deutlich herausgehört, wie stolz er war. Er hat erzählt, er und Mrs. Green hätten Michael nie dazu gedrängt, Priester zu werden. Er wüßte, daß das ein steiniger Weg für einen jungen Mann wär, besonders in diesen Zeiten. (Das war in den sechziger Jahren.) Michael, sagt er, wär immer derjenige gewesen, der abends daran gedacht hätte, den Rosenkranz zu beten. »Man mußte ihn nie zwingen, zur Messe oder zur Beichte zu gehen, so wie viele andere Kinder«, hat Mr. Green erzählt. Also, nichts gegen den alten Mann, aber dieses Geschwalle hat mich wirklich krank gemacht. Nach ihm war Father Jack dran. Sie hätten mal Bischof Clearys Blick sehen sollen, als Father Jack mit dem Whiskeyglas in der Hand aufstand.

»Brüder«, hat Father Jack mit einer Art Grinsen gesagt, das ihn furchtbar gequält aussehen ließ. Mit einer ausladenden Handbewegung hat er alle weiteren Feinheiten und Lobhudeleien vom Tisch gefegt und dabei etwas Whiskey verschüttet. »Wenn das Meßwein wäre«, sagt er lachend, »dann hätten wir jetzt gut zu tun, was?« Dabei hat er direkt zu Father Green rübergeguckt.

Es war klar wie Kloßbrühe, daß er auf die Panne mit der Hostie anspielte. Der arme Father Green sah aus, als würde er vor Scham gleich im Boden versinken.

»Aber so«, sagt Father Jack und schaut zu mir rüber, »kann Brigid das ja aufwischen. Nicht wahr, Brigid?«

Jetzt haben sich alle umgedreht und mich angeschaut. So wie die geguckt haben, hätte man meinen können, es wär meine Schuld, daß Father Jack mich ins Spiel bringt. Sie haben mich bitterböse angestarrt, so als hätte ich hier nichts verloren – und das in meinem eigenen Haus. Aber sie haben gekriegt, was sie wollten, denn ich bin in die Küche geflüchtet. Keine zehn Pferde hätten mich wieder ins Wohnzimmer zurückgebracht. Marie Coll, die Gute, hat die Aasgeier verabschiedet, und ich mußte mich nicht mehr mit ihnen herumplagen.

Doch kaum war der letzte Besucher gegangen, hab ich gehört, wie Fathers Schritte sich näherten. Das Haus kam mir in diesem Moment schrecklich groß und leer vor, und ich hatte eine Heidenangst.

Father hat nie lang um den heißen Brei rumgeredet, wenn ihm was nicht paßte. Ich dagegen hab einfach bloß dagesessen und keinen Piep gesagt, denn ich hab schon gewußt, was kommt, bevor er nur den Mund aufgemacht hat. Außerdem haben mir die Worte gefehlt, um meine Gefühle zu erklären, und die Geistesgegenwart, um mich auf eine Diskussion mit ihm einzulassen. Er fing an wie immer, nämlich indem er mich lobte. Aber darauf bin ich nicht reingefallen. Ich wußte, daß er das nur macht, um sein Gewissen zu beruhigen und um nicht ungerecht zu erscheinen. Es war nicht zu übersehen, daß er stinksauer war und es kaum abwarten konnte, mir den Kopf zu waschen, weiß der Himmel warum. Ich hab mich sehr beherrschen müssen, um nicht in Tränen auszubrechen, wie jedesmal, wenn er mir einen Rüffel verpaßte.

»Du hättest an der Tür stehen und die Leute verabschieden sollen«, sagt er. »Das ist deine Aufgabe. Dafür bezahle ich dich.«

Bezahlen! Keinen Penny hatte ich im letzten halben Jahr von ihm gekriegt. Es war nämlich so, daß ich kein regelmäßiges Gehalt bekam, wissen Sie, bloß kostenlose Unterkunft und Verpflegung und gelegentlich mal ein paar Münzen, die er oder der Bischof mir zuschoben. Nicht daß es mir an irgendwas gemangelt hätte, ich beklage mich nicht.

Aber es wär schon nett gewesen, ab und zu ein bißchen eigenes Geld zu haben.

»Tut mir leid«, sag ich.

»Was ist bloß in dich gefahren?« fragt er mich.

Gott, manchmal war er wirklich schwer von Begriff. Jeder halbwegs vernünftige Mensch hätte bemerkt, wie mich die Leute behandelten, und meinen Ärger verstanden. Aber ich war nicht in der Stimmung, ihm meine Gefühle zu erklären. Ich war zu müde. Außerdem wußte ich, daß er mich eh nicht verstehen würde. Er würde bloß sagen, daß ich mich nicht hätte beirren lassen sollen. Es war ja wunderbar, wenn er das meinte. Er war ein Mann, und die Leute blickten zu ihm auf.

»Aber was mich ärgert, ist eigentlich was anderes«, hat er gesagt, als er gemerkt hat, daß er von mir nicht erfahren würde, warum ich die Besucher nicht verabschiedet hatte. »Du hattest kein Recht, Father Green heute nachmittag im Garten aufzuhalten, wo er das ganze Haus voller Gäste hatte.«

Das war mal wieder typisch für ihn, daß er mich beschuldigte, ich hätte Father Green in Beschlag genommen, wo es doch genau umgekehrt gewesen war, wenn überhaupt. Nicht daß es mir was ausgemacht hätte, dem armen Mann zuzuhören. Das will ich damit nicht sagen. Ich hab mir überlegt, wie ich wohl erklären könnte, was wirklich passiert war, ohne hinter Father Greens Rücken über ihn zu reden. Doch ich bin gar nicht dazugekommen.

»Aber das ist jetzt egal«, sagt er. »Was passiert ist, ist passiert.«

Also, ich hab viel über das nachgedacht, was an diesem Nachmittag alles passiert ist. Und ich muß Ihnen sagen, da hat mehr dahintergesteckt, als es den Anschein hatte.

Father mochte es nicht, wenn ich mit anderen Leuten redete, weiß der Himmel warum. Ich weiß nicht, woher ich das wußte, aber ich wußte es einfach. Ich konnte mit niemand reden oder auch nur den Kopf nach jemand umdrehen, ohne daß Father sich aufregte. Nicht daß er gemeint hätte, ich sollte statt dessen mit ihm reden. Im Gegenteil. Er wollte nur immer alles schön unter Kontrolle haben, und das hat eben auch mich eingeschlossen.

Mir fällt da besonders der Morgen ein, nachdem Tim bei uns übernachtet hatte. Natürlich hab ich Father nicht erzählt, daß Tim über Nacht dagewesen war, bloß daß er morgens auf einen Sprung zum Frühstück vorbeigekommen ist. Wie er mich da angeguckt hat! Als hätte ich den Teufel höchstpersönlich zum Essen geladen. Ich hab gesehen, wie Fathers Blick auf den Rest Rührei gefallen ist, den Tim übriggelassen hatte. Gott möge ihm verzeihen, aber ich glaub, nicht mal das hat er dem armen Jungen gegönnt. Dabei wußte er ganz genau, daß Tim kein Dach über dem Kopf hatte und daß er seit Tagen nichts Ordentliches mehr zwischen die Zähne gekriegt hatte, und das alles, weil er von den Nonnen und Priestern durch die Gegend gescheucht wurde. Aber Father war nicht nur wegen Tim sauer. Er hat es grundsätzlich nicht gern gesehen, wenn ich mit Männern redete – nicht mal wenn ich zufällig einen auf dem Kirchhof traf. Er hatte Angst, daß sie mich von meiner Stelle als Haushälterin weglocken könnten. Und Haushälterin bei einem Priester zu sein hat seiner Ansicht nach fast soviel bedeutet wie Nonne zu sein. Er hat wohl gedacht, solang Gott mich in der Tasche hat, hat auch er mich in der Tasche.

Ich hab schon erwähnt, daß Father Tim nicht leiden konnte. Nun, Dympna konnte er auch nicht leiden. Wenn sie da war und er auch, hat im Haus immer eine furchtbare Stimmung geherrscht. Und wenn sie dann wieder weg war, hat er mir ein Loch in den Bauch gefragt, um rauszufinden, was sie von mir wollte. So eine Angst hat er gehabt, daß sie mich gegen ihn einnehmen würde. Gott, hat der sich aufgeführt! Als ob ich nicht selbst ein Hirn im Kopf hätte. Zum Schluß hatte ich einen richtigen Horror davor, daß jemand an die Hintertür klopfen könnte, um mich zu besuchen. (Wer zu mir wollte, durfte nicht durch die Vordertür.) Es hat wirklich keinen Spaß gemacht, Besuch zu kriegen. Natürlich hat er mir immer erzählt, ich könnte einladen, wen ich wollte. Er hat sogar gesagt, wenn ich wollte, könnte ich das Wohnzimmer benutzen. Aber letzten Endes haben ihm die Leute, die ich ins Haus brachte, alle nicht gefallen. Nicht daß er das zu denen oder auch zu mir je gesagt hätte. Das konnte er wohl nicht, immerhin war er ja Priester. Aber ich wußte, was er dachte, auch wenn er nichts gesagt hat. Er hat mir einfach ein richtig mieses Gefühl vermittelt, und daß ich darüber nicht reden konnte, hat die Sache auch nicht besser gemacht. Das war nämlich auch eine seiner Methoden, mir zu zeigen, wo mein Platz war. Daß er nicht gesagt hat, was er denkt, mein ich. Und er hat mich dazu gezwungen – anders kann ich das nicht ausdrücken –, es genauso zu machen. So konnte ich ihm nicht zur Last fallen, und er mußte sich nicht mit mir herumstreiten. Das hätte ihn zuviel Nerven gekostet, und er hatte mich nicht eingestellt, damit ich ihn Nerven koste. Die einzige Besucherin, die er akzeptiert hat, war Marie Coll. Aber auch nur deshalb, weil sie Father Boscos Haushälterin war.

Es gab noch einen Grund, warum Father es nicht mochte, wenn sich andere Leute für mich interessierten. Er hatte Angst, daß ich mir was drauf einbilden würde, und so wie ich mich kenne, hatte er wahrscheinlich recht. Ich konnte manchmal ganz schön anmaßend und selbstgefällig sein. Einmal zum Beispiel hab ich mich dazu überreden lassen, bei einem Lehrerausflug von der Grundschule in Long Tower mitzufahren. Da war eine gewisse Joy Close dabei. Na ja, und diese Joy, die hat sich wie ein Schatten an mich gehängt, und wir haben uns auf der ganzen Fahrt nach Bundoran und wieder zurück unterhalten. Sie wußte unheimlich viel über die Nonnen aus Haus Bethel und konnte mir alles über ihre Familien erzählen. (In meiner Jugend hat es mich immer richtig gewurmt, daß keine von denen irgendwas rausgelassen hat.) Aber das war nicht der einzige Grund, warum wir uns so gut verstanden haben. Als Joy gehört hat, daß ich aus Haus Bethel komme, wollte sie wissen, wie es ist, bei den Nonnen aufzuwachsen, und hat mir alle möglichen Fragen über mich gestellt. Als ich abends ins Pfarrhaus zurückgekommen bin, hab ich drei Meter über dem Erdboden geschwebt. Aber es hat keine fünf Minuten gedauert, und schon war meine Stimmung wieder im Keller. Father hat sich wie immer überhaupt nicht um mich gekümmert, und das war ein ziemlich komisches Gefühl, nachdem Joy sich so für mich interessiert hatte. Obendrein kam an dem Abend auch noch der junge Father McLaughlin zu Besuch, der gerade eine Stelle im College angetreten hatte, und für den hatte Father jede Menge Zeit. Aber für gebildete Leute hat er immer Zeit gehabt. Mit denen hat er sich stundenlang unterhalten, auch wenn für mich kein Wörtchen abgefallen ist. Das hat mich immer wieder unheimlich geärgert.

Am Abend nach Father Greens Priesterweihe hätte ich genausogut versuchen können, mit der Wand zu reden wie mit Father.

Allerdings fand ich auch nicht, daß es den Aufwand wert war, nachdem er so mit mir umgesprungen war, mal ganz abgesehen von dem armen Father Green und von Father Jack, zu denen er auch nicht gerade nett gewesen war. Also hab ich den Mund gehalten. Ich weiß schon, was Sie jetzt denken: daß ich das nur gemacht hab, um einer Auseinandersetzung aus dem Weg zu gehen. Und vielleicht haben Sie recht. Ich geb's gerne zu, ich war nie besonders gut darin, mich mit Worten zu behaupten. Ich hab schon viele Leute erlebt, die sich wie Hund und Katze streiten können und dabei eine hervorragende Figur machen. Aber ich konnte das nicht. Wenn mich jemand auch nur schief angeguckt hat, hat mich das tagelang umgetrieben. Und völlig durcheinandergebracht. Ich wußte dann gar nicht mehr, ob das, was ich fühlte, richtig oder falsch war. Und ich hatte so eine Angst, daß ich zum Schluß den Mund überhaupt nicht mehr aufgekriegt hab, ums Verrecken nicht. Das war auch diesmal nicht anders. Ich wußte nicht mehr, ob es richtig gewesen war, mit Father Green zu reden oder nicht. Vielleicht hatte mich ja doch der Teufel geritten. Oder vielleicht fehlte es mir, wie manche Leute das meinten, am nötigen Respekt vor der Geistlichkeit.

Aber auch Father war an diesem Tag in einer ziemlich komischen Stimmung, da führt kein Weg dran vorbei; weiß der Himmel, was in ihn gefahren war. Ich hab ihn weder vorher noch hinterher je so schlechtgelaunt erlebt. Wenn Sie meine Meinung dazu hören wollen: Ich glaub, er hat seine unguten Gefühle an mir ausgelassen. Er hat versucht, sich selbst oder weiß Gott wem zu beweisen, daß er – genau wie Father Green – ohne Frauen auskommen konnte. Und es hat ihn ziemlich aus der Fassung gebracht, als er gesehen hat, daß Father Green jemand brauchte, mit dem er reden konnte. Denn seiner Ansicht nach brauchen Priester niemand außer Gott, was völliger Blödsinn ist, finde ich. Ärzte und Rechtsanwälte verbringen ihr ganzes Leben damit, sich um andere Menschen zu kümmern, genau wie Priester, aber denen verbietet kein Gesetz zu heiraten, wenn sie wollen.

Eine war bei der Priesterweihe noch dabei, von der ich bisher nichts gesagt hab: Mary Bosco. Ich hab sie deshalb noch nicht erwähnt, weil ich ihr ein bißchen Raum ganz für sich geben wollte. Ich finde, das bin ich ihr schuldig, denn ich bin doch ziemlich grob zu ihr gewesen. Es war ein richtiger Schock für mich, sie überhaupt dort zu sehen, das kann ich Ihnen sagen, wo Father und ich doch so mit ihr umgesprungen waren. Andererseits wär es bestimmt aufgefallen, wenn man sie nicht eingeladen hätte (immerhin war sie ja Father Boscos Schwester), und die Leute hätten sich wer weiß was gedacht. Ich hab Father wirklich bewundert, wie er sie den ganzen Tag lang ignoriert hat, mal abgesehen von den üblichen Höflichkeiten. Und sie hat sich auch tatsächlich benommen. Der Ärger ist erst hinterher losgegangen. Ich weiß, daß ich versprochen hab, fair zu bleiben, aber bei meiner Seele, diese Frau hatte wirklich keinen Funken Anstand im Leib. Nachdem wir ihr einmal den kleinen Finger gereicht hatten, hat sie uns wochenlang keine Ruhe mehr gelassen. Jeden Abend stand sie vor der Tür, zuverlässig wie ein Uhrwerk. Natürlich hab ich getan, was Father mir am Anfang aufgetragen hatte, nämlich ihr zu sagen, daß er nicht da ist. Und ich bin ganz ehrlich, ich hatte keinerlei Gewissensbisse dabei. Was gab ihr das Recht, Father Abend für Abend zu belästigen? Das war doch selbst für einen Priester zuviel. Niemand sonst aus der Gemeinde hat es gewagt, Father so in Beschlag zu nehmen. Ganz abgesehen davon, daß sie drei Kinder und einen Mann zu versorgen hatte. So eine Frau hatte doch wirklich Besseres zu tun als den halben Tag bei uns im Hausflur zu sitzen und drauf zu warten, daß sie Father vielleicht zufällig erwischt. Es ärgert mich immer, wenn ich Menschen sehe, die so um sich selbst kreisen, daß sie den Rest der Welt überhaupt nicht mehr wahrnehmen. Jedenfalls war das meine Meinung zu Mary Bosco, bevor ich die ganze Geschichte gehört hab.

Vielleicht hätte es keine Probleme gegeben, wenn sie sich auf Father beschränkt und mich in Frieden gelassen hätte. Ich weiß eh nicht, was sie von mir wollte; ich war gute zehn Jahre jünger als sie. Ich war gerne bereit, ihr eine Tasse Tee anzubieten, so wie allen, die zu Father kamen. Aber eine Tasse hat Mary nicht gereicht. O nein! Sie wollte noch eine und noch eine, und dann saß sie da, stundenlang, und hat mir das Haus vollgequalmt. Das war auch so was, was ich an ihr nicht leiden konnte. Sie hat geraucht wie ein Schlot, genau wie Tim. Mal abgesehen davon, daß ich den Anblick einer Frau, die eine Fluppe im Mundwinkel hängen hat, einfach scheußlich finde, hat mir der Hals schließlich so weh getan, daß ich ihr sagen mußte, sie soll entweder aufhören oder zum Rauchen in den Garten gehen. Und das hat sie auch tatsächlich ohne ein Wort der Klage gemacht. Daß sie so friedlich war, kam mir erst mal komisch vor, denn Mary war dafür bekannt, daß sie immer was zu meckern hatte, mal ganz abgesehen davon, daß sie sich für was Besseres hielt. Aber ich hab damals nicht weiter drüber nachgedacht. Und sie hat weiter bei uns im Haus rumgelungert.

Als ich Father schließlich gesagt hab, daß ich es leid bin, dauernd über sie zu stolpern, sagt er bloß, ich soll sie in Frieden lassen. Na, das war ja wohl verrückt! Diesen Meinungsumschwung hab ich nicht verstanden. Hatte er mir nicht selbst noch vor einem halben Jahr erzählt, daß er Mary nicht mehr dauernd im Haus haben wollte? Da ich keine Ahnung hatte, was los war, kann man es mir wohl kaum verübeln, daß mir schließlich der Geduldsfaden gerissen ist. Irgendwann kam der Punkt, genau wie ich es erwartet hatte, wo Mary zu weit ging. Sie wollte einfach nicht mehr aufhören, von sich und Father in den »guten alten Zeiten«, wie sie es nannte, zu erzählen; allerdings war ihr Tonfall dabei viel gewählter als meiner. (England hatte ein bißchen auf sie abgefärbt.) Egal wie oft ich ihr gesagt hab, daß mich das nicht interessiert, sie hat immer weiter geredet. Und dann ist mir der Kragen geplatzt. Aber Mary hat das überhaupt nicht gejuckt. O nein! Sie saß da wie eine Heilige, während ich von Kopf bis Fuß gezittert hab wie Espenlaub. Und dann hat sie die Bombe einschlagen lassen. Ganz beiläufig hat sie gesagt, daß sie Krebs hat. Mit anderen Worten, sie war sterbenskrank – wobei sie nicht so aussah, als würde ihr das irgendwas ausmachen. Sie können sich vielleicht vorstellen, wie ich mich gefühlt hab. Schuldbewußt ist gar kein Ausdruck. Und daß sie dann auch noch anfing, sich zu entschuldigen, hat das Ganze nicht gerade einfacher gemacht. Aber auf diese Weise sollte sie mich nicht unterkriegen. Das nun bei Gott nicht!

»Daß Sie todkrank sind, gibt Ihnen kein Recht, andere Leute so in Beschlag zu nehmen«, hab ich zu ihr gesagt. Und dann hab ich ihr erklärt, daß ich mindestens ein Dutzend Leute in der Gemeinde kenne, die dem Tod genauso nah sind wie sie. Und daß die ihre letzten Tage schließlich auch nicht damit verbringen, in Fathers Haus rumzusitzen.

Halten Sie mich für herzlos, wenn Sie wollen. Aber wenn ich mein Leben noch mal leben müßte, dann würde ich genau das gleiche wieder sagen. Kranke und Sterbende haben den größten Teil von Fathers Aufmerksamkeit in Anspruch genommen. Und ich fand das einfach nicht gerecht.

Mary hat es mit Fassung getragen, das muß ich ihr lassen. Und sie hat mich danach auch nicht mehr belästigt. Allerdings ist sie immer noch gekommen, um Father zu besuchen.

Ich hab Father in den folgenden Wochen genau beobachtet, um zu sehen, wie die Neuigkeit auf ihn wirkte. Entweder war er ein ausgezeichneter Schauspieler, oder es hat ihn wirklich überhaupt nicht gekümmert. Schließlich hat mich irgendwann die Neugier gepackt, und ich hab ihn drauf angesprochen.

»Sie geht doch zu Gott«, war alles, was er sagte. In dem Moment hab ich zum ersten Mal Mitleid mit der Frau gehabt. Es hat mich gewundert, daß sie überhaupt noch zu ihm kommt, wenn sie doch nur dieses Geschwätz von ihm zu hören kriegt. Natürlich kann ich nur für mich sprechen. Aber mich hat es immer richtig wütend gemacht, wie spurlos Todesfälle an Father vorübergegangen sind. Und Marys Tod war genau wie jeder andere, als es dann soweit war. Father hat das Seelenamt kein bißchen anders abgehalten als sonst. In seinem Gesicht hat sich nicht die kleinste Gefühlsregung gespiegelt, soweit ich es sehen konnte. Aber das Leben ist komplizierter als man denkt, wie es immer so schön heißt, und was ich Ihnen jetzt erzähle, das hab ich noch keiner Menschenseele erzählt.

Die Totenwache wurde bei Father Bosco abgehalten, denn Mary war ein halbes Jahr zuvor von ihrem Mann verlassen worden. Ich bin rübergegangen, um Marie Coll bei der

Bewirtung der Gäste unter die Arme zu greifen; Sie wissen ja selbst, wie diese Totenwachen sind. Ob wir nun Getränke ausschenkten oder die Schmarotzer im Auge behielten, die der Reihe nach sämtliche Totenwachen in der Gemeinde abklapperten, um sich den Bauch vollzuschlagen, Marie und ich hatten alle Hände voll zu tun. Trotzdem hab ich in diesen drei Tagen alles mitgekriegt, was passierte, auch wenn ich so am Schuften war. Das ist einer der Vorteile, wenn man Haushälterin bei einem Priester ist. Niemand erwartet, daß man was sagt, und so kann man statt dessen Augen und Ohren offenhalten. Die Leute sind in Scharen aus der ganzen Stadt gekommen, wegen Father Bosco. Ich will nicht respektlos gegen die Tote sein, Gott bewahre, aber Mary war dermaßen hochnäsig, daß sie keine eigenen Freunde hatte. Die ganze Zeit war immer entweder Father Mann oder Father Bosco da, um vorzubeten. Am letzten Abend saßen nur noch die Verwandten am Sarg. Sie haben weiter den Rosenkranz gebetet, um sich wachzuhalten und unliebsame Gedanken zu verscheuchen. Um Mitternacht rum hab ich mich zu ihnen gesetzt. Und da ist mir aufgefallen, daß zum ersten Mal keiner von den beiden Priestern im Raum war. Ich hab vermutet, daß man sie irgendwohin gerufen hatte, und hab nicht weiter drüber nachgedacht, bis ich eine halbe Stunde später auf die Toilette mußte. Da hab ich gehört, wie sie sich in Father Boscos Zimmer mit gedämpften Stimmen angefaucht und über Mary gestritten haben, daß die Fetzen flogen. Father Mann war der lautere von beiden.

»Ich hatte keine andere Wahl«, hat er gesagt.

»Wie praktisch für dich!« hat Father Bosco geantwortet.

»Was soll denn das heißen?« hat Father gefragt.

Father Boscos Stimme zitterte. »Mary hat dich geliebt, und du hast sie im Stich gelassen.«

»Du hast doch keine Ahnung, was ich durchgemacht habe«, sagt Father daraufhin hochmütig. »Du weißt ja überhaupt nicht, was es heißt, einen Menschen zu lieben und auf ihn verzichten zu müssen.«

»Woher willst denn du das wissen?« sagt Father Bosco. Man mußte kein Hellseher sein, um zu merken, daß er noch wegen was anderem als wegen seiner Schwester so bittere Gefühle hatte.

Ich hab meinen Ohren nicht getraut. Daß zwei Priester sich so stritten – wie zwei Kater. Je lauter sie wurden, desto mehr Angst hab ich gekriegt, jemand könnte die Treppe hochkommen und sie hören. Also bin ich auf Zehenspitzen zur Toilette geschlichen und hab dann mit voller Wucht die Tür zugeknallt – laut genug, so hab ich gehofft, daß sie es hören und sich zusammenreißen würden. Father Mann kam als erster aus dem Zimmer. Er war puterrot im Gesicht, und sein Kragen war völlig verkrumpelt. Aber er hat mir direkt in die Augen geschaut und ist dann die Treppe runtergegangen. Er hat keine Miene verzogen, als wär nichts gewesen. Dann kam Father Bosco raus und ist schnurstracks zur Toilette marschiert. Ich hab gleich gesehen, daß ihn das Ganze viel mehr mitgenommen hatte als Father, und das hat mich auch nicht weiter gewundert, denn besonders starke Nerven hat der nie gehabt. Da war er ein bißchen wie eine Frau, wenn ich's mir so recht überlege.

Mit Beten war es bei mir vorbei an diesem Abend, auch wenn ich wieder runtergegangen bin. Ich konnte an nichts anderes mehr denken als an die drei – Mary, Gott hab sie selig, und die beiden da oben –, und wie sie wohl in diese traurige Lage gekommen waren. Ich bin da einfach nicht schlau draus geworden. Aber eins war mir klar: Irgendwo war da was völlig verkehrt gelaufen, wenn so viel Kummer dabei rauskam. Und in den Tagen nach der Beerdigung hab ich auch gemerkt, daß Marys Tod, anders als ich zuerst dachte, enorme Auswirkungen auf Father hatte. Dadurch, daß sie tot war, sind wir sie nicht etwa losgeworden, wie ich gehofft hatte. (Das soll jetzt nicht grausam oder wie üble Nachrede klingen, aber sie hatte Father einfach das Leben schwergemacht, verstehen Sie.) Im Gegenteil, sie hat ihn dadurch nur noch fester in den Griff gekriegt. Er hat angefangen, von ihr zu reden. Und während er sie früher immer bloß kritisiert hatte, wußte er jetzt nur noch Gutes über sie zu sagen. Er hat sie immer in einem Atemzug mit seiner Mutter erwähnt. Ich konnte mir richtig vorstellen, wie die beiden von der anderen Seite ihres Grabes zu mir rübergrinsten. Möge Gott mir verzeihen, aber ich hab sie darum beneidet, daß ihnen Fathers Zuneigung einfach so in den Schoß gefallen ist. Ich dagegen, ich hab ihn umsorgt und bedient, von morgens bis abends, und was hab ich dafür gekriegt? Allerdings muß ich sagen, daß er mir letzten Endes leid getan hat, denn er hat es einfach nicht fertiggebracht, einen lebendigen Menschen zu lieben.

Wahrscheinlich konnte er Mary jetzt bloß deshalb lieben, weil sie ihm nicht mehr in die Quere kam und er sich ein Bild nach seinen eigenen Vorstellungen von ihr machen konnte.

Heute kommt es mir vor, als wär ich wegen Father ständig auf irgend jemand eifersüchtig gewesen. Ich hatte einen richtigen Groll auf all die Leute, die mit ihren Problemen zu ihm gekommen sind, wo ich, die ich unter einem Dach mit ihm wohnte, mich nicht mal getraut hab, den Mund aufzumachen, außer wenn es um den Haushalt ging. Es gab allerdings eine Gruppe in der Gemeinde, für die er sich mehr Zeit genommen hat als für alle anderen, und das waren die Kinder. Dafür ist er auch von allen Seiten gelobt worden – und mir hat es Kinder auf ewig verleidet. Die haben nämlich all die Zuwendung bekommen, nach der ich mich immer gesehnt hab. Ich bin nicht etwa stolz auf diese Gefühle. Ich will nur ganz ehrlich zu Ihnen sein. Hätte ich selbst als Kind mehr Zuwendung bekommen, dann hätte ich sie den anderen Kindern vielleicht auch eher gegönnt.

Wenn man mit jemand zusammenlebt, ist man nach meiner Erfahrung oft der letzte, an den der andere denkt. Ich hab das auch schon viele Frauen an ihren Männern aussetzen hören. Deswegen sind sie ja zu Father gekommen – um die Beachtung von ihm zu kriegen, die sie zu Hause nicht gekriegt haben. Aber ich hab mich immer gefragt, wo wohl die Männer hingehen, wenn sie beachtet werden wollen, denn ich hab es nie erlebt, daß einer von denen ins Kloster kam und mit den Nonnen reden wollte.

Aber gelegentlich hatten Father und ich doch auch unsere gemeinsamen Stunden, und von denen hab ich nie auch nur eine einzige vergessen. Besonders an einen Abend Ende der Fünfziger erinner ich mich noch gut. Damals hatte ich gerade ein Jahr bei Father gearbeitet, und die Elektrizitätswerke haben gestreikt. Die Männer in Coolkeeragh wollten mehr Geld. Ich hatte gerade Fathers Abendessen vor ihm auf den Tisch gestellt, da ist das Licht ausgegangen. Es war ausgerechnet einer der langen Winterabende, und zwischen unserem Haus und dem Fluß lag alles im Finstern. Father schien das nichts auszumachen, er hatte sowieso fast den ganzen Abend im Dunkeln die Beichte gehört. Aber ich hatte noch zu tun. Ich hab mich zur Speisekammer vorgetastet, wo ich für solche Notfälle einen kleinen Kerzenvorrat angelegt hatte. Als ich fertig war, hat das Haus ausgesehen wie die Kirche an Heiligabend, und Fathers große Augen haben im Kerzenlicht geglänzt. Genau in dem Moment, wo mir das auffiel, ließ er Messer und Gabel auf den Tisch sinken. Er hatte kaum einen Bissen angerührt, was abends völlig untypisch für ihn war. »Ich kann ja gar nicht sehen, wo mein Mund ist«, sagt er mit einem nervösen kleinen Lachen zu mir. Es gab nur sehr wenig, was ihn aus der Bahn werfen konnte. Ich bin mit einer Kerze in der Hand weiter meiner Arbeit nachgegangen, und da hat er gesagt, daß ich doch dableiben soll. »Warum denn nicht«, hat er gemeint, »ohne Strom können wir ja beide nichts machen.« Father war kein starker Trinker, aber an diesem Abend hat er eine ganze Flasche Wein getrunken und mir alles über sich und Bischof Cleary erzählt. Ich hab schnell kapiert, daß das ein wunder Punkt für ihn war. Es wär ein Machtkampf, hat er gesagt, und Bischof Cleary würde ihn immer wieder in seine Schranken weisen. Und er hat auch gesagt, daß es ihm nicht gefällt, wie der Bischof mich behandelt. Was wirklich anständig von ihm war, denn er war schließlich nicht dazu verpflichtet, überhaupt irgendwas zu bemerken, was mit mir zu tun hatte. Es war ein wundervoller Abend, das weiß ich noch sehr gut. Aber meistens sind er und ich uns einfach aus dem Weg gegangen. Durch seine Verpflichtungen war er eh viel unterwegs, und so kam er mir nicht in die Quere.

Geld war auch ein heikles Thema zwischen uns, das wir nie geklärt haben, weil ich mich nicht getraut hab, es anzusprechen. Und Father ist gar nicht auf die Idee gekommen, daß es am Stand der Dinge irgendwas auszusetzen gab. Seine Familie hatte Geld, wissen Sie. Nicht viel, aber mir erschien es furchtbar viel. (Ich konnte mich nur an dem orientieren, was ich selbst besaß, und das war praktisch nichts, weil Haus Bethel die paar Ersparnisse von meinen

Eltern eingesackt hatte. Michael, Dympna und ich haben nie einen Penny davon gesehen. Deswegen kam uns jeder, der überhaupt irgendwas besaß, reich vor.) Father Mann hat es an nichts gefehlt. Seine Familie hat ihm alles gekauft, von den Socken bis hin zu einem dicken Schlitten, während ich zugleich ohne einen ordentlichen Lohn für ihn gearbeitet hab. Und das Geld, das Father selbst gehörte, das hat er alles zur Seite gelegt, damit sein Neffe sich später mal die Taschen damit füllen konnte. Ich kann mir den Gedanken nicht verkneifen, daß ein Teil von dem Geld eigentlich mir zugestanden hätte, und wenn auch nur in Form von einem regelmäßigen Gehalt. Allerdings hatten die Haushälterinnen von Priestern damals alle dieses Problem. Wenn ich irgendwas haben wollte, mußte ich immer zu Father gehen.

Viele verheiratete Frauen, die ich kannte, waren in der gleichen Lage. Unsere Dympna zum Beispiel. Zwar war ihr Charlie gut zu ihr, so wie Father eben auch gut zu mir war, aber über das Geld hat er bestimmt. Sie konnte sich nicht mal ein Haargummi kaufen, ohne ihn vorher um Erlaubnis zu bitten. Trotzdem hat sie etwas gehabt, was ich nicht hatte: eine eigene Familie, für die sie sorgen konnte. Und das hab ich ihr auch jedesmal gesagt, wenn sie sich bei mir beklagte. Allerdings hat sie dann zu mir gesagt, ich soll froh sein, daß ich mein Leben ganz für mich allein hab. Ich hab sie beneidet, und sie hat mich beneidet. Darauf lief es letzten Endes hinaus. Father hat immer gesagt, wenn wir nur lang genug suchen würden, könnten wir alle jemand finden, dem es noch schlechter geht als uns, und auch jemand, dem es besser geht, und deswegen sollten wir mit dem zufrieden sein, was wir hätten, statt dauernd mit jemand anders tauschen zu wollen. Aber ich hab das nie so gesehen. Wenn Sie meine Meinung hören wollen, dann ist das bloß ein Argument, das wohlhabende Leute benutzen, um weniger Wohlhabende in ihre Schranken zu weisen. Ich hab da nie was drauf gegeben.

Mir hat ja nicht mal das Haus gehört, in dem ich wohnte, und es würde mir auch nie gehören, auch wenn ich hundert Jahre lang drin wohnte. Es gehörte der Kirche, und der würde es immer gehören. Und alles was drin war, gehörte Father, und seine Familie würde es kriegen, wenn er es nicht mehr brauchte, obwohl ich diejenige war, die das Zeug Tag für Tag geputzt und poliert hat. Es hat mich immer richtig in Rage gebracht, wie Damon – das war Fathers Neffe – jedesmal, wenn er zu uns kam, nachkontrollierte, ob auch alles an seinem Platz war. Als hätte ich mit dem Tafelsilber durchbrennen wollen.

Und dann blieb schließlich auch die Zeit nicht stehen. Ich war zwar erst vierundzwanzig, aber ich fing schon an, mich alt zu fühlen. Altsein wäre ja in Ordnung, hab ich mir gedacht, wenn ich irgendwas vorzuweisen hätte. Aber das hatte ich nicht. Es ist schlimm, wenn man spürt, wie einem die Jahre zwischen den Fingern zerrinnen, und man nichts vorzuweisen hat außer jede Menge Falten und graue Haare. Noch dazu war das in den Sechzigern, wo alle gerade die große Freiheit entdeckten. Allerdings haben die sechziger Jahre das Pfarrhaus nie erreicht. Oder jedenfalls nicht vor den neunziger Jahren.

Ungefähr zu der Zeit haben Marie Coll und ich uns verkracht. Sie ist samstags abends immer bei uns vorbeigekommen (und unter der Woche bei anderen Leuten). Aber dicke Freundinnen waren wir nie, denn Marie war ein anderer Typ als ich, die hat keine großen Ansprüche gestellt. Sie war dauernd mit anderen Leuten unterwegs, auf Tanzabenden und Festen, obwohl ihr eigentlich nichts an denen lag.

Ganz anders als ich. Ihr Father Bosco war für sie nicht mehr als ein Maul, das gestopft werden mußte. Wenn er sie nicht beachtete, dann hat sie das entweder nicht bemerkt oder es war ihr egal. Marie war sich selbst genug, und dafür hab ich sie wirklich bewundert; allerdings hab ich manchmal gedacht, daß sie alles in allem doch eine ziemliche Nulpe ist. Aber vielleicht war das nur Trotz. Eins weiß ich jedenfalls ganz sicher. Mit mir hat sie sich bloß deshalb gutgestellt, weil sie Angst hatte, was zu verpassen. Und ich hab nicht den Schneid gehabt, ihr zu sagen, daß sie sich sonstwohin scheren soll, obwohl ich oft gute Lust dazu hatte. Na ja, jedenfalls ist sie an diesem Tag bei uns vorbeigekommen und hat die Nase ganz hoch getragen. Ich hab gleich gesehen, daß ihr eine Laus über die Leber gelaufen war. Sie hat Streit gesucht, das hab ich gewußt, denn sie hat sich direkt vor dem Herd hingeflatscht, wo sie mir absolut im Weg war. Ich hab aber nichts gesagt, sondern sie an dem belegten Brot nibbeln lassen, das ich ihr gegeben hatte. Genau in dem Moment, als ich das Abendessen auftragen wollte, fing sie an, mir alle möglichen Fragen über den Eintopf zu stellen, den ich auf dem Herd stehen hatte. Und als ich ihr gesagt hab, ich hätte jetzt keine Zeit zu antworten, war sie beleidigt. Ich hätte überhaupt nie mehr Zeit für sie, hat sie gesagt, jedenfalls seit Father Gemeindepfarrer wär. Das war es also! Sie war eifersüchtig auf mich, wegen Father. Ich hätte es eigentlich wissen müssen, denn Monate vorher hatte sie groß getönt, daß natürlich ihr Priester das Amt kriegen würde und daß sie mit ihm in sein neues Haus ziehen würde. Natürlich hab ich ihr Gerede damals nicht weiter beachtet. Ich wußte ganz genau, daß mein Father Mann die Stelle kriegen würde, denn Father Bosco, der Gute, der hatte einfach nicht die nötigen Verbindungen. Außerdem wußte ich etwas, was Marie nicht wußte. Father Bosco ging es nicht gut, und man mußte jederzeit damit rechnen, daß er aus den Latschen kippte. So einen Mann würde der Bischof nie zum Gemeindepfarrer machen. Für Marie war das ein schwerer Schlag. Aber ich finde, das hat ihr trotzdem nicht das Recht gegeben, ihren Ärger an mir auszulassen. »Mit Leuten wie mir willst du jetzt wohl nichts mehr zu tun haben«, hat sie gesagt und die Rinde von ihrem Brot auf den Fußboden geschmissen. Das war zuviel des Guten.

»Reg dich ab«, hab ich gesagt. Natürlich hätte ich ihr erzählen können, daß Father mich jetzt in Kochkurse schickte, wegen all den großen Tieren, die ihn besuchen kamen. Und ich hätte ihr auch von all der zusätzlichen Arbeit erzählen können, die ich hatte. Aber mir war nicht danach. Ich war froh, sie endlich los zu sein. Allerdings hab ich gelegentlich schon die Gesellschaft vermißt und unsere Schwätzchen. Solang Marie da war, wußte ich immer das Neueste. Die Haushälterinnen der anderen Priester in der Gemeinde wollten nichts mit mir zu tun haben. Annie Zachery hat sich nie aus dem Haus des Bischofs wegbewegt. Und selbst wenn, können Sie sich vorstellen, daß die und ich uns gegenseitig das Herz ausgeschüttet hätten? Und Father Greens Haushälterin Martha war eine richtige Tranfunzel – das war so eine, die Strickmuster aus ›Women's Own‹ sammelte. Ich muß zugeben, daß ich ein paarmal versucht hab, auf dem Kirchhof mit ihr zu reden. Aber sie hatte mir nichts zu sagen. Nichts gegen Schweigsamkeit, aber die hat wirklich alle in den Schatten gestellt. Allerdings hab ich dann am Sonntag nach meinem Streit mit Marie Coll gesehen, wie sie und Marie sich gegenseitig ein Ohr abgeschwätzt haben. Na, wenn's nach mir ging, konnte sie Marie ruhig haben, und Marie sie.

Viertes Kapitel

Weihnachten war hart ohne Familie, das muß ich zugeben. Wobei ich mich an kein einziges schönes Weihnachten erinnern kann, selbst mit Michael und Dympna nicht. Aber wir waren ja auch keine richtige Familie, wahrscheinlich lag es daran. Außerdem ließ Weihnachten in Haus Bethel sowieso einiges zu wünschen übrig. Immer zu dieser Zeit sind mir irgendwelche Sachen passiert. Father in seiner Weisheit hat immer behauptet, daß Jahrestage wie Zugpflaster auf die Seele wirken und alles mögliche an die Oberfläche bringen. Und vielleicht hatte er recht, denn mein Geburtstag war auch in dieser Zeit, am achten Dezember, um genau zu sein. Und der von meiner Mutter war am vierzehnten. Als Kind war ich an Weihnachten immer krank. Einmal bin ich sogar von einer Mauer gefallen und hab mir das Bein gebrochen. Keine Ahnung, was ich da oben überhaupt zu suchen hatte, denn wie gesagt, die Mutigste war ich noch nie. Ich hab an Weihnachten auch zum ersten Mal geraucht und Alkohol getrunken, wobei mir keins von beidem zugesagt hat. Im selben Jahr hab ich mich außerdem mit Michael zerstritten, wegen Ruth, seiner damaligen Freundin. Und an Weihnachten bin ich aus Thornhead weg und Fathers Haushälterin geworden.

An Weihnachten neunundsechzig erinner ich mich auch noch gut, denn in dem Jahr ist meine Tante Grace (oder Gráinne, wie sie sich gerne nannte) aus Amerika zurückgekommen. Und ich hab die Geschichte von meiner Ma und meinem Da gehört. Und warum Michael, Dympna und ich überhaupt in Haus Bethel gelandet waren. Ich baute damals gerade die Krippe im Wohnzimmer auf. Ich hab Krippen eigentlich nie viel abgewinnen können, aber Father mochte sie. Ich fand Marias schmachtenden Gesichtsausdruck immer furchtbar, und Joseph mit seinem viel zu großen Heiligenschein, unter dem er fast zusammenbrach. Die Krippe, die wir hatten, war ein ziemliches Sammelsurium. Maria war doppelt so groß wie Josef, und das Jesuskind war eine Plastikfigur von Woolworth. Und dann die Schäfer. Ich hab keine Ahnung, wo die herkamen, aber es war wirklich ein zwielichtiger Haufen. Ich mußte sehr aufpassen, wie ich sie alle aufstellte, denn Father war da sehr eigen. Im ersten Jahr, als ich sie falsch aufgestellt hatte, hat er sich auf den Boden gekniet und mir genau gezeigt, wie und wo sie zu stehen haben. Da hockten wir also, er auf der einen und ich auf der anderen Seite der Krippe, wie Maria und Joseph höchstpersönlich. Und er hat mir eine Zeile aus der Bibel vorgelesen, um mir zu erklären, warum das Jesuskind immer zwischen dem Ochsen und dem Esel liegen muß. »Herr, zwischen zwei Tieren wirst du dich offenbaren.« Ich weiß noch, daß ich in dem Jahr, als Grace kam, ziemliche Probleme mit dem Jesuskind hatte. Das Mädel, das mir im Jahr davor beim Einpacken geholfen hatte, hatte es in die Folie eingewickelt, in der der Plumpudding gewesen war. Die Folie war an ihm festgeklebt, und jetzt hingen ihm Kuchenkrümel und Rosinen in den Armbeugen und den Ohren – mal ganz abgesehen davon, daß er nach Kognak stank und dringend eine Wäsche gebrauchen konnte. Ich hab ihn gerade im Spülbecken abgewaschen und dabei die Farbe aus einem seiner Augen entfernt, wenn ich mich recht erinnere, als es klingelte.

Da es ein Tag vor Weihnachten war, hab ich gedacht, es wär einer von den Männern, die eine Ladung Kohle oder Holz oder einen Sack Kartoffeln für das Essen vorbeibringen, und bin mit dem Jesuskind in der Hand an die Tür gegangen. Es war aber keiner von den Männern, sondern Dympna. Und sie hatte eine fremde Frau dabei. Dympna hat nicht mal »Hallo« gesagt, sondern ist einfach frech reinmarschiert. »Das ist unsere Tante Grace«, sagt sie. An ihrem Grinsen hab ich gemerkt, daß ihr das so richtig gefallen hat. Ich seh noch das stechendblaue Auge vom Jesuskind vor mir, das mich im gleichen Moment aus dem Geschirrhandtuch heraus anstarrte. »Sie ist aus Amerika gekommen, um uns zu besuchen«, sagt Dympna.

So bunt wie die Frau rausgeputzt war, konnte ich selbst sehen, daß sie nicht aus unsrer Gegend kam. Sie hatte karierte, weit ausgestellte Hosen an, ein rotes Halsband und einen breiten schwarzen Gürtel. Ihre rotblond gefärbten Haare waren hoch auf ihrem Kopf aufgetürmt. Außerdem hatte sie lackierte Fingernägel, in der gleichen Farbe wie ihr Halsband.

Ich hab mich zurückgehalten, auch wenn sie gesagt hat, sie wär meine Tante. Grace dagegen hat getan, als ob sie mich kennt. Sie hat sich regelrecht auf mich gestürzt, hat mich »Liebes« und »Herzchen« genannt, obwohl ich ganz genau wußte, daß sie mich noch nie im Leben gesehen hatte. Sie war richtig penetrant, wenn Sie mich fragen.

Dympna hat unterdessen nach Father Ausschau gehalten.

»Er ist in die Bogside gefahren«, hab ich gesagt, denn das war die Zeit der Protestmärsche, vielleicht erinnern Sie sich. Und es kam jeden Tag zu Zusammenstößen. Wie die anderen Priester aus der Gegend hat auch Father getan, was er konnte, um den Frieden zu bewahren.

»Gut«, sagt Dympna und flatscht sich vor dem Kamin hin. Die hatte eine Art, sich mit Schmackes in den Sessel fallen zu lassen, daß mir immer ganz schwach wurde. Offenbar kam ihr nie der Gedanke, daß außer Father auch ich in diesem Haus wohnte, und daß ich die Möbel in Schuß halten mußte. Sie warf ein Geschenk für mich auf den Tisch. Es waren Hausschuhe, genau wie jedes Jahr. Auch Grace hatte etwas für mich. »Und? Willst du es nicht aufmachen, Herzchen?« hat sie mich gefragt.

Ich muß zugeben, daß ich damals völlig verwöhnt war, was Geschenke anging. Ich hab ständig von wohltätigen Menschen aus der Gemeinde Sachen geschenkt bekommen, weil ich Fathers Haushälterin war. Das Problem war nur, daß ich nie irgendwas bekam, was mir gefiel, und das hat mir Geschenke grundsätzlich verleidet. Ich bin nie auf die Idee gekommen, daß ich ja um was Bestimmtes bitten könnte. Nicht daß ich undankbar gewesen wäre, Gott bewahre. Aber die Leute hatten ziemlich festgefügte Vorstellungen davon, was die Haushälterin eines Priesters brauchen konnte. Einmal, das weiß ich noch, hatten sich sechs Rosenkränze, vier Sets Thermo-Unterwäsche, sechs Wärmflaschen, unzählige Küchenmesser, drei Kochbücher und drei Gebetsbücher bei mir angesammelt. Und dann sind auch noch dauernd Frauen mit irgendwelchem Gebäck vorbeigekommen, für das Father und ich keine Verwendung hatten. Das meiste davon hat der Hund gekriegt.

Ich hab einen Blick in die rote Tüte geworfen, die Grace mir gegeben hatte. Allmächtiger Gott! So was hatte ich noch nie gesehen, außer im Fernsehen. Ein rosa Halsband und ein rosa-gelb karierter enger Rock. Der letzte Schrei, beides, figurbetont und sexy. Das waren Kleider für einen Filmstar, fand ich. Ich konnte mir im Leben nicht vorstellen, daß ich die jemals anziehen würde. Grace hatte wohl ganz jemand anders erwartet, und nun saß ich ihr hier in meinem Tweedrock und dicken Wollpullover gegenüber. Es war mir ja dermaßen peinlich.

Aber Dympna stand auch nicht besser da als ich, was ihr Äußeres anging. Die Kinder hatten sie um Jahre altern lassen (so wie viele Frauen), und sie war unheimlich fett. Allerdings konnte sie nicht allein die Kleinen dafür verantwortlich machen, daß sie so auseinandergegangen war. Sie hat sich nicht gerade gesund ernährt. Und ich konnte mich nicht erinnern, wann sie sich das letzte Mal das Gesicht gepudert hatte. Wahrscheinlich war es Depression. Charlie, ihr Mann, hatte sie nämlich ganz schön unter der Fuchtel.

»Probier die Sachen doch mal an!« hat Grace gesagt und mit ihren rotlackierten Fingernägeln auf die Tüte in meiner Hand gezeigt. Meine größte Befürchtung war, daß mittendrin Father reinkommen könnte, und ich war mir nicht sicher, was er denken würde.

Trotzdem hab ich getan, was Grace sagte, denn ich wollte ihre Gefühle nicht verletzen.

Ich hab mich in den Kleidern dermaßen komisch gefühlt, daß ich mich nicht getraut hab, aus dem Schlafzimmer rauszukommen, als ich soweit war. Schließlich hat Dympna nach mir geschrien. Geduld war nie ihre Stärke.

»Jetzt brauchst du nur noch ein bißchen Make-up«, hat Grace gesagt, als ich endlich all meinen Mut zusammengenommen und mich gezeigt hab. Und sie hat nicht nachgegeben, bis ich sie ein bißchen von ihrem Puder und Lippenstift auf mein Gesicht hab auftragen lassen. Ich kann Ihnen sagen, diese fünf Minuten kamen mir vor wie eine Ewigkeit. Ich war es gewohnt, Tee zu kochen, wenn Leute zu Besuch kamen, wissen Sie. So mußte ich sie nicht unterhalten oder irgendwas sagen, was die Aufmerksamkeit auf mich lenkte.

Während Grace mich zurechtmachte, fiel mir auf, daß Dympna die Hausschuhe ausgepackt hatte, die sie mir mitgebracht hatte. Sie hat die Etiketten abgerissen und die Fusseln entfernt, als ob die Pantoffeln immer noch ihr gehörten. Man mußte kein Hellseher sein, um zu sehen, daß sie schlechte Laune hatte. Vielleicht hat sie gemeint, daß Grace mir zuviel Aufmerksamkeit schenkt, oder sie war eifersüchtig, weil sie nicht so ein schönes Geschenk hatte. Aber sie war sowieso unheimlich empfindlich; wegen jeder Kleinigkeit war sie gleich wütend auf mich. Ich hab sie nämlich arg an die Vergangenheit erinnert, wissen Sie, weil ich mein ganzes Leben in Haus Bethel verbracht hatte. Und diese Vergangenheit wollte Dympna vergessen, mehr als alles andere in ihrem Leben. Ich sollte wohl fairerweise dazusagen, daß sie damals gerade ihr fünftes Kind erwartet hat. Während der Schwangerschaft war sie eh immer grantig. Und dann kam noch ihre eingeschränkte Bewegungsfreiheit und die Aussicht darauf, noch mehr Windeln waschen zu müssen – es stand mir wohl nicht zu, ihr Vorwürfe zu machen. Obendrein wohnte sie seit kurzem in Craigavon. Charlie war der Arbeit hinterhergezogen, nachdem Monarch Electric zugemacht hatte. Und Dympna fand es schrecklich dort. Ein seelenloser Ort wär das, hat sie gesagt. So kam also eins zum anderen, und sie war an diesem Tag richtig geladen.

Daß Grace überhaupt nach Amerika gegangen war, war

für Dympna, Michael und mich schon immer ein wunder Punkt gewesen. Nach allem, was man uns erzählt hat, hätte sie nämlich auch dableiben und sich um uns kümmern können, als unsere Mutter starb. Statt dessen hat sie sich nach Amerika aufgemacht und uns den Nonnen in Haus Bethel überlassen. Ich hab mir überlegt, ob sie diesmal wohl bleiben würde oder ob sie nur hier war, um ihr Gewissen zu beruhigen – auf Sühnefahrt, sozusagen. Aber ich hab mich nicht getraut, sie danach zu fragen, weil ich ihr nicht auf den Schlips treten wollte. Ich war es eh nicht gewohnt, Fragen zu stellen. Die Leute, die zu Father kamen, hatten ihre Geschichten normalerweise parat und haben keine Ermunterung mehr von mir gebraucht. Also hab ich den Mund gehalten und hab Grace das erzählen lassen, was sie wollte, und den Rest eben nicht.

Sie wär zurückgekommen, um uns »Kinder« zu besuchen, hat sie gesagt. Kinder, hab ich mir gedacht. Die lebt immer noch in der Vergangenheit. Und genau in dieser Richtung hat sie dann auch weitergemacht. Aber es ging nicht etwa um uns. O nein. Ich hab schnell gemerkt, daß sie kein Interesse an uns hatte, über eine flüchtige Neugierde hinaus, die befriedigt war, kaum daß sie den Fuß über die Schwelle gesetzt hatte.

»Ich bin jetzt seit siebenundzwanzig Jahren in Amerika«, sagt sie. »Eure Mutter hat immer gesagt, ich würde hier nicht hinpassen, und sie hatte recht.«

Wenn sie so was sagte, dann glaubte sie offenbar immer noch, daß es richtig gewesen war, uns hier zurückzulassen. Und Mitleid hab ich in ihren Augen auch nicht entdecken können, als sie von unserer armen Mutter gesprochen hat.

»Mir graust bei der Vorstellung, was mit mir passiert wäre, wenn ich noch länger hiergeblieben wäre«, hat sie gesagt und dabei die Augen verdreht, als hätte sie gerade in was Verfaultes gebissen. »Schon nach einem Monat in Amerika ist dieser ganze katholische Klimbim von mir abgefallen. Das ist jetzt nicht gegen dich gerichtet, Brigid«, hat sie dann nachträglich noch gesagt und mit Unschuldsmiene zu mir rübergeguckt.

Weiß der Himmel, vielleicht war es wirklich nicht gegen mich gerichtet, denn sie hatte nichts Boshaftes in den Augen, als sie mich angeschaut hat. Trotzdem hat sie von mir nicht mal ein Lächeln zu sehen gekriegt.

Dympna dagegen konnte ihre Schadenfreude kaum verbergen, als sie gemerkt hat, was Grace bei mir auslöst. Aber ich hab keine Miene verzogen. Die Freude hab ich ihr nicht gegönnt. Allerdings hatte ich meine Befürchtungen – vielleicht hatte sie hinter meinem Rücken mit Grace über mich geredet und ihr erzählt, wie fromm ich war oder so was. Und über Father hatte sie mit Sicherheit auch kein gutes Wort zu sagen.

Grace hat mich unters Kinn gefaßt. »Wie bleich du bist!« hat sie gesagt. »Du siehst aus, als hättest du seit Jahren keine Sonne mehr abgekriegt. Und was für Kleider du anhattest, als ich reinkam! So was hätte deine Großmutter tragen können. Als ob du in Trauer wärst. Wie hältst du das nur aus, das ganze Jahr über hier eingesperrt zu sein?«

»Ich bin hier nicht eingesperrt«, hab ich sie angefaucht. Zumindest kam es mir nicht so vor. Jedenfalls nicht, bis sie das gesagt hatte. Aber das hätte ich nie vor ihr zugegeben, und auch vor Dympna nicht. So wie ich meine Schwester kannte, wär ihr das ein willkommener Anlaß gewesen, um über Father herzuziehen. Vielleicht hätte sie sogar direkt was zu ihm gesagt, wenn er reingekommen wäre. Und das konnte ich nicht riskieren.

Nach Graces Besuch wußte ich nicht mehr, wer oder wo ich war. Es wär gelogen zu sagen, es hätte mich nicht gefreut, sie zu sehen. Durch sie ist mein Leben mit Father für eine Weile in die Ferne gerückt, und ich hab die Dinge aus einem anderen Blickwinkel gesehen. Ich konnte mir sogar vorstellen, glücklich und zufrieden in die Welt hinauszuziehen, so wie alle anderen, und Father zu verlassen. Gleichzeitig hat es mir allerdings nicht gefallen, wie sie von der Religion redete, die von ihr »abgefallen« wäre, als wär es eine alte Haut. Ich konnte mir ein Leben ohne Religion einfach nicht vorstellen. Und so bin ich zu dem Schluß gekommen, daß ich immer ein Aschenputtel bleiben würde, wie in dem Märchen. Grace war keine gute Fee.

Und dann hat sie mich plötzlich ganz direkt gefragt: »Hast du's je mit einem Mann gemacht?«

Na, ich wußte gar nicht, wo ich hingucken sollte, so verlegen war ich.

»Mach dir nichts draus, Herzchen«, hat sie daraufhin mitleidig gesagt. »Selbst ich mit meiner Erfahrung könnte nicht sagen, ob es die Sache wert ist oder nicht. Männer schreiben einem immer vor, was man tun soll. So wie euer Vater.«

Daß sie meinen Vater erwähnte, hat mich mit einem Plumps wieder auf den Erdboden runtergeholt. Mir war gleich klar, daß Grace wegen ihm gekommen war. An ihrem zusammengekniffenen Gesicht hab ich erkannt, daß sie gerade austestete, wie Dympna und ich zu dem Mann stehen. Dympna ist aus ihrem Sessel hochgeschossen, als sie seinen Namen hörte, und mir ist die Kinnlade runtergefallen. Das weiß ich noch. Wir standen beide da wie gelähmt und haben darauf gewartet, daß Grace das sagt, wozu sie hergekommen war.

»Euer Vater hat mich gebeten, mit euch zu reden«, hat sie dann gesagt, als wir uns von unserem Schock einigermaßen erholt hatten. »Er will seine Kinder sehen.«

»Was ist mit Michael?« meldete sich jetzt Dympna. Wie immer hat sie höllisch aufgepaßt, ob man uns unterschiedlich behandelte. Was Grace da eigentlich sagte, war ihr anscheinend ziemlich egal.

»Mit Michael hab ich schon geredet«, sagt Grace. »Er will nichts damit zu tun haben.«

Na, ich frag Sie: Kann man ihm das zum Vorwurf machen? Nachdem mein Vater solchen Schaden angerichtet hatte?

Father Mann hat immer gesagt, Weihnachten ist die Zeit der Familie. Aber das ging ja nun doch ein bißchen zu weit, finde ich. Wofür hielt Grace Dympna und mich? Für Heilige – so wie Marie Goretti? Dieser Mann, der sich als unser Vater bezeichnete, hatte unsere Mutter umgebracht, und das hat keiner von uns so schnell vergessen. Über zehn Jahre lang hatte keiner von uns seinen Namen in den Mund genommen. Und ich hab keinen Sinn darin gesehen, in alten Wunden herumzustochern. Was vorbei ist, ist vorbei.

Es fiel Grace nicht schwer, unsere Gedanken zu erraten. Ihr nächster Schachzug bestand darin, uns die ganze Geschichte zu erzählen. Natürlich hatten wir gerüchteweise gehört, was passiert war. Aber wir hatten nie jemand davon erzählen hören, der damals schon am Leben war und meine Ma und meinen Da gut kannte. Meine Ma war offenbar eine Katholikin aus den Wells, aber mein Da kam aus dem anderen Lager. Außerdem war er älter und wohlhabender als sie. Sie hatten sich ständig in der Wolle. Und wenn mein Da meiner Ma das Maul nicht stopfen konnte, dann hat er sie verprügelt. So manches Mal, hat Grace gesagt, ist meine Ma wieder in den Wells gelandet, blutüberströmt. Aber sie hat es wohl nicht anders gewollt, denn sie hat meinen Da immer provoziert. Er hätte es eigentlich nie böse gemeint, hat Grace gesagt. Er wär einfach jähzornig gewesen. Aber selbst wenn, sagt sie, dann hätte er seine Schuld doch längst zehnfach abgegolten. Wir sollten uns das doch nur mal vorstellen – in Gransha in der Nervenheilanstalt zu sitzen, ohne jede Hoffnung, da je wieder rauszukommen. Grace konnte die Wüste grün reden. Und ich mußte ihr schließlich zustimmen. Also hab ich gesagt, ich würde mitkommen. Woraufhin Dympna – typisch! – sich meldet und sagt, daß sie auch mit will. Aber wenn Sie mich fragen, dann hatte sie bloß Angst, was zu verpassen oder übergangen zu werden. Denn eigentlich war sie sogar noch schlechter auf meinen Da zu sprechen als Michael. Was mich angeht, ich hatte den Mann mein Lebtag lang noch nicht gesehen. Ich hab mich an dem orientiert, was andere erzählten. Und ich fand, daß es an der Zeit war, ihn mir mal selbst anzuschauen.

Es hat sich immer jemand aus der Gemeinde gefunden, der bereit war, mich irgendwohin zu fahren, einfach weil ich Fathers Haushälterin war. Also hab ich jemand angerufen und gebeten, daß er uns zum Krankenhaus fährt. Ich war immer richtig stolz, daß ich einfach so zum Hörer greifen und einen Chauffeur bestellen konnte. Und an diesem Tag hat es noch viel mehr Spaß gemacht, weil ich gesehen hab, daß Dympna grün vor Neid wurde.

Das Gelände rund um das Krankenhaus war irreführend. Es gab riesige gepflegte Rasenflächen mit ausladenden Blumenbeeten. In dem dichten Nieselregen an dem Tag hat das alles richtig feudal ausgesehen. Der Esche-Pförtner (die Gebäude, in denen die verschiedenen Sorten von Patienten untergebracht waren, waren alle nach Bäumen benannt) hat uns gefragt, wen wir suchen. Als wir ihm den Namen von meinem Vater gesagt haben, hat er gelacht. »Sie sind der erste Besuch, den er seit zwanzig Jahren kriegt«, sagt er. »Woran hat's denn gehapert?« Ich muß sagen, daß mir diese Art von Humor nicht besonders gefiel. Er hat gesagt, wir sollen zum großen Krankensaal hochgehen. Dort würde uns dann eine Krankenschwester den Weg zeigen. Vor uns lag ein trostloser, grauer, fast vierzig Meter langer Flur, in dem Krankenschwestern und Ärzte hin und her gerannt sind wie auf dem Bahnhof. Ich hör jetzt noch ihre Absätze auf dem gewienerten Boden klakkern. Mich hat das alles gewaltig eingeschüchtert. Aber Grace – wen wundert's – ließ das völlig kalt. Vielleicht hatte sie schon mehr erlebt als ich, da drüben in Amerika. Sie ist vorausgestürmt. »Ich war Brautjungfer bei der Hochzeit eurer Eltern«, sagt sie. Gott, diese Frau hatte eine Art, Sachen miteinander in Verbindung zu bringen! Hier von einer Hochzeit zu reden schien mir nicht sehr passend.

Die diensthabende Schwester war ein echtes Mannsweib. Sie hatte kurzgeschnittene Haare und einen großen Leberfleck auf der Backe, und eins ihrer Augenlider hing runter, als ob ihre eine Hälfte gleich einschlafen würde. An ihrem säuerlich verzogenen Mund hab ich gleich gesehen, daß sie Grace nicht ausstehen konnte. Sie hat uns befohlen, im Wartezimmer zu warten, bis sie unseren Besuch mit dem Arzt abgeklärt hatte. Jeder, der an der Tür zum Wartezimmer vorbeikam, hat zu uns reingeglotzt, als wollte er fragen, was wir hier zu suchen haben. Ich hab richtig Schuldgefühle gekriegt. Dann kam eine Putzfrau rein und fing an, vor unseren Füßen zu fegen. Ich konnte Stimmen hören, die in einer Geschwindigkeit näher kamen und sich wieder entfernten, als hätten die Leute, zu denen sie gehörten, ein wahnsinniges Tempo drauf. Ein Telefon schrillte wie ein Kleinkind, das beachtet werden will. Und ab und zu hat jemand einen Servierwagen vor der Tür vorbeigeschoben. Als die Schwester wiederkam, hat sie gesagt, sie würde uns durch den großen Krankensaal begleiten, »zur Sicherheit«. Wir mußten durch eine Gittertür, vor der zwei Wachmänner standen. Mit dem einen hat Grace rumgeschäkert. Drinnen konnte ich eine Schar Patienten sehen, magere Männer in schwarzen Anzügen, die zusammengelaufen waren, um zu sehen, was los war. Sie haben mit stumpfem Blick zu uns rausgeglotzt, wie Tiere im Zoo. Ein Mann mit einem richtig blauen Gesicht schien nur drauf zu warten, daß die Tür aufging, damit er ein bißchen frische Luft schnappen konnte. Als wir dann im Saal drin waren, hab ich gemerkt, daß auch die Fenster vergittert waren. Vorhänge – wie Erbrochenes haben die ausgesehen – sollten die Gitterstäbe verdecken. Aber dadurch hat der Raum nur noch schlimmer ausgesehen statt besser.

Der Mann im ersten Bett war von Medikamenten aufgeschwemmt und hat uns über seine dicken Backen hinweg angestiert. Neben ihm lag ein Mann, der Selbstgespräche führte und dauernd das Kreuz geschlagen hat. Er hat geflucht und Gott gelästert und obszöne Gesten gemacht. Ein anderer ist direkt auf uns zugekommen und hat uns von oben bis unten gemustert, als hätte er noch nie eine Frau gesehen. Seinen mageren Körper hat es richtig geschüttelt vor – Lust, anders kann ich es nicht nennen, möge Gott ihm verzeihen. Auf beiden Seiten vom Saal standen Betten mit Männern in jedem Alter. Diese verhärmten, irren Gesichter werd ich bis ans Ende meiner Tage nicht vergessen. Ihre Züge waren von aufgestauter Wut und Enttäuschung verzerrt, und ihre brütenden Blicke waren dunkel vor Angst und Verzweiflung. Die meisten von ihnen waren totenblaß und hatten fleckige Haut, weil sie so lange nicht im Freien gewesen waren, und ihre Körper waren richtig verkümmert, weil sie sich zuwenig bewegten. Man hätte doch meinen sollen, daß die Ärzte ihnen wenigstens ab und zu mal zugestehen würden, sich ein bißchen die Füße zu vertreten. Gott, es ist wirklich furchtbar, daß man Menschen so gefangenhält, egal was sie getan haben. Woran ich mich auch noch erinner, das ist, daß keinem von denen sein Schlafanzug gepaßt hat, so als hätten sie alle den von jemand anders an statt ihren eigenen. Der Mann im letzten Bett hat Dympna dann gepackt. Aber gleich sind wie aus dem Nichts zwei Krankenpfleger aufgetaucht und haben sich auf ihn gestürzt.

Im Aufenthaltsraum am anderen Ende vom Krankensaal lief ein Fernseher in voller Lautstärke, obwohl keiner zugehört hat. Die Weihnachtsdekorationen, die hier hingen, genau wie im Krankensaal, wirkten völlig fehl am Platz. Für die Männer hier drin war eh ein Tag wie der andere. Und falls nicht, dann war ihnen das schnurzegal. Viele von ihnen hatten seit Jahren keinen Besuch mehr gekriegt, hat die Schwester erzählt. Und ihrer Meinung nach war das auch ganz in Ordnung so, denn Besuch brachte die Männer nur durcheinander. »Außerdem«, sagt sie so hochmütig wie nur was, »haben sie mit dem Tag ihrer Tat das Recht darauf verwirkt, daß man sich um ihre Bedürfnisse kümmert.« Eine herzlose Frau war das, diese Schwester. Und die Männer haben auch richtig vor ihr geduckt, das ist mir wohl aufgefallen.

Das Zimmer von meinem Da war auf der anderen Seite vom Aufenthaltsraum, gegenüber vom Krankensaal.

»Sie können von Glück reden, wenn Sie ein Wort aus ihm herausbekommen«, hat die Schwester gesagt. Sie hat versucht, die Tür aufzumachen, doch die war verschlossen. »Besuch für Sie, Mister Keen«, hat sie durchs Fenster gebrüllt.

Hinter der vergitterten Scheibe konnte ich ihn jetzt sehen. Er hat mit dem Rücken zu uns dagesessen, den Kopf in die Hände gestützt.

Als er keine Anstalten machte, sich vom Fleck zu bewegen, hat die Schwester noch mal zu ihm reingebrüllt. Sie hatte inzwischen den Schlüssel ins Schloß gesteckt, und als mein Da die Tür immer noch nicht aufmachte, hat sie selbst aufgeschlossen und ist geradewegs reinmarschiert, ohne auch nur »Entschuldigung« oder »Gestatten Sie« zu sagen. Sie hat ihn angefunkelt, als wollte sie sagen: »Wart nur, bis ich dich wieder allein vor mir habe.«

Das Zimmer war weiß; weiße Wände, ein weißes Bett, ein weißes Waschbecken, weiße Stühle. Über uns summte eine Neonröhre. Die Schwester hat uns ohne ein Wort stehenlassen, und wir haben auf den Hinterkopf von meinem Da gestarrt. Jede Sekunde kam mir vor wie eine Stunde. Am Anfang hab ich nicht den Mut gehabt, mich vor ihn zu stellen. Also hab ich versucht, soviel wie möglich von hinten zu erkennen. Er hatte einen dünnen Hals, und seine Haare hätten mal gewaschen werden müssen. Durch sein Hemd konnte ich die Konturen von seinem Rückgrat sehen.

Grace hat sich als erste gerührt, aber sie war ja auch nicht sein eigen Fleisch und Blut, für sie war es leichter. Allerdings hat sie sich auch nicht direkt vor ihn gestellt. Sie hat uns ein Zeichen gegeben, daß wir ihr folgen sollen. Ich hab bloß dagestanden und mich kaum getraut zu atmen. Und

Dympna, die Arme, die sah gar nicht gut aus, schon seit wir das Krankenhaus betreten hatten. Ich hab an ihrem verzweifelten Gesichtsausdruck gesehen, daß sie nur noch rauswollte. Sie hat dauernd an der Papiertüte mit den Äpfeln rumgefummelt, die sie ihm mitgebracht hatte. Plötzlich hat er sich bewegt. Es ging so schnell, daß ich Dympna festhalten mußte, weil ich Angst hatte, sie rennt weg. Aber schon saß er wieder völlig regungslos da, wie eine Figur in der Kirche, und hat zu uns hochgestarrt aus seinem langen weißen Gesicht. Seine Lippen waren aufgesprungen, und an seinem glasigen Blick hab ich gesehen, daß er bis oben hin mit Medikamenten vollgepumpt war. Ich hab nichts gefühlt.

So wie sie sich als erste von der Stelle bewegt hatte, hat Grace jetzt auch als erste den Mund aufgemacht. Sie konnte Stille nicht ertragen, weiß der Himmel, was bei ihr da aus dem Lot war, und hat einfach wild drauflosgeplappert. Es schien gar nicht darauf anzukommen, was sie sagte, Hauptsache sie hat geredet. Als erstes hat sie meinen Da gefragt, wie die Krankenschwestern ihn behandeln – als wär er nur kurz im Krankenhaus, um den Blinddarm rausgenommen zu kriegen. Und sie hat schallend über den Mann im Krankensaal gelacht, der Dympna festgehalten hatte. Als sie die Geschichte zur Hälfte erzählt hatte, hat sie allerdings gemerkt, daß das nicht zum Lachen war, und abgebrochen. Dann fing sie an, von Amerika zu schwafeln, aber auch das hat rein gar nichts bei ihm bewirkt. Die ganze Zeit standen Dympna und ich schön weit weg am Rand. »Komm, wir gehen«, hab ich von Dympnas Lippen abgelesen, während sie heftig an meinem Ärmel zerrte. Ich sag Ihnen mal eins über unsere Dympna: Standfestigkeit war noch nie ihre Stärke. Ich weiß noch, daß sie mich einmal, als wir noch klein waren, einfach hat stehenlassen und eine ganze Meile gerannt ist, nur um von einem Schwarzen wegzukommen. (Schwarze waren in Derry damals selten.) Und diesmal war es genauso. Grace hat aufgehört rumzuquasseln, als ihr klar wurde, daß sie nichts erreicht. Wir wollten gerade aufbrechen, da hat Da plötzlich nach Dympna gegriffen. Er hat sie blitzschnell an der Hand gepackt. Arme Dympna – die Gute ist dermaßen zusammengeschreckt, daß sie die Äpfel über den ganzen Fußboden verteilt hat. Sie konnte es nicht ertragen, daß er sie anfaßt, das hab ich an ihrem entsetzten Blick gesehen.

»Anne«, hat mein Da gesagt, denn er hielt sie für meine Ma. Grace hat die Gelegenheit beim Schopf ergriffen, um sich einzuschalten und ihm zu erklären, wer wir alle sind. Mein Da war völlig durcheinander und hat mühsam versucht zu begreifen, was sie da sagte. Er hat eine gute Viertelstunde gebraucht, um die Verhältnisse klarzukriegen. Kein Wunder, wo Grace das alles in einem derartigen Tempo runtergerasselt und sich dabei auch noch dauernd verhaspelt hat. Der arme Mann. Ich hab mir gedacht, daß er wohl einen selten klaren Moment gehabt haben muß, als er nach uns fragte. Er saß schon so lange in diesem gräßlichen Loch, das sich Krankenhaus schimpfte und wo sie ihn bis zum Rand mit Ich-weiß-nicht-was vollgepumpt hatten, um ihn ruhigzustellen, daß er sich kaum mehr an seine eigene Vergangenheit erinnern konnte. Er hat einen der Äpfel aufgehoben, die auf den Boden gefallen waren, und ihn Dympna gegeben. Seine Hände waren schmutzig, und unter den Fingernägeln saß Dreck. Er hat wohl im Garten gearbeitet, hab ich gedacht.

»Wie viele Enkel habe ich?« hat er Dympna gefragt, als Grace endlich fertig war.

Dympna hat es ihm gesagt, allerdings mit furchtbar zittriger Stimme.

»Und du?« wollte er dann von mir wissen. »Wie viele hast du?«

Natürlich hab ich ihm gesagt, daß ich keine hab, weil ich Fathers Haushälterin bin.

»Father?« sagt er. »Aber dein Vater bin doch ich.«

Also hab ich ihm erklärt, wer Father ist.

»Keine von meinen Töchtern dient einem Mann«, hat er gesagt und voll mit der Faust auf die Stuhllehne gehauen.

Als Grace das gehört hat, ist sie ganz hochmütig geworden. »Es ist ein Jammer, daß du das noch nicht so gesehen hast, als du mit meiner Schwester verheiratet warst«, hat sie gesagt.

»Du redest zuviel«, hat mein Da sie angezischt. Er war fuchsteufelswild, das hab ich daran gesehen, wie er die Hände in seinen Kopf verkrallt hat. Aber er hat sich nicht getraut, laut zu werden, weil er Angst hatte, daß man ihn hören würde. »Priester«, hat er dann wieder zu mir gesagt. »Priester! Die sind auch nicht anders als alle anderen. Ich hasse sie! Einer von denen hat mich auch hier reingesteckt. Hat behauptet, er würde mir einen Gefallen damit tun. Ausgerechnet mir! Da hätte ich doch allemal lieber vor Gericht gestanden.«

Es war mehr als offensichtlich, daß mein Da auf Geistliche nicht gut zu sprechen war, genau wie Tim. Aber zumindest einen Vorteil hat die ganze Sache gehabt: Dympnas Augen leuchteten auf, zum ersten Mal, seit sie den Raum betreten hatte. Und auch Grace schien ihren Spaß daran zu haben, wie er vom Leder zog. Und er war noch nicht fertig.

»Was hat denn der als Priester schon von einem Verbrechen aus Leidenschaft verstanden?« sagt er. »Der hat sich einfach über mich gestellt und mich rumgeschubst, als ich nicht die Kraft hatte, mir selbst zu helfen. Ein widerliches Pack. Und erst die, die hierherkommen! Immer wieder kommen sie an und wollen mir die Beichte abnehmen. Bloß weil ich eine aus ihrem Verein geheiratet hab, meinen sie, sie hätten ein Anrecht auf meine Seele. Aber mich kriegen sie nicht. Niemals! Bis an mein Lebensende nicht. Ich sitz am längeren Hebel. Meine Seele gehört mir, und ich werd sie dem Teufel in den Rachen schieben, wenn mir danach ist. Ihr Frauen seid schuld, daß die sich so viel einbilden. So wie ihr vor denen buckelt und mit den Füßen scharrt. Aber ich sag euch eins: Die sind genau wie wir, unter ihrer Soutane. Die sind genau wie wir. Die sind genau wie wir.« Immer wieder hat er das vor sich hin gesagt.

Bei meiner Seele, so was hatte ich mein Lebtag lang noch nicht gehört, nicht mal von Tim, und der hat Priester mehr verabscheut als sonst irgend jemand, den ich kannte. Ich wollte nur noch raus, das können Sie sich sicher vorstellen. Aber mein Da ist aufgestanden und hat sich mir in den Weg gestellt. Ganz clever hat er das gemacht, denn bevor er auch nur mit dem Zeh gewackelt hat, hat er erst mal geguckt, ob ihn jemand beobachtet. »Die Nonnen und Priester haben sich verbündet, um euch von mir fernzuhalten«, sagt er. »Die sind zu saft- und kraftlos, um selbst Kinder zu haben, und deswegen buttern sie die Kinder von anderen Leuten unter. Und verhindern, daß vollständige Menschen aus ihnen werden – so wie bei dir, Tochter«, sagt er zu mir. »Aber du bist genauso schlimm. Du hast es zugelassen. Du hast dich für eine zivilisierte Form von Mißhandlung entschieden. Das ist es doch: Mißhandlung! Das gleiche, was ich mit eurer Mutter gemacht hab. Du meinst wohl, du bist zu gut, um so zu leben wie die meisten anderen Frauen.«

Verrückt, Tim und Dympna hatten so was auch schon zu mir gesagt. Aber ich hab mich noch nie so erbärmlich und treulos gefühlt wie an diesem Tag wegen meinem Vater. Eltern können einen ganz schön quälen.

Als er mit seiner Tirade am Ende war, stand die Schwester schon draußen vor der Tür, von wo sie ihn noch hatte schimpfen sehen. Sie ist einfach reingestürmt, wie vorher auch, hat mit dem Finger auf die Tür gezeigt und uns rausgeschickt.

»So ist's recht, Lizzy«, hat mein Da gesagt und gelacht. »Was für eine Frau!«

Wie Sie sich denken können, hab ich mich an diesem Abend auf nichts konzentrieren können. Meine Gedanken haben sich immer im Kreis gedreht; um die Geschichte, die Grace uns erzählt hatte, und um die schrecklichen Sachen, die mein Vater zu mir gesagt hatte. Wenn ich in den Spiegel geschaut hab, hat mich sein Gesicht daraus angestarrt. Mein Gesicht sah genau aus wie seins, und das hat mir eine Heidenangst eingejagt. Ich hatte sogar glasige Augen vom vielen Weinen. Eigentlich mußte ich an diesem Abend auch noch zur Beichte gehen. Aber ich konnte mich nicht dazu durchringen, jedenfalls nicht bei Father. Ich konnte ihm unmöglich erzählen, was mein Vater zu mir gesagt hatte. Zum einen wollte ich ihn nicht verletzen. Außerdem hab ich Angst gehabt, was er wohl von mir denken würde. Also bin ich statt dessen zu Father Clerkin gegangen. Er hat um zehn in der Kathedrale die Beichte gehört. Als ich meine Sünden bekennen sollte, hab ich keine Worte gefunden und nur rumgestammelt und mich dauernd verhaspelt. Father Clerkin ist immer ärgerlicher geworden. »Was willst du mir denn sagen, meine Tochter?« hat er immer wieder gefragt. Das einzige, was ich über die Lippen gekriegt hab, war, daß ich mich schuldig fühle, weil mein Da in dieser Anstalt sitzt. Ich glaub, ich hätte auch einen Mord beichten können, und Father Clerkin hätte es nicht bemerkt. Denn sobald er mir meine Sünde entlockt hatte, hat er mir drei Vaterunser aufgegeben und gesagt, ich soll in Frieden gehen. Mir erschienen drei Vaterunser nicht genug, aber ich hab nicht gewagt, mich mit ihm anzulegen. Ich hab die Gebete gesprochen, so wie er es verlangt hat. Aber als ich dann die Kathedrale verlassen wollte, hat mich schon wieder ein neues Schuldgefühl gepackt. Irgendwie hat damals immer irgendeine Sünde auf mir gelastet. Jetzt hatte ich das Gefühl, ich hätte Father verraten, weil ich zu Father Clerkin statt zu ihm gegangen war. Denn bis zu diesem Abend hatte ich nie etwas vor ihm verborgen.

Nach der Beichte bin ich zur Mette gegangen, denn es war Heiligabend, das hab ich ja schon gesagt. Kurz vor Mitternacht sind noch ein paar Männer aus den Pubs eingetrudelt. Es war richtig behaglich in der Kirche. Die Dunkelheit, bevor die Prozession mit den Kerzen reinkam, war eine Wohltat für meine müden Augen. Ich war so erschöpft nach diesem Tag, daß ich im Knien hätte einschlafen können. Aber ich hab meine Kerze fest in der Hand gehalten und mich ganz auf sie konzentriert, um wach zu bleiben. Schlag Mitternacht kam die Prozession mit den Kerzen durch den Haupteingang herein. Diesen kurzen Moment, wenn ich von hinten schon den schwachen Lichtschimmer sehen konnte und in der Kirche alles riesige Schatten warf, hab ich immer sehr gemocht. Dann haben sich die Ministranten in den Gängen zwischen den Sitzreihen verteilt und die Kerzen der Gemeinde mit ihren eigenen entzündet. Father hatte uns am Sonntag davor ermahnt, wir sollten nicht mogeln, aber ein paar Plätze weiter hab ich einen Mann sein Feuerzeug benutzen sehen.

Die alte Mrs. Boyle, die neben mir saß, hat mir ihre Kerze zum Anzünden hingehalten. Das war so 'ne richtige alte Schrulle; die hatte immer Sachen an, wie ich sie nie jemand anders hab tragen sehen, selbst damals nicht. Solche Kleider kannte ich nur aus Filmen, und da von Frauen, die um einiges jünger waren als sie. Solang ich zurückdenken konnte, hatte sie immer auf diesem Platz gesessen. (Ich bin mir sicher, wenn sie noch am Leben wäre, würde sie heute noch da sitzen. Und sie würde noch genauso aussehen – so wie sie schon immer ausgesehen hat.) Aber als ich an diesem Abend ihre Kerze angezündet hab, hab ich die alte Mrs. Boyle plötzlich mit ganz anderen Augen gesehen. Die ist so alt wie mein Vater, hab ich mir gedacht. Als sie eine junge Frau war, war mein Vater ein junger Mann – wobei ich mir nur schwer vorstellen konnte, daß sie jemals nicht alt gewesen war, so wie sie jetzt ausgesehen hat. Die war ja so was von häßlich. Ihr Gesicht war voller schwarzer Runzeln, und auf dem Kinn wuchsen ihr lange Haare. Ich glaub, ich hab sie an diesem Abend ein bißchen zu lang angestarrt, denn sie hat Kerzenwachs auf meine Hand tropfen lassen und mich richtig giftig angeguckt.

Das elektrische Licht ging an, und Father hat gesagt, wir sollen unsere Kerzen ausblasen. Die ganze Kirche hat herrlich nach brennendem Wachs geduftet. In dem Moment hab ich aus der ersten Reihe einen lauten Plumps gehört. Eine Frau war in Ohnmacht gefallen – die, die regelmäßig in Ohnmacht fiel, wenn sie Kerzenwachs roch. Der arme Mann, der jeweils gerade am nächsten saß, durfte sie dann immer raustragen. Alle haben gegafft, als er sie hochgehoben hat wie King Kong in dem Film Fay Wray und sie in die

Sakristei getragen hat. Ich hab mich oft gefragt, was das wohl für ein Gefühl ist, so hochgehoben zu werden.

Das Wachs, das die alte Mrs. Boyle auf meine Hand hatte tropfen lassen, wurde langsam hart. Auf der Bank vor ihr hab ich noch ein paar Tropfen entdeckt, die während der Zeremonie runtergefallen waren und jetzt erstarrten. An diesem Abend bin ich völlig in den vertrauten Klängen der Messe aufgegangen, das weiß ich noch, denn die haben mich den Tag vergessen lassen, so wie etwas aus einem Traum. Ich erinner mich vor allem noch daran, wie ich zu Father hochgeschaut hab, als er die Gebete zur Gabenbereitung gesprochen hat. Er hatte die Arme ausgebreitet, so wie der Priester es an dieser Stelle der Messe tun soll, und seine Hände haben so richtig sauber ausgesehen. Nicht wie die von meinem Vater, hab ich mir gedacht. Und ich hab Father dafür bewundert, wie er war. Und hab das kalte Wachs von meinem Handrücken abgeschält.

Nach der Messe ist Father ein paar Minuten am Fuß des Altars stehengeblieben. Hinter ihm hat die ganze Gemeinde »Adeste Fideles« gesungen. Die Kraft und all das Gefühl in der Musik haben mich an diesem Abend richtig mitgerissen. Bei alten Liedern, besonders Kirchenliedern, geht mir das immer so. Genau wie das Meer lassen sie alles andere im Leben klein und unwichtig erscheinen. Schließlich hat sich die Prozession vom Altar abgewandt und wieder auf den Weg in die Sakristei gemacht. Die Leute sind tuschelnd zum Ausgang gedrängt, und es war jetzt eine gewisse Aufregung zu spüren. Kinderstimmen haben sich über das Gemurmel erhoben. Jetzt hatte Weihnachten wirklich begonnen.

In dieser Nacht hab ich mich nur im Bett rumgewälzt. Ich hab geträumt, ich würde mit der Post Briefe von Leuten kriegen, an die ich seit Jahren nicht mehr gedacht hatte. Im Traum sind Father und ich in fremden Gegenden rumgereist. Er hat versucht, die Briefe abzufangen, aber ich hab ihn überlistet.

Es war noch stockfinster draußen, als ich aufgestanden bin, um zur Frühmesse zu gehen. Die Frühmesse hab ich immer am liebsten gemocht, oder vielleicht mochte ich einfach den frühen Morgen, denn um diese Zeit schien alles möglich. Der Tag schien endlos. Genau über dieses Gefühl hat Father an diesem Morgen auch gesprochen, aber er hat so davon geredet, als wär es eine Gewißheit. »Der Morgen, den wir heute früh hier zusammen begrüßen dürfen, ist der Morgen eines Tages, der nie enden wird.« Natürlich hat dieser Tag doch geendet, genau wie jeder andere Tag. Ich glaub, es war Tim McFaul, der mir mal erzählt hat, daß Weihnachten früher ein heidnisches Fest war, mit dem die Sonne verehrt wurde. Die Zeremonie fand immer am frühen Morgen statt, jedenfalls nimmt man das an, denn es gibt keine schriftlichen Zeugnisse von diesen Feierlichkeiten. Es ist eine komische Vorstellung, daß die Leute geglaubt haben, Bäume und Tiere – oder in diesem Fall die Sonne – hätten Seelen. Obwohl ich es an diesem Morgen fast verstehen konnte. Das Sonnenlicht war so kalt und hell, daß mir die Augen weh tat.

Zur Frühmesse sind immer nur ein paar vereinzelte Leute gekommen. Es waren vor allem Frauen, die so früh kamen, damit sie das Mittagessen kochen konnten, wenn sie wieder zu Hause waren. Gott, wie ich ein paar von diesen Frauen, die vor mir in die Kirche gekommen waren, beneidet hab! Da saßen sie, manchmal schon eine Viertelstunde bevor die Messe losging, den Kopf in die Hände gestützt, und haben zum Tabernakel gebetet. Ich hab nie so ein Gottvertrauen gehabt wie die. Manchmal hab ich mir gewünscht, ich könnte mein Leben auch so in Gottes Hände legen wie die. In den hinteren Bänken saßen ein paar Männer mit Spanielblick, die Mütze in der Hand. Richtig verschüchtert haben die ausgesehen. Als ich an diesem Morgen an ihnen vorbeigegangen bin, hab ich ihre Fahnen gerochen. Einige von denen waren bestimmt gar nicht im Bett gewesen. Bei einem war ich mir sogar sicher, denn den hatte ich eine halbe Stunde zuvor vom Fenster des Pfarrhauses aus vor der Kirchentür rumlungern sehen. Und ich wußte, daß das einer war, der regelmäßig von seiner Frau vor die Tür gesetzt wurde. Bei dieser Messe ging es auch nie sehr elegant zu. Das war noch so was, was mir gefiel. Man hätte in Pantoffeln kommen können, und keiner hätte was gesagt.

Das Licht in der Kirche war gedämpft, und es war so still, daß man das Fallen einer Stecknadel hätte hören können. Father hat die Antworten kaum verstanden, so klein war die Gemeinde. Da nur so wenige da waren, hatten die Leute Angst, den Mund aufzumachen, denn man hätte sie ja hören können. »Schweigsamkeit mag bei Frauen ja wünschenswert sein«, hat Father gesagt, »aber dies ist weder die Zeit noch der Ort dafür.« Das hat mich an was erinnert, was der Bischof an dem Tag gesagt hat, als ich zum ersten Mal bei ihm im Haus ausgeholfen hab. Aber ich hab nicht weiter drüber nachgedacht und gelächelt, so wie die anderen. Als die Predigt dran war, hat Father gesagt, er würde sie auslassen, denn die Frauen hätten auch so schon genug zu tun, ohne ihm zuzuhören. Der Gute. Er hat immer auf die armen Frauen Rücksicht genommen, die nach Hause gehen und Essen kochen mußten. Als er dann die Kommunion austeilte, bin ich als erste aufgestanden. Es war nicht wie bei der Messe um elf, wo alle nach vorne zur Altarschranke drängelten. Irgend jemand mußte den ersten Schritt machen, und das war normalerweise ich. Natürlich war ich schon am vorigen Abend zur Kommunion gegangen. Aber da Weihnachten war, konnten wir zur Kommunion gehen, sooft wir wollten. Als Father an diesem Morgen vor mir stand, hab ich den Meßwein in seinem Atem gerochen. Das hat mich an die Männer hinten in der Kirche erinnert. Mir fiel auf, daß keiner von ihnen zur Kommunion nach vorne gekommen war. Die Frauen dagegen sind alle gekommen. Und sobald sie wieder auf ihren Plätzen saßen, haben sie den Kopf in die Hände gelegt und gebetet. Also, das war etwas, was ich nie gern gemacht hab, und zwar deshalb, weil ich es schwierig fand zu beten. Ich hab schon versucht, meine Gedanken auf Gott zu richten, aber irgendwie haben sie sich immer selbständig gemacht. Und dann hab ich plötzlich festgestellt, daß ich ganz an was anderes dachte, zum Beispiel an das Fleisch fürs Mittagessen, das ich vergessen hatte aus dem Tiefkühlschrank zu holen, oder an die Folge von *Peyton Place*, die ich am Abend davor im Fernsehen gesehen hatte.

Zu den späteren Messen an dem Tag bin ich auch gegangen. (Seit ich für Father arbeitete, hatte ich noch keine einzige Messe von ihm verpaßt.) Zu der um elf kam eine ganz andere Sorte von Leuten. Es waren die, die man als professionelle Kirchgänger bezeichnen könnte, nicht die Sorgenvollen, Frommen, die zu den anderen Zeiten kamen. Die haben sich meistens richtig feingemacht dafür und sind mit der ganzen Familie gekommen. Bei dieser Messe bekam man mehr Hüte als Kopftücher zu sehen und mehr Lack als Leder. Neue Autos, neue Kleider, neue Ehemänner – alles wurde bei der Elf-Uhr-Messe zum ersten Mal vorgeführt. Und beim Offertorium sind Zweieinhalbshillingstücke statt Sixpence-Münzen im Klingelkorb gelandet. Manchmal konnte man sehen, wie ein Vater seinen Kindern ein paar Silbermünzen in die Hand gedrückt hat, damit sie sie selbst in den Korb werfen konnten. Father Mann hat den Leuten immer was geboten für ihr Geld. Er hat ihnen das gegeben, wofür sie um elf kamen, nämlich eine gute Predigt. Und wenn die Messe vorbei war, hat er sich vor der Kirche auf ein Schwätzchen zu ihnen gestellt. Da konnte man dann auch die kleinen zukünftigen Priester und Nonnen entdecken. Furchtbar wohlerzogen waren die. In manchen Familien scheinen die Kinder einfach so zu werden. Andere Jungs und Mädels haben sich bei der Messe kennengelernt, manche haben sogar rumgeflirtet, wenn sie dachten, es guckt gerade keiner. Aber Father war der einzige Mann in der Kirche, für den ich Augen hatte. Wenn ich ihm zusah, wie er da oben am Altar stand, dann war ich stolz wie Oskar. Das war derselbe Mann, dem ich das Frühstück gemacht hatte, aber dann irgendwie auch wieder nicht, wenn Sie verstehen, was ich meine.

Eins der Privilegien, die ich als Haushälterin des Priesters hatte, war, daß ich mich durch die Tür zur Sakristei aus der Messe wegstehlen konnte. Nur der Küsterin und mir stand das zu. Und meistens hab ich das auch ausgenutzt, denn ich war nicht so wild auf Gesellschaft. Der Weihnachtsfeiertag, von dem ich gerade erzähle, war so ein Tag. Als die Messe vorbei war, bin ich hintenrum rausgeschlüpft, obwohl die Küsterin sich geärgert hat, daß ich über ihren frisch gebleichten Boden gelaufen bin. Als ich an den Toiletten unten neben der Treppe vorbeigegangen bin, hab ich ein junges Pärchen vor der Herrentoilette rumstehen sehen. Sie haben geschmust und sich geküßt. Aber als sie mich gesehen haben, sind sie auseinandergespritzt, als hätten sie einen elektrischen Schlag gekriegt. Ich konnte sie noch kichern hören, als ich an ihnen vorbei war. Vielleicht kommt es ja vom Alleinsein, wenn man sich vor der Zeit alt fühlt, jedenfalls hab ich mich an diesem Tag unheimlich alt gefühlt, als ich dieses Pärchen gesehen hab. Und gleichzeitig hab ich mich unheimlich jung gefühlt. Hätte ich mich nicht geschämt und befürchtet, daß sie mich sehen könnten, dann hätte ich noch mal zu ihnen rübergeguckt. Ich hatte natürlich nicht vor, Father zu verlassen. Aber ab und zu, wenn mir mein Leben schrecklich leer erschien, hab ich mir doch überlegt, was wohl mit mir passiert wäre, wenn ich nicht Fathers Haushälterin geworden wäre.

Fathers Bruder Ronan und seine Familie waren damals über Weihnachten zu Besuch, so wie jede Weihnachten. Ronan war gebildet. Er konnte mit Worten umgehen, daß mir angst und bange wurde. Aber abgesehen davon war er mir ziemlich egal. Seine Frau dagegen – Miriam hieß sie –, die hat mich von Anfang an auf dem Kieker gehabt. Das war eine richtig üble Person, wenn Sie wissen, was ich meine, die hat nämlich immer versucht, Father und mich auseinanderzubringen. Sie hat es grundsätzlich mißbilligt, daß eine Frau mit einem Priester unter einem Dach lebt – besonders wenn dieser Priester zufällig Father Patrick Mann hieß. Ich weiß nicht, wofür die mich hielt. An diesem Tag hatte sie beschlossen, Father mit der Idee des »neuen Priesters« vertraut zu machen, wie sie es nannte, das heißt eines Priesters, der allein zurechtkommt, ohne Haushälterin. Ich wußte, daß es in der Gemeinde von Long Tower schon einen von der Sorte gab.

»Es ist nicht gut, eine Fremde im Haus zu haben«, hat

Miriam zu Father gesagt. Sie hat ständig versucht, mich loszuwerden. Aber Father hat nie auf sie gehört, obwohl er zum Spaß mitgespielt hat.

»Brigid ist keine Fremde«, sagt Father, »ganz im Gegenteil!«

Miriam hat immer irgendeinen Vorwand gefunden, um mich aus dem Zimmer zu jagen, und dann hat sie sich hinter meinem Rücken über mich beklagt. Aber zufälligerweise hab ich von der Küche aus jedes Wort verstanden.

»Die hat's in sich«, hat sie gesagt. »Irgendwas ist mit ihr los. Sie zittert. Sie verhält sich wie ein ängstliches Kaninchen.«

Na, Father hat nur gelacht, und Ronan auch. Das hat Miriam noch wütender gemacht, wie Sie sich denken können.

»Hast du denn keine Sorge«, hat sie Father in dem vornehmen Ton gefragt, in dem sie immer mit ihm redete, »hast du denn keine Sorge, daß dieses Mädchen früher oder später nach seinem Vater schlägt?«

»Willst du damit sagen, daß sie mich eines Tages im Schlaf ermorden wird?« hat Father daraufhin ganz langsam gefragt, so, als ob er sie ernst nehmen würde.

Bei dieser Vorstellung mußte sogar ich lachen, trotz meiner Wut.

»Natürlich nicht!« hat Miriam ihn angefaucht. Sie konnte es nicht ertragen, wenn er sie nicht ernst nahm. »Du weißt genau, was ich meine. Ich glaube, dieses Mädchen meint es nicht gut mit dir.«

»Falls das stimmt, dann habe ich nie etwas davon gemerkt«, hat Father gesagt. Diesmal hat er es ernst gemeint.

»Du läßt dem Mädchen zuviel Freiheit«, sagt Miriam. »Nie hast du was auszusetzen an dem, was sie macht.« Gott, hat die einen Haß in sich gehabt. Das lag daran, daß

Father mich lieber mochte als sie. Außerdem hatte ich immer das Gefühl, daß sie wiederum Father viel lieber mochte als Ronan. Gleichzeitig hat sie ihm, glaub ich, nie verziehen, daß er Gott ihr vorgezogen hat. Und was mich angeht – ich glaub nicht, daß sie verstanden hat, wie eine Frau es auf sich nehmen kann, die Haushälterin von einem Priester zu sein. Die war dermaßen egoistisch, die hatte gar keine Ahnung, was es heißt, jemand anders helfen zu wollen. Miriam war eher weltlich gesinnt, wissen Sie. Man mußte nur ihre dicken Klunker angucken, um das zu erkennen. Und was für Kleider sie immer anhatte! Sie zog sich an, wie es damals in Derry der Frau von einem Schuldirektor angestanden hätte. Aber Miriam war nicht nur wegen Father eifersüchtig auf mich. Sie hat mich auch beneidet, weil ich mein Leben ganz für mich hatte. Zumindest aus ihrer Sicht blieb ich von all den lästigen Verstrickungen verschont, in die man als Ehefrau gerät. Und wir wußten alle, daß Miriams Ehe mit Ronan nicht gut lief.

Allerdings war Miriam nicht allein für die ganze Lage verantwortlich, das muß ich fairerweise sagen. Sie konnte sich nur deshalb soviel erlauben, weil Father es ihr erlaubte. Und er hat ihr eine ganze Menge erlaubt, solang sie ihn damit amüsierte. Wenn Sie mich fragen, dann hätte er sie gleich am Anfang in ihre Schranken weisen und ihrer Boshaftigkeit einen Riegel vorschieben sollen. Ronan war genauso schlimm, denn er hat die Situation mit mir ausgenutzt, um Miriam eins aufs Dach zu geben. Er hat sie noch weiter angestachelt, indem er im Spaß zu Father gesagt hat, daß es doch nett wäre, eine Haushälterin zu haben statt eine Frau. Das hat er direkt vor ihr gesagt. Besonders an einen Satz von ihm erinner ich mich noch: »Wo Brigid herkommt, weißt du«, was immer das auch bedeuten sollte.

»Und was ist sie so billig und pflegeleicht!« hat er an dem Tag gesagt, als Miriam mich so schlechtgemacht hatte.

Damon – das war der Sohn – hat bei uns im Haus nur selten den Mund aufgemacht. An diesem Tag schien er sich mehr für Fathers Silbersammlung zu interessieren. Ich hatte sogar den Eindruck, daß er gerade dabei war, in Gedanken eine Liste von allem zu machen, als ich mit dem Tee reinkam. Er war nämlich Buchhalter, wissen Sie. Einen »Priester der neuen Religion« hat ihn mal jemand genannt. Er hat sich um die Finanzen der Familie gekümmert, und da gehörten die von Father auch dazu. An diesem Tag hat er bemerkt, daß in der Vitrine ein Kelch fehlt. Father hat sich an mich gewandt, damit ich erkläre, wohin der Kelch verschwunden ist. Gleichzeitig hab ich gespürt, wie sich die anklagenden Blicke der anderen in mich hineinbohrten. Ich hab nicht viel Fantasie gebraucht, um zu wissen, was die dachten.

»Sie haben ihn Father Bosco gegeben«, hab ich zu Father gesagt und in die Runde gegrinst. »Der von Father Bosco ist doch aus der Sakristei gestohlen worden, erinnern Sie sich nicht mehr? Und Sie haben ihm Ihren geliehen.«

»Ja, richtig«, sagt Father. Wobei ich nicht glaube, daß er sich wirklich dran erinnert hat oder daß es ihn überhaupt interessierte, was aus dem Ding geworden war. »Was würde ich nur ohne dich tun, Brigid?« hat er dann gesagt.

Darauf hab ich natürlich nicht geantwortet. Damon hat mir eh nicht getraut, warum hätte ich also was sagen sollen?

»Schau bloß zu, daß du ihn wiederkriegst«, sagt Damon. »Dieser Kelch ist ganz schön was wert.«

Fünftes Kapitel

Vielleicht war es ja eine Buße, die uns beiden auferlegt wurde – das, was mit Father Mann passiert ist. »Um unseren Stolz zu beugen und uns an unsere Sterblichkeit zu erinnern.« Noch am Sonntag davor hatte uns Father gepredigt, wir sollten »die Fastenzeit willkommen heißen« und »das Leid willkommen heißen«. Nun mag einem das Leid im Himmel ja Tür und Tor öffnen, aber hier auf der Erde hab ich es nie als den Schlüssel zum Glück betrachtet. Ich finde es richtig krankhaft, das so zu sehen. Und was an dem furchtbaren Leid, das am Aschermittwoch neunzehnhundertundachtzig seinen Lauf genommen hat, Gutes gewesen sein soll, das soll mir erst mal einer erklären.

Ich erinner mich noch gut an den Morgen. Ich war gerade in der Küche am Brotbacken, als Father reinkam. Es ist nur ganz selten vorgekommen, daß Father mal die Küche betreten hat. Und an seinem gequälten Blick hab ich gleich gesehen, daß was nicht stimmt. Er war ganz benommen, so als hätte ihn jemand verhext.

»Jessie«, hat er zu mir gesagt.

Ich hab gewartet.

»Jessie«, hat er noch mal gesagt, und da hab ich erst kapiert, daß er mit mir redet. Natürlich heiß ich nicht Jessie, das wissen Sie ja; aber seine Mutter hieß Jessie. Er hat uns verwechselt, hab ich mir gesagt und nicht weiter drüber nachgedacht. Es war dann auch nichts Wichtiges, er hat bloß nach einer alten Ausgabe von ›Ireland's Own‹ gesucht, die er irgendwo hingelegt hatte und jetzt nicht mehr fand. ›Ireland's Own‹ hat er immer gern gelesen, der Gute, wegen den Rätseln.

Es war nicht schwierig, die Zeitschrift zu finden. Ich wußte genau, wo er sie hatte liegenlassen: auf dem Klo, er hatte nämlich die schlechte Angewohnheit, sie immer dahin mitzunehmen. Danach hab ich ihm sein Frühstück gemacht. Da es Aschermittwoch war, hab ich drauf geachtet, daß es das gleiche gab wie an allen Fastentagen: schwarzen Tee, Porridge und trockenen Toast.

(Wirklich wahr – die Hälfte der Zeit hab ich versucht, Geschmack ins Essen zu bringen, und die restliche Zeit hab ich dann damit verbracht, dem Essen jeden Geschmack zu nehmen; nur damit Father zufrieden ist.) Er hat es mit dem Fasten immer sehr genau genommen, anders kannte ich ihn gar nicht. Da können Sie sich sicher vorstellen, wie überrascht ich war, als er an diesem Tag nach einem ordentlichen Frühstück verlangt hat. Aber ich hab mich nicht mit ihm rumgestritten. Von allem anderen mal abgesehen, kam mir das selbst sehr entgegen, denn wenn er fastete, hat er auch von mir erwartet, daß ich hungere. Ich hab ihm was gegeben, wovon ich wußte, daß er es mag, und hab mich dann schnellstens aus dem Staub gemacht. Die Messe fing zwar erst eine Stunde später an, aber ich hab es nicht mit ihm im Haus ausgehalten, wo er in so einer komischen Stimmung war, was immer da auch im argen liegen mochte.

Es war ein kühler, klarer Februartag, das weiß ich noch, und ob nun Fastenzeit war oder nicht, ich hatte Lust, mir was Gutes zu tun – besonders nachdem er mir sein Frühstück so vor den Latz geknallt hatte. Ich will damit nicht sagen, daß ich nicht gern bei Father gearbeitet hab. Das hab ich wohl. Haushälterin bei einem Priester war eine gute Stelle. Trotzdem gab es Tage, so wie diesen eben, an denen ich einfach nur rauswollte. Bestimmt fühlt sich manch eine Ehefrau oder manch ein Ehemann an einem schlechten Tag auch so, da verwett ich meinen Kopf. Das Problem war nur, daß ich nicht wußte, wie ich mir was Gutes tun sollte. Das muß man lernen, genau wie alles andere. Und ein schlechtes Gewissen hatte ich außerdem, denn die Nonnen hatten mir beigebracht, daß es nicht in Ordnung ist, sich was Gutes zu tun. Andererseits, das seh ich heute, war ich so an meinen Kummer gewöhnt, daß ich ihn gar nicht loslassen wollte. Er war mir einfach vertraut.

Es war meine Aufgabe, morgens die Kirche aufzuschließen; dazu gehörte auch, daß ich die Tür zu Fathers Sakristei aufsperrte. An jedem anderen Tag hätte ich den Schlüssel im Schloß umgedreht und wär gegangen, aber an diesem Tag, weiß der Himmel, was in mich gefahren war, beschloß ich, reinzugehen und mich mal umzuschauen. Ich war noch nie da dringewesen, obwohl ich damals schon über zwanzig Jahre für Father gearbeitet hatte. Mich hat dieser Raum nämlich furchtbar eingeschüchtert – sogar mehr als Fathers Schlafzimmer, wo ich ja jeden Tag reingegangen bin und sein Bett gemacht hab. Alles, was er hier aufbewahrte, hatte mit der Kirche zu tun. Ich glaub, daß ich deshalb auch so eine Heidenangst vor diesem Raum hatte. Nichts hier drin hatte irgendwas mit mir zu tun. Father war jemand, der alles, was mit dem Glauben zusammenhing, mit sich selbst abgemacht hat. Er hat mich nie in die Nähe seiner Seele gelassen, wenn Sie so wollen. Nur eine ganz besondere Frau hätte ihm so nahekommen dürfen. Und abgesehen von seiner verstorbenen Mutter hat er, glaub ich, überhaupt keine besonderen Frauen gekannt. Ich hatte also, wie gesagt, nichts in der Sakristei verloren an diesem Tag, aber ich bin trotzdem reingegangen. Meine größte Befürchtung war, daß ich irgendwas finden könnte, was ich nicht hätte finden dürfen. Fragen Sie mich nicht, an was ich dachte, ich weiß es nicht. Ich hab die Schranktür aufgemacht. Da hingen die wunderschönen Gewänder, die er bei den verschiedenen Messen immer trug. Father Green hatte ihm die gleichen bestellt, die er selbst auch hatte. Violett, grün, rot, schwarz und weiß waren sie, und alle mit irischen Mustern bestickt. (Die Amerikaner sind in diesen Dingen ganz groß.) Ich hatte sie noch nie angefaßt. Gott, haben die sich herrlich angefühlt. Ich hab mit den Fingern drübergestrichen, so wie man über seidene Unterwäsche streichen würde. Ich hatte ein furchtbar schlechtes Gewissen. Was würde Father wohl sagen, wenn er das je erfuhr?

Auf einem Tisch in der Ecke lagen die Wandlungsschellen, mit denen bei jeder Messe geklingelt wird. Schon bei der kleinsten Berührung haben sie leise geklirrt. Und direkt daneben stand das Weihrauchgefäß, das Father bei der Segnung während der Fastentage benutzte. Ich hab an dem Weihrauch geschnüffelt. Gott, ich war süchtig nach dem Zeug. Ich glaube, ich kann mit einiger Sicherheit behaupten, daß ich die Klebstoffschnüffler verstehe. Außerdem stand auf dem Tisch noch ein Kelch mit einem Stapel Hostien. Sie waren bestimmt nicht konsekriert, denn sonst hätte Father sie wohl kaum einfach da liegenlassen. Also hab ich mir eine Handvoll genommen. Bevor ich sie runtergeschluckt hab, ist mir aber noch das Fasten eingefallen, und ich hab sie wieder ausgespuckt. Ich wußte nicht, wohin mit der zerkauten Pampe, also hab ich ein Papiertaschentuch drumgewickelt und sie in die Tasche gesteckt. Auf einem anderen Tisch mitten im Raum stand die Asche für die nächste Messe. Die hat Father immer benutzt, um das Aschekreuz auszuteilen. »Zur Fastenzeit predigt die Kirche den Tod des Sünders in uns.« Das ist mir plötzlich einfach so in den Sinn gekommen. Sätze wie dieser sind mir dermaßen eingebleut worden, die werd ich, glaub ich, bis ans Ende meiner Tage nicht mehr los. Ich hab den Finger in die Asche getunkt, so wie man seinen Finger in ein Glas Marmelade tunken würde, wenn man Hunger hat, und hab dann meine Stirn damit berührt. Als ich mich im Spiegel angeguckt hab, um den dicken schwarzen Fleck zu bewundern, hab ich plötzlich im Längsschiff der Kirche Schritte näher kommen hören. Ich hab mir die Asche mit dem Taschentuch abgewischt, in dem ich die Hostien versteckt hatte, und hab gerade noch in den Flur rauswitschen können, bevor die Küsterin kam. Ich hab den Kopf nach unten gebeugt, weil ich Angst hatte, daß sie mir mein schlechtes Gewissen ansieht. (Ich bin nie eine gute Lügnerin gewesen.) Aber die Küsterin hat sich überhaupt nicht um mich gekümmert. Die wär nie auf die Idee gekommen, daß ich irgendwas anstellen könnte. Ich hab so harmlos ausgesehen.

Während der Messe fand ich es unheimlich schwierig, dem Ganzen zu folgen, weil ich schreckliche Schuldgefühle hatte. Erst als die Küsterin mich anschubste, hab ich gemerkt, daß was nicht stimmt.

»Er hat die Lesung vergessen«, hat sie mir laut ins Ohr geflüstert. »Vielleicht sollte eine von uns hochgehen und es ihm sagen.«

Natürlich hat sie gemeint, daß ich es tun soll. Also bin ich zur Altarschranke hoch und habe es Father gesagt. Er war dankbar, daß ich ihn dran erinnert hab, nicht sauer, wie ich befürchtet hatte, und hat noch mal bei der Lesung eingesetzt. Ich erinner mich noch genau an den Text.

»In der Zeit war Histia todkrank. Und der Prophet Jesaja, der Sohn des Amos, kam zu ihm und sprach zu ihm: So spricht der Herr: Bestelle dein Haus, denn du wirst sterben und nicht lebendig bleiben.«

Bis ich wieder auf meinem Platz saß, war ich vor Scham puterrot angelaufen. Ich war es nicht gewohnt, so im Mittelpunkt zu stehen, auch wenn ich Fathers Haushälterin war. Aber die Alternative wär ein Streit mit der Küsterin gewesen. Und zäh wie die war, hätte sie keinen Millimeter nachgegeben, das wußte ich. Andererseits war ich natürlich auch so ein Schlappschwanz und hab ihr das durchgehen lassen.

Der Rest der Messe hat dann geklappt, soweit ich es mitgekriegt hab. Father hat sich an alles erinnert, was er zu sagen hatte. Und danach hat er die Asche gesegnet und das Aschekreuz ausgeteilt. Wie üblich standen vor allem Frauen in der Schlange, die Männer waren da eher zurückhaltend. Ich hab bis zum Schluß gewartet, denn ich hab immer gern zugesehen, wie die anderen der Reihe nach an ihm vorbeizogen. Ich war unheimlich stolz auf Father, wenn ich sah, wie die Frauen zu ihm aufblickten, während er ihnen mit dem Finger ein Kreuzzeichen aus Asche auf die Stirn malte. Es kam mir vor, als würden sie auch zu mir aufblicken. Gleichzeitig allerdings, das muß ich an dieser Stelle gestehen, hatte ich auch noch ein anderes Gefühl. Ich war eifersüchtig. Ich war eifersüchtig, weil Father uns Frauen alle gleich behandelt hat. Und ich wollte mehr von ihm. Ich wollte, daß er mich besonders behandelt. Als ich dran war mit dem Aschekreuz, war ich immer noch so wütend, daß ich ausgewichen bin. Und Father hat es bemerkt, obwohl er kaum auf mich geachtet hat. Ich hab meine ganze Willenskraft zusammennehmen müssen, um beim zweiten Mal den Kopf stillzuhalten. Meine Stirn wurde ganz starr unter der Asche. Möge Gott mir vergeben, aber wenn ich nicht Angst gehabt hätte, daß mich jemand sieht, hätte ich sie auf der Stelle abgewischt.

Vor der Kirche haben sie sich hinterher die Mäuler über Father zerrissen; wie er im Eröffnungsgesang hängengeblieben war und wie er die Lesung vergessen hatte. »Den Mann beschäftigt irgendwas«, hat einer gesagt, der sich immer als großer Menschenkenner aufspielte. »Meiner Ansicht nach geht's ihm nicht gut«, hat ein anderer gemeint. Es hat mich beunruhigt, sie so über Father reden zu hören. Wo er doch Priester war. Irgendwie schien es nicht recht.

Und Fathers Verhalten hat auch nicht gerade zu meiner Beruhigung beigetragen. Statt seine Krankenrunde zu machen, wie er das mittwochs sonst immer getan hat, ist er an diesem Tag direkt nach Hause gegangen, und zwar ohne ein Wort zu jemand zu sagen, und hat sich in seinem Arbeitszimmer eingeschlossen.

In der Zwischenzeit war Lizzy Bone, so 'ne Frau, die sehr wenig Geld hatte, gekommen, um ihre Kippen abzuholen. (Die arme Frau konnte sich selbst keine Zigaretten leisten, und deswegen hab ich immer Fathers Zigarettenstummel für sie aufgehoben.) Um sie zu unterhalten, hab ich ihr das Bild von Father in ›The Journal‹ gezeigt. In der Woche davor hatte der Jahresausflug der Pensionäre stattgefunden, und Father war mitgefahren, um ihnen Gesellschaft zu leisten. Die alten Leute waren immer unheimlich stolz darauf, daß er sie begleitete, und haben dann noch das ganze Jahr davon geredet. Auf dem Bild war die ganze

Mannschaft zu sehen, wie sie draußen vor dem Strand Hotel in Buncrana stehen, wo sie zu Mittag gegessen hatten. Lizzy hat sich gerade die Leute angeguckt und zu jedem eine abfällige Bemerkung gemacht, wie das eben ihre Art ist, als Father rauskam und sagte, daß er mit mir reden will. Das klang ernst. Mein erster Gedanke war natürlich: Er hat entdeckt, daß ich in seinem Raum gewesen bin, und ruft mich jetzt zu sich, um mir die Leviten zu lesen. Ich hab also einfach an meiner Seite vom Tisch gesessen und gewartet, was kommt. Aber er hat ewig lang den Mund nicht aufgemacht. Mir ist alles mögliche durch den Kopf gegangen, zum Beispiel daß vielleicht irgendwas mit Dympna und Michael war und er sich nicht getraut hat, es mir zu sagen (ich hatte nämlich zwei Tage vorher abends eine Banshee gehört, eine Todesfee). Oder vielleicht hatte er beschlossen, daß er keine Haushälterin mehr braucht. Er hat nämlich immer rumgewitzelt, daß er Missionar werden und mich verlassen würde. Es war völlig untypisch für ihn, lang rumzudrucksen, wenn er was sagen wollte. Deswegen war mir an diesem Tag wirklich himmelangst. Er hat einfach bloß dagesessen und an einem Buch rumgefummelt – *Das Leben der Heiligen* war es, glaub ich – und die Seiten alle hochgebogen. So nervös hatte ich ihn noch nie erlebt. Er war eigentlich ein sehr ausgeglichener Mensch und hatte sich immer unter Kontrolle.

»Brigid«, hat er schließlich gesagt. (Allerdings hat er dabei weiter auf das Buch geguckt.) »Brigid«, sagt er noch mal, »ich denke, du solltest wissen, daß es mir nicht gut geht.«

»Dann gehen Sie doch zum Arzt«, hab ich gesagt, denn mir war nicht klar, wie ernst das war, was er sagte. Ich war so erleichtert, daß er überhaupt den Mund aufgemacht hatte.

»Ich war schon beim Arzt«, sagt er. »Er hat gesagt, ich hätte Alzheimer.«

Na, vielleicht ahnen Sie schon, daß mir das auch nicht gerade weitergeholfen hat. Aber Father hat meine Ratlosigkeit bemerkt und sich genauer erklärt, damit ich versteh, was er sagt.

»In zwei Jahren«, sagt er, »kann ich keins von diesen Büchern hier mehr lesen.« Und er hat sich mit einem ganz entsetzlichen Gesichtsausdruck im Zimmer umgeguckt. (Father hatte eine großartige Bibliothek, allerdings waren die meisten Bücher in fremden Sprachen geschrieben, und ich konnte nichts damit anfangen.) Also hab ich gemeint, daß er blind wird.

»Nein, blind werde ich nicht«, sagt er. »Aber glaub mir, es dauert keine zwei Jahre, und ich kann kein Wort mehr lesen. Ich verliere den Verstand.«

Das ging über meinen Horizont. So was hatte ich mein Lebtag noch nicht gehört.

»Heute früh«, sagt er, »habe ich zwei Stunden lang versucht, mich an ein Gedicht zu erinnern, das ich auswendig konnte. ›Gottes Größe‹ heißt es. Der Titel ist mir noch eingefallen, aber sonst nichts. Und mit jedem Morgen, an dem ich erwache, werde ich irgend etwas Neues vergessen haben. Eines Tages werde ich aufwachen und mich nicht mal mehr an deinen Namen erinnern. Könntest du das ertragen, Brigid?«

Was sollte ich sagen? Ich konnte ihn nicht mal anschauen, geschweige denn so eine Frage beantworten. Es konnte einfach nicht stimmen, was er mir da erzählte. Er sah aus wie das blühende Leben. Aber als ich das gesagt hab, hat er sich bloß furchtbar aufgeregt.

»Ich verliere den Verstand, Brigid! Ich verliere den Verstand!« hat er mich völlig verzweifelt angeschrien. So viel Gefühl und so viel Angst hatte ich noch nie in seiner Stimme gehört.

»Priester«, sagt er, »tönen immer groß vom Tod und von den Freuden des Himmelreichs, wenn es um das Leben anderer Leute geht. Aber wenn's um das eigene Leben geht, ist das eine ganz andere Geschichte.«

Ich konnte es kaum ertragen, ihn so reden zu hören. Vor allem aber hatte ich Angst, daß die alte Lizzy ihn von der Küche aus hören könnte. Wenn die Wind von der Sache bekam, dann wußte in Nullkommanix die ganze Gemeinde Bescheid. Also hab ich versucht, den armen Mann durch einen flehenden Blick zu beschwichtigen. Aber es hat nichts genützt. Er hat sich so reingesteigert, daß er überhaupt nicht mehr zu bremsen war. Mir blieb nichts anderes übrig, als ihm bis zum Schluß zuzuhören.

»Mit körperlichem Zerfall könnte ich umgehen«, sagt er. »Auf den Tod im üblichen Sinn hatte ich mich vorbereitet, aber nicht auf so was. Ich werde langsam zum Volltrottel, Brigid. Da ist es auch kein großer Trost, daß ich das Schlimmste gar nicht mehr mitkriegen werde. Ich wünschte, ich wäre ein Heiliger, aber ich bin keiner. Wie auch, bei all der Wut, die ich in mir habe?«

»Selbst unser Erlöser hat ab und zu die Beherrschung verloren«, hab ich zu ihm gesagt, ein Satz, den wir in der Messe so manches Mal von ihm zu hören bekommen hatten. Nicht daß ihm das geholfen hätte. Ich konnte wirklich sagen, was ich wollte, ich hab alles bloß noch schlimmer gemacht. Der arme Mann. Er hat sich zum ersten Mal in seinem Leben allein gefühlt. Nachdem ihm so was passierte, war er davon überzeugt, daß Gott ihn verlassen hatte – wenn er überhaupt je dagewesen war. Und ich sollte das, was ihm plötzlich fehlte, ersetzen. Als er dann gemerkt hat, daß ich das nicht konnte, ist er fuchtig geworden und hat so getan, als wollte er nichts mehr von mir wissen. »Du mußt nicht bleiben«, hat er richtig patzig zu mir gesagt. »Der Bischof hat mir versichert, daß ich die beste Pflege bekommen werde.«

»Niemand sagt was von Weggehen«, sag ich zu ihm. Ich wollte bleiben und hab ihm das auch gesagt. Aber Father war ein stolzer Mann. »Geh ruhig«, hat er immer wieder zu mir gesagt. »Geh ruhig. Geh ruhig.« Dieses Gerede hat mich nicht weiter beunruhigt. Was mich beunruhigt hat, das war, wie er über Gott hergezogen hat. Bei Tim hätte ich das verstanden. Oder bei Father Jack. Aber nicht bei meinem Father Mann. Ich hatte ihn noch nie so gegen Gott wettern hören. Das hat mir richtig den Boden unter den Füßen weggezogen. »Man hat mich betrogen!« hat er rausgeschrien, wie ein Mann, der gerade um seine gesamten Ersparnisse gebracht worden ist. »Man hat mich betrogen. In einem Jahr werde ich schon nicht mehr als Priester arbeiten können. Ich frage mich, ob es überhaupt richtig war, Priester zu werden. Glaubst du, daß es richtig war, Brigid?« hat er mich dann gefragt.

Na, woher sollte ich denn das wissen? Es stand mir nicht zu, so eine Frage zu beantworten, selbst wenn ich es gekonnt hätte. Trotzdem hab ich gesagt: »Natürlich.« Was hätte ich unter den Umständen anderes sagen sollen? Nicht daß es eine Rolle gespielt hätte, was ich sagte, denn er hat eh nicht auf mich geachtet. Er war zu sehr damit beschäftigt, einen vernünftigen Grund zu finden, warum ausgerechnet er von dieser furchtbaren Krankheit heimgesucht wurde.

»Ich habe dem Leben den Rücken zugekehrt. Jetzt kehrt das Leben mir den Rücken zu«, hat er gesagt.

Solche Sprüche war ich von ihm nicht gewohnt. Und ich hab ihm gesagt, daß er nicht so hart zu sich sein soll. Aber er war noch nicht fertig.

»Ich hab den gesunden Menschenverstand verachtet. Jetzt verläßt mich der Verstand«, sagt er. Er hat eine komische Begründung nach der anderen gefunden, warum sein Leben so eine Wendung genommen hatte. An die meisten erinner ich mich gar nicht mehr, denn ehrlich gesagt haben sie für mich keinen Sinn ergeben. Mir war das eh meistens zu hoch, was Father so geredet hat. Eins hab ich aber wohl kapiert: Auch wenn er noch so wütend klang, hat es ihm offenbar gutgetan, sich selbst zu beschuldigen, also hab ich ihn machen lassen. Das Ganze war leichter für ihn zu ertragen, wenn er irgendeinen Sinn darin finden konnte. Wohingegen ich sowieso nie einen Sinn in irgendwas gesehen hab. Und ich hab schon längst nicht mehr dran geglaubt, daß es so was wie Gerechtigkeit auf der Welt gibt. Für den armen Father war die Welt nie beängstigend gewesen – bis zu diesem Tag: dem Tag, an dem er entdeckt hat, daß nichts einen Sinn ergibt und er nicht über sein Leben bestimmen kann.

»Irgendwann blubbere ich wahrscheinlich nur noch blöde vor mich hin«, sagt er. »Verstehst du, Brigid?« Und er hat mir seine Nase schier ins Gesicht gerammt, als wär er jetzt schon am Verblöden. Jesus, Maria und Josef, er hat mir an diesem Tag wirklich eine Heidenangst eingejagt, bevor ich mich auf ihn einstellen konnte. Ich hab ihm versucht zu erklären, daß Gott ihn prüft. »Sie haben doch selbst oft gepredigt«, sag ich zu ihm, »daß das Leiden unseres Herrn seinem Leben erst Sinn verliehen hat.« Aber ich hätte genausogut mit der Wand reden können.

»Ich muß immer wieder daran denken«, hat er gesagt,

denn er war ganz in seiner eigenen Gedankenwelt versunken, »ich muß immer wieder daran denken, daß ich ja auch hätte heiraten und jetzt ein paar Kinder haben können. Vielleicht hätte ich sogar dich geheiratet, Brigid«, sagt er.

Na, damit war die Sache für mich klar. Jetzt hab ich eindeutig gesehen, daß mit Father was nicht in Ordnung war. So hatte er noch nie mit mir geredet. Und ich hab mich überhaupt nicht wohl damit gefühlt. Erst als ich draußen war, hab ich mich gefreut über das, was er da gesagt hatte. Das sag ich heute. Aber damals hätte ich das nie zugegeben, nicht mal vor mir selbst. Diese Schuldgefühle hätte ich nicht ausgehalten.

Als ich die Lage erst mal erkannt hatte, war mein erster Gedanke, wie Fathers Krankheit sich wohl auf mich auswirken würde. Verstehen Sie mich nicht falsch! Ich hab ihn sehr bemitleidet. Aber ich wollte nicht, daß mein Leben sich verändert. Mein ganzes Arbeitsleben lang war ich Haushälterin bei einem Priester gewesen, und ich wollte nichts anderes sein. Ich hatte mich darauf verlassen, daß Father immer dasein würde. Über zwanzig Jahre lang hatte er mir Halt gegeben, war der Mittelpunkt meines Lebens gewesen. Ich konnte mir nicht vorstellen, ohne ihn zu leben. Und was noch schlimmer war, ich konnte den Gedanken nicht ertragen, allein zu sein.

Am Anfang ist die Krankheit ziemlich schnell vorangeschritten, obwohl Father sich mit Händen und Füßen dagegen gewehrt hat. Im ersten halben Jahr hab ich kaum eine Veränderung an ihm bemerkt. Wenn überhaupt, dann hatte er mehr Energie. Die Müdigkeit hat er durch reine Sturheit abgewehrt. In manchen Nächten hat er nicht mehr als drei Stunden geschlafen, und wenn er aufgestanden ist, dann hat er sich wie ein Berserker auf die Arbeit gestürzt.

Wenn es nichts anderes zu tun gab, hat er bis tief in die Nacht gelesen. Er hat ganze Tage und Nächte mit Leuten verbracht, die er seit Jahren nicht mehr gesehen hatte. Daß er nicht mehr Zeit mit mir verbrachte, hat mich irgendwie schon verletzt. Andererseits, warum hätte er das tun sollen? Ich war ja bloß seine Haushälterin. Außerdem wollte er offenbar beweisen – solang er noch das Zeug dazu hatte –, daß er ohne mich zurechtkam. Leicht war das sicher nicht, wo er doch wußte, welcher Zustand ihn erwartete. Ich bin mir sicher, daß kaum einer von uns gern wieder ein Kleinkind wäre, und genau dieser Zustand lag vor ihm. Ich weiß noch genau, wie ich ihn das erste Mal an eine Verabredung erinnern mußte, die er vergessen hatte. Er hat mir schier den Kopf abgerissen und gesagt, daß er sich selbst an die Verabredung erinnert. Oder wie ich ihn zum ersten Mal abends ins Bett bringen mußte, als er nach dem Essen am Tisch eingeschlafen ist. Er hatte sich den Tag dermaßen vollgepackt, der arme Mann, wo er doch gar nicht die Kraft hatte. Erst war er auf einer Hochzeit gewesen, dann hatte er in der Kirche den neuen Kreuzweg aufgebaut, und schließlich kam noch der Bischof zum Abendessen. Beim Nachtisch hab ich gesehen, daß er auf seinem Stuhl einnickt. Einmal ist er aufgeschreckt und hat »Jessie« gerufen. Bischof Cleary war das so peinlich, daß er sich ganz schnell davongemacht hat, und ich durfte Father dann ins Bett bringen. Während ich dabei war, fing Father an, alles mögliche Zeug von früher zu erzählen. Er hat keinen Unsinn geredet, das war schon alles ganz vernünftig, was er da gesagt hat. Er hat erzählt, wie sich seine Mutter über ihn gebeugt und zu Gott gebetet hatte, daß er ein guter Junge wird.

»Mein Vater hat immer mit ihr geschimpft«, sagt er. »Er

hat behauptet, sie nimmt mich zu wichtig. Ich habe damals sehr gern Drachen steigen lassen. Wir haben Wespen gefangen, in Marmeladegläsern voller Wasser. Und ich bin auch immer gern mit meinem Vater am Faughan angeln gegangen.« Der Gute, er hat sich auf jede kleine Erinnerung gestürzt, an die er rankam. Es war sein letzter, verzweifelter Versuch, sich im Griff zu behalten. Er hatte den Gesichtsausdruck von einem Ertrinkenden. »Die Hochzeit von meinem Onkel Pat, und die Beerdigung von Tante Fanny. Und immer wollte ich Priester werden. Ich erinnere mich noch genau. Ich erinnere mich noch genau.« Gott sei ihm gnädig, er hatte so viel, woran er sich erinnern konnte – und so viel, was er vergessen konnte. Nicht so wie ich.

Es war mir peinlich, all diese Sachen von ihm zu hören, aber ich konnte ja schlecht meine Ohren verschließen. (Die Ohren kann man nicht so leicht zumachen wie die Augen oder den Mund.) Es schien nicht richtig, bei so was Persönlichem zuzuhören.

Aber es war nicht alles düster. Father konnte in dieser Zeit auch richtig fröhlich sein; so wie er ganz am Anfang gewesen war, bevor der Bischof ihn untergekriegt hatte. Wir haben oft abends Karten gespielt. Und manchmal hat er mir von Maynooth erzählt. Von der großen Glocke zum Beispiel, die Vox Dei genannt wurde (»die Stimme Gottes« heißt das eigentlich) und die sie morgens immer geweckt und zum Gottesdienst und zum Essen gerufen hat. Sie durften nicht rauchen, hat er erzählt, dabei hat er selbst vierzig Stück am Tag geraucht, bis er krank wurde. Und Romane mußten sie in ihre Zimmer schmuggeln, denn die Priester hatten Angst, daß die Bücher Sünder aus ihnen machen könnten. Ihre Zimmer wurden regelmäßig durchsucht, hat er erzählt. Und sie durften sich abends auch nicht gegenseitig besuchen. Dagegen klang Haus Bethel ja wie ein Ferienlager.

Vielleicht sollte ich so was unter den gegebenen Umständen nicht sagen, aber diese Tage mit Father waren die glücklichste Zeit meines Lebens. Auch wenn ich mich immer noch mit Miriam rumschlagen mußte, die sich in alles einmischte. Mir fällt da besonders der Abend ein, wo sie ins Wohnzimmer reinkam, als wir gerade Dame spielten. Da sie damals noch nicht wußte, daß Father krank war, hat sie das falsch verstanden und ihren Ärger dann an mir ausgelassen. Feige, wie sie war, hat sie sich nicht getraut, sich vor Father mit mir anzulegen. Sie hat mich in der Küche abgepaßt. »Sie sollten wissen, wo Ihr Platz ist«, sagt sie zu mir. »Father hat Besseres zu tun, als seine Zeit mit Ihnen zu verschwenden.« Stellen Sie sich das mal vor! So eine Frechheit! Wo ich mich so um ihn gekümmert hab.

Diese Krankheit, die Father hatte, war eine ganz furchtbare Krankheit. Wenn ich gewußt hätte, wie furchtbar sie noch werden würde, dann hätt ich vielleicht gleich am Anfang meine Koffer gepackt. Möge Gott mir verzeihen, aber ich hab mir oft gewünscht, Father wär tot. Alles, bloß nicht diesen Alzheimer. Er hat weiter geatmet und gegessen und geschlafen, aber gleichzeitig war er nicht mehr Father. Er war eine lebende Leiche. (Allerdings hat ihm der Bischof an dem Tag, nachdem er es erfahren hat, die letzte Ölung verabreicht.) Und ich hab überhaupt nichts mehr gefühlt. Ich hab mich nicht getraut, was zu fühlen, denn sonst wär ich womöglich im Handumdrehen gegangen, und das hätte ich mir nie verziehen. Das Leben war also für uns beide eine Qual. Ich sag das jetzt so, aber gleichzeitig muß ich zugeben, daß sich letztlich kaum was verändert hat. Denn ich mußte mich weiter um Fathers Grundbedürfnisse kümmern, genau wie vorher. Seine Krankheit hat mir erst mal klargemacht, wie seltsam mein Leben mit ihm eigentlich gewesen war. Wenn so was Entsetzliches keine größeren Auswirkungen auf uns hatte, dann konnte ja wohl von vornherein nicht viel dagewesen sein.

Für ihn war der Anfang am schlimmsten, als er wußte, was passiert, aber nichts dagegen machen konnte. Ich hab ihm gesagt, daß er leidet wie unser Herr Jesus im Garten Gethsemane. Aber dadurch ging es ihm nur noch schlechter. Ihm ist die panische Angst ins Gesicht gestiegen. Er hat mich an einen bewaffneten Mann auf der Flucht erinnert, den ich mal gesehen hab. Bloß war die Panik in Fathers Gesicht noch hundertmal größer. Gott, es ist schrecklich, wenn ein Mann solche Angst hat, besonders einer, auf den man so baut wie ich auf Father. Am Anfang war das einzige, was ihn aufrechterhalten hat, sein Zorn auf Gott. Dann, als er sich ausgetobt hatte, hat er um eine Wunderheilung gebetet. Ich weiß nicht, was schlimmer war, ihn so wütend zu sehen oder so unterwürfig. Noch dazu hat ihn die Krankheit in furchtbar unangenehme Situationen gebracht. Er hat sich ungewollt mit anderen Leuten überworfen – Leute, die nicht wußten, daß er krank ist, und sich über irgendwas geärgert haben, was er sagte oder tat. Er hat Namen vergessen und Verabredungen nicht eingehalten. Manchmal hat er sich auch an eine Verabredung erinnert, ist dann aber am falschen Ort aufgetaucht. Er ist schnell müde geworden. Seine Sprache hat sich verlangsamt. Und er hat in Unterhaltungen leicht den Faden verloren. Natürlich hat das die Leute aufgeregt, und es hat seinem Ruf in der Gemeinde nicht gerade gutgetan. Ich glaub, er hat seine Krankheit aus Stolz so lange verschwiegen. Er hat sehr großen Wert darauf gelegt, daß niemand die Wahrheit erfährt, bis es wirklich nicht mehr anders ging. Die ganze Zeit über hat sich die Krankheit in ihn reingefressen, und er hat mit keiner Menschenseele darüber geredet, nicht mal mit mir, abgesehen von dem Tag, an dem er es mir gesagt hat. Aus dem kontaktfreudigen, von sich selbst eingenommenen Menschen, der er früher war, wurde ein zurückhaltender, verbitterter Mann. Und vor allem schien er sich selbst zuwider zu sein. Ich hab das nur schwer ertragen können, denn ich mußte mit ansehen, wie er leidet, und konnte nichts dagegen tun. Aber ich hab ganz genauso gelitten. Manchmal war es so eine Quälerei, daß ich ganz weit wegfahren und nie mehr zurückkommen wollte. Und als die Wahrheit dann ans Licht kam, wie es früher oder später ja geschehen mußte, haben alle nur gesehen, wie schlecht es Father ging. Wie schlecht es mir ging, hat keiner gesehen.

Miriam hat die Katze aus dem Sack gelassen. Sie hat es einer Freundin erzählt. Und dann hat sich die Neuigkeit wie ein Lauffeuer in der Gemeinde verbreitet. Bis dahin hatte außer mir allerdings noch keiner Father erlebt, wenn es ihm wirklich schlecht ging. Und ich hab den Mund gehalten, denn ich hatte schon damals Angst, daß der Bischof oder Fathers Familie ihn mir wegnehmen würden.

Sobald die Nachricht raus war, hat Bischof Cleary Father natürlich aufgefordert, seine Amtspflichten niederzulegen. Das hat Father fast das Herz gebrochen, wie Sie sich sicher denken können. Außerdem hat der Bischof auch gesagt, daß er nicht mehr will, daß ich für Father arbeite. Und Ronan und Miriam haben das auch gesagt. Sie hatten vor, eine ausgebildete Krankenschwester für ihn einzustellen, was wohl besser ausgesehen hätte, nehm ich an. Aber Father, der Gute, hat ihnen allen die Stirn geboten. Er hätte mich eingestellt, hat er gesagt, und er würde mich auch entlassen, wenn es denn sein müßte. Miriam war eifersüchtiger denn je, als sie das gehört hat. Es hat sie richtig gewurmt zu sehen, daß Father auf mich angewiesen war, so besitzergreifend war sie. Sie hätte vor nichts haltgemacht, um mich loszuwerden. Am Anfang hat sie versucht, mich zum Gehen zu überreden, und als das nicht geklappt hat, ist sie zu verschiedenen Ärzten gegangen und hat versucht, mich für ungeeignet erklären zu lassen. Sie hat sogar einen anderen Priester dazu gebracht, mich zu fragen, ob ich für ihn arbeiten will. Aber keine von ihren Strategien hat funktioniert. Und ab dann hab ich mich vor ihr in acht genommen, das können Sie mir glauben. Ein Ausrutscher, und sie hätte mich in Nullkommanix auf der Straße gehabt. Die Frau hat nie auch nur eine Sekunde lang mal lockergelassen. Wenn Sie mich fragen, war das eine Riesenverschwendung von geistiger Energie. Ich konnte sehen, daß sie alle möglichen Vorstellungen im Kopf hatte – zum Beispiel, daß ich Father gegen sie einnehmen könnte (als ob sie das nicht von allein geschafft hätte). Sie konnte den Gedanken nicht ertragen, daß Father mir in seinem schlechten Gesundheitszustand mehr von sich erzählen könnte. Ich glaub, das hat sie am meisten geärgert. Das und der körperliche Aspekt, der später dazukam. Aber ich hab aus ihrem Haß Kraft geschöpft, so wie vor vielen Jahren aus dem Haß von Magdalene Cooke.

Das nächste Stadium der Krankheit war für mich das schlimmste, denn da hat die wahre Not begonnen. Gott steh uns allen bei, es war wirklich bitter, Father so die Kontrolle über sich verlieren zu sehen. Wo er doch so ein lebhafter, gutaussehender Mann gewesen war. Ich sag Ihnen das heute – ich fand wirklich, daß Father gut aussah, auch wenn ich das nie vor mir selbst zugegeben hätte, als er noch gesund war. Es hat mich unheimlich wütend gemacht mitzuerleben, wie diese furchtbare Krankheit einen Idioten aus ihm machte. Und das war noch nicht alles. Ich wurde auch auf mich selbst wütend, weil ich diesen furchtbaren Ekel, der in mir aufstieg, nicht unterdrücken konnte. Wirklich, er hat gebrabbelt wie ein Kind, hat sich vollgesabbert, und nachts hat er ins Bett gemacht. Es ist schlimm, wenn man so direkt miterlebt, wie ein Mann regelrecht zerfällt. Ich hab es gern, wenn Männer sich im Griff haben. Und Father hatte sich im Griff, bis diese verdammte Krankheit zugeschlagen hat. Sicher hatte er gewisse Bedürfnisse, so wie jeder Mann, aber die hat er immer unter Kontrolle gehabt.

Wenn das alles einem anderen Menschen passiert wär – mir zum Beispiel –, dann wären mir die Auswirkungen lange nicht so qualvoll erschienen. Leute wie ich, die ihr Leben lang kleingehalten wurden, die wissen nämlich, was es heißt, bezwungen zu werden, und können damit umgehen. Aber Father war ganz oben gewesen. Er konnte viel tiefer fallen. Und genau das war die Tragödie.

Bei seinem ersten Wutanfall hat er sein Rührei quer durch die ganze Küche geschleudert. Klar, ich wußte natürlich, daß er das wegen seiner Krankheit gemacht hat, aber ich hab mir hinterher stundenlang die Augen ausgeheult. Der ist ja so was von egoistisch, hab ich gedacht. Aber ich war auch nicht besser, wenn ich's mir so recht überlege. Ich konnte selbst kaum glauben, was ich an diesem Morgen alles zu ihm sagte. »Ein verwöhntes Balg sind Sie! Sie sollten sich was schämen! So ein Gezeter, und dann diese Riesensauerei, und alles für nichts und wieder nichts!« Und er hat die ganze Zeit gewimmert und geweint wie ein Windelkind. Zum Schluß hat er so laut geweint, daß sogar der Hund angefangen hat zu bellen. Grundgütiger Gott, ich hab wirklich all meine Kraft und Geduld gebraucht, um nach diesem Tag noch bei ihm zu bleiben. Natürlich hat es mir das Herz gebrochen, ihn so leiden zu sehen. Aber nicht nur sein Leben war ruiniert. Auch meins war kaputt. Alles, worauf ich mich mein Leben lang verlassen hatte, war plötzlich weg. Sogar Gott. Ich war mir nicht mehr sicher, ob es Ihn wirklich gab. Manchmal hatte ich einfach gräßliche Angst, und meine Gedanken waren völlig gelähmt, und dann saß ich stundenlang wie festgenagelt da, ohne irgendwas zu tun oder zu denken. Und hinterher war ich noch genauso verstört und angestrengt wie vorher. Das Schlimme war nämlich, daß ich die Wahl hatte, und Father nicht. Ich hätte jederzeit einfach gehen können. Nur meine Schuldgefühle und meine Angst haben mich davon abgehalten. Aber schon bald hab ich darauf gebaut, daß der Bischof für mich die Entscheidungen trifft, so wie früher Father. Father würde nicht sterben, jedenfalls nicht so bald. Und so hab ich seine Krankheit schließlich akzeptiert. Es war der Preis, den ich bezahlt hab, um meine Stellung zu behalten.

Der menschliche Geist hält so einiges aus. Es gibt kaum was, an das man sich nicht gewöhnen kann, wenn die Not nur groß genug ist. Und genau das ist bei mir passiert. Nachdem die Enttäuschung sich gesetzt hatte, begann ich es zu genießen, daß Father mich brauchte, denn ich hab mich dadurch viel wichtiger gefühlt als in der Zeit, wo er noch gesund war. Ich hab sogar so eine Einstellung entwikkelt, daß es mir egal war, wenn er Blumen oder Kohlestücke aß. Er war trotzdem immer noch Father, der Mann, zu dem ich aufblickte. Bloß nachts bin ich manchmal aufgewacht, in kalten Schweiß gebadet, und hab mich gefragt, was in aller Welt ich da eigentlich mit ihm mache. Der

Mann ist ein Idiot, hab ich mir gesagt. Er kann sich nicht mal selbst anziehen. Aber morgens war ich dann wieder ruhig. Wenigstens weiß ich hier, woran ich bin, hab ich immer gedacht.

Die Idee, uns aufs Land umzusiedeln, kam vom Bischof. Wenn Sie mich fragen, dann hat er Father fortgeschickt, so wie in der Bibel die Aussätzigen fortgeschickt werden. Natürlich hätte er das nie so ausgedrückt. Aber Bischof Cleary war der Ansicht, je weniger Leute Father in diesem Zustand sehen, desto besser. Father war keine gute Werbung für die Geistlichkeit – um nicht zu sagen, eine wahre Blamage. Er hat weder seine Äußerungen noch seine Ausscheidungen mehr unter Kontrolle gehabt. Und er hat Annäherungsversuche bei Fremden gemacht, ob das nun Frauen oder Männer waren. Aber der Bischof hat gut für ihn gesorgt. Schließlich hat er sich auch immer damit gebrüstet, daß die katholische Kirche sich um ihre Schäflein kümmert. (Schade nur, daß er das später nicht auch auf mich bezogen hat.) Ich glaub, er hat Father auch deshalb fortgeschickt, weil manche Leute so gewisse Vorstellungen hatten, wenn jemand geisteskrank war. Es gab da nämlich welche in der Gemeinde – und einige von denen hätten es wirklich besser wissen müssen –, die glaubten, daß Father was Böses in sich hatte; allerdings hätten sie ihm das nie ins Gesicht gesagt. Gott möge ihnen vergeben. Solche Leute sind einfach zurückgeblieben in ihren Ansichten. Abergläubisch sind sie. Ich hatte eigentlich vor – als kleinen Seitenhieb –, den Bischof zu fragen, ob Father nicht nach Strove Bann oder Glannagalt in Kerry verlegt werden sollte, denn angeblich hat das Wasser dort Heilkräfte. Ich selbst hab mit diesem Quatsch nie was anfangen können, so wie ich heute auch nichts mit Knock oder Lourdes anfangen kann.

Ich hatte mein Leben lang in Derry gewohnt. Also muß ich wohl kaum betonen, daß es mir ganz schön weh getan hat, die Stadt zu verlassen. Colum Cille kann nicht trauriger gewesen sein als ich, obwohl ich lang nicht so weit weggefahren bin. Aber ich hab es nicht gewagt, den Mund aufzumachen und mich zu beschweren. Es hätte eh nichts genützt, denn solang ich für Father gearbeitet hab, hatte ich keinen Einfluß drauf, was mit mir passiert. Verstehen Sie mich nicht falsch. Ich beklage mich nicht. Mir hatte auch vorher immer irgend jemand gesagt, was ich tun soll, und ich hatte mich dran gewöhnt. Es war nicht etwa so, als hätte ich meine eigenen Entscheidungen treffen wollen. In meinen Augen bestand die Welt aus zwei Gruppen von Menschen: aus denen, die die Befehle erteilen, und denen, die sie entgegennehmen. Die erste Gruppe waren die Priester, Nonnen und Lehrer. Und dann gab es noch uns andere. Und ich hatte nicht vor, daran irgendwas zu ändern.

Das Schlimmste war, von den paar Leuten wegzumüssen, die ich kannte, und von der Gegend rund um die Bishop Street, wo ich gern hinging. (Ich war nie außer Sichtweite von Haus Bethel gewesen.) Andererseits war es eine echte Erleichterung, von den Unruhen wegzukommen, denn die Katholiken und die Protestanten haben sich damals gegenseitig die Hölle heiß gemacht. Und nachts haben mich die Razzien wachgehalten und die Frauen, die in den frühen Morgenstunden Mülleimerdeckel aneinandergeknallt haben.

Von Derry wegzugehen war wie Sterben. Anders kann ich es nicht beschreiben. Und das ist keine Übertreibung, denn ich hatte keinen blassen Schimmer, wo wir hinfuhren und wie die Leute dort auf uns reagieren würden. Alles hing von Father ab. Ich hatte Angst, daß uns keiner beachten würde, wo er doch kein richtiger Priester mehr war. Und was wär dann mit mir? Womit ich allerdings nicht gerechnet hatte, das war, daß er in den Augen von manchen Leuten durch seine Krankheit bedeutender wurde. Er war »den Engeln näher«, wie eine Frau es mal ausgedrückt hat. Das war ja nun eine angenehme Wendung. Wenn doch bloß all unseren Ängsten auf diese Art und Weise begegnet würde.

Bischof Cleary hatte mehr Geld als Verstand, nach dem Haus zu urteilen, das er für Father und mich ausgesucht hatte. Es war ein richtiges Schmuckstück, von Bäumen umgeben, ungefähr drei Meilen von Dungiven entfernt. Und weit und breit keine Menschenseele. Ich erinner mich noch gut an den Tag, als wir umgezogen sind. Es war der Tag der Sommersonnenwende, und es hatte seit Wochen keinen Tropfen mehr geregnet. Es war so heiß, daß der Teer auf der Straße Blasen schlug. Zufälligerweise war Father Jack ein paar Jahre zuvor nach Dungiven versetzt worden, so daß er uns chauffieren durfte. Father Mann hat sich nach vorn neben ihn gesetzt, und ich hatte die Rückbank ganz für mich. Allerdings bin ich die ganze Zeit bloß auf dem Sitz rumgeflogen und hab mir den Kopf an der Decke gestoßen. Father Jack war so betrunken, daß er mit vollem Karacho in die Kurven gesaust ist. Wirklich wahr, mir ist schier das Herz stehengeblieben, und mein Magen hat revoltiert. Und während ich da hinten meine Ave Marias gebetet hab, hat sich Father vorne halb kringelig gelacht. Gott steh ihm bei, er hat gedacht, er fährt Boxauto. (Er hat mir mal erzählt, daß er als Kind von den Attraktionen auf dem Jahrmarkt immer ganz begeistert war, das weiß ich noch). Aber zum Schluß mußte ich selbst lachen, denn Father Jack war ein echter Komiker. (Das war er immer, wenn er sich ein paar hinter die Binde gekippt hatte.) Und an diesem Tag war er voll, wie üblich. Er hat sich über den armen Father O'Dowd lustig gemacht, den Gemeindepriester, der in seinen Gewohnheiten so festgefahren war, daß Father Jack behauptet hat, das P. P. hinter seinem Namen wär in Wirklichkeit die Abkürzung für »Prinzipien-Priester«. »Ich fürchte, da muß ich nein sagen«, hat Father Jack ihn nachgeäfft. Das hat Father O'Dowd nämlich immer gesagt. Über Father Jack mußte man einfach lachen, er hatte ein echtes Talent, Stimmen nachzuahmen, und es war auch immer was dran an dem, was er so erzählte. Nachdem wir am Altnagelvin Hospital vorbei waren, hatte ich keine Ahnung mehr, wo wir hinfuhren. Aber Father Jack hat alles erklärt und kommentiert. Allerdings hab ich seine Geschichten mit Vorsicht genossen, denn ich wußte nur zu gut, daß er seinen Spaß dran hatte, wie ungebildet ich war. Ich hab immer damit gerechnet, daß er mich veräppelt.

Die Rapsfelder waren eine Augenweide. Und die Kühe haben richtig friedlich ausgesehen, wie sie da standen und wiederkäuten. Ab und zu hat es allerdings dermaßen gestunken, daß es mir schier den Magen umgedreht hat. Gärfutter wär das, hat Father Jack gesagt. Es war ein richtig fauliger Geruch, und ich hab zu Gott gebetet, daß wir da, wo wir hinfuhren, nicht mit so einem Geruch leben mußten.

In Dungiven war jedes zweite Haus ein Pub. Ganz schön altmodisch haben die ausgesehen – dunkel und schmuddelig, und einen neuen Anstrich hätten sie allesamt vertragen können. Father Jack fühlt sich hier bestimmt wohl, hab ich mir gedacht. Die paar Läden, die es gab, sahen ziemlich armselig aus, und ich hab mich gefragt, ob Father und ich hier je alles kriegen würden. Vor dem Versammlungshaus der Oranier hatte sich eine große Menschenmenge versammelt, um für den Umzug am Zwölften zu proben. Meiner Treu! Es gab wirklich kein Entrinnen. Wir waren im Handumdrehen durch den Ort durch und wieder draußen. Fünfzehn Meilen bis nach Derry, stand auf dem Schild, aber mir kam es vor, als wären wir viel weiter weg – viel weiter weg von daheim. Ich hatte zum ersten Mal in meinem Leben Heimweh. Das klingt jetzt vielleicht komisch, aber ich hab mich von den weiten Feldern auf der einen und den Bergen auf der anderen Seite eingeengt gefühlt. Nachdem ich mein ganzes Leben in der Stadt verbracht hatte, hab ich das Land nicht vertragen.

Father Jack hat hundert Meter vor dem Tor angehalten; er meinte nämlich, wenn wir zu Fuß hingehen würden, könnten wir uns alles in Ruhe angucken. Meine Beine waren ganz steif, als ich ausgestiegen bin, und mir war schlecht, denn Father Jack war die letzten ein oder zwei Meilen furchtbar gerast. Die Hecken neben der Straße waren voller Jelängerjelieber und Weißdorn, und es hat wunderbar geduftet. Aber die Mücken haben Father furchtbar geplagt. »Schlag die Viecher tot«, hat Father Jack immer wieder zu ihm gesagt. Die Straße, die wir entlanggingen, wurde zu einem schmalen Weg, und immer noch konnte ich nirgendwo das Haus entdecken. Father Jack hat auf einen kleinen Staubwirbel zwanzig Meter vor uns gezeigt. »Das sind die sí gaoithe – die Windfeen«, hat er gesagt. »Die ziehen von Haus zu Haus.« Ich hab ihn gar nicht weiter beachtet, denn er hat ständig versucht, mir irgendwelche alten Geschichten aufzubinden. Er hat gemeint, ich glaub alles. Und er hat immer angefangen, Gälisch zu reden, wenn keiner in der Nähe war, der Gälisch sprach und ihn hätte korrigieren können. Father Jack war einfach ein Angeber, wenn Sie mich fragen, und das ging oft auf

Kosten von irgendwelchen armen Menschen, die nicht so gebildet waren wie er. Wenn Bischof Cleary in der Nähe gewesen wäre, hätte Father Jack weder ein einziges Wort Gälisch geredet noch die Feen erwähnt, da können Sie aber sicher sein. Er wußte ganz genau, was gut für ihn war. Na ja, ich bin an dem Tag jedenfalls nicht auf ihn eingegangen – den Gefallen hab ich ihm nicht getan. Er war eingebildet genug, ohne daß ich noch was dazutun mußte.

Father Mann hatte sich bei mir eingehängt. Ich hab aufgepaßt, wo er hintritt, und dabei gleichzeitig nach dem Haus Ausschau gehalten. Allerdings hätte ich es unmöglich übersehen können, wie sich dann zeigte, denn es war riesig. Mein erster Gedanke war, daß Father und ich darin herumkullern würden wie zwei Erbsen. Und das alles für einen sterbenden Priester. Ich hab mich gefragt, was der Bischof sich wohl dabei gedacht hatte. Und wütend bin ich außerdem geworden, je länger ich mir das alles überlegt hab. Wenn ich da an all die normalen Männer und Frauen dachte, die sich mit einem Krankenbett auf einer Station von Haus Nazareth zufriedengeben mußten! (Das war das Haus, wo in Derry die alten Leute hingekommen sind, um die sich keiner kümmern wollte oder konnte.)

Wir waren gerade durchs Tor gegangen, da stand plötzlich ein Mann mit einer Sense vor uns. Es war kein Geringerer als Tim McFaul. Er war älter geworden und hatte etwas Fett angesetzt, aber im Gesicht, besonders um die Augen, war er noch ganz der alte. Ich bin fast zu Tode erschrocken, hab aber an seinem verdrießlichen Gesichtsausdruck gesehen, daß ich für ihn wohl keine Überraschung war. Er muß gewußt haben, daß ich komme. Ohne ein Wort zu mir zu sagen, hat er Father Mann die Hand entgegengestreckt. Father Jack in seiner trampeligen

Art hat natürlich nichts bemerkt und uns vorgestellt. »Tim wird sich um euren Garten kümmern«, sagt er. »Die Anlagen um die Kirche macht er auch ganz prima.«

»Ich hab gerade nach den Rosen gesehen«, hat Tim gesagt, um sich für den Dreck unter seinen Fingernägeln zu entschuldigen. »Sind schon ziemlich hinüber, das muß ich leider sagen. Aber der nächste Sommer kommt bestimmt.«

Ich hab gemerkt, daß er sich nicht traut, mich anzugucken. Und all meine alte Zuneigung für ihn ist wieder hochgekommen. Ich hätte heulen können, so gut hat es mir getan, ihn zu sehen.

Der Bischof hatte uns ans Ende der Welt geschickt. Soviel war mir klar. Während wir alle den Weg zum Haus entlangspaziert sind, hat Father Jack mir erzählt, daß er und ein Kaplan alles erledigten, was es hier zu tun gab. Die Gemeinde wär zwar groß, hat er gemeint, gut zehn Meilen in jede Richtung, aber viele Menschen wären es nicht. Und sie würden auch keine großen Anforderungen stellen. Nicht wie die Leute in Derry, die ständig bei einem an die Tür klopften. Hier gönnen sie einem auch ein Privatleben, hat er gesagt. Und Father und ich würden nicht belästigt werden.

Bischof Cleary, das hab ich daraufhin gesagt, hatte allerdings verlangt, daß wir die Leute zur Messe zu uns ins Haus einladen sollten. Die Messe konnte Father nämlich immer noch abhalten. Damals erschien mir das wie ein Wunder, aber heute weiß ich, daß er die Messe nur deshalb noch im Kopf hatte, als er sich sonst an nichts mehr erinnern konnte, weil ihm der ganze Ablauf regelrecht eingehämmert worden war. Dagegen kam selbst Alzheimer nicht an.

Der Bischof hatte dafür gesorgt, daß Fathers Sachen hergeschafft und fast genauso im Haus verteilt wurden wie in Derry. All die Sachen, für die Father überhaupt keine Verwendung mehr hatte. All die Bücher! Aber sie gehörten ihm, und wo er hinkam, da kamen sie auch hin. Und ich hab mich um alles gekümmert. Der Bischof hat damals behauptet, daß er diesen Anschein von Normalität wegen Father wahrt. Aber wenn Sie mich fragen, dann hat er das für die Leute getan, die zu uns ins Haus kamen. Jeder sollte Father als den Mann vor sich sehen, der er vor seiner Krankheit gewesen war. Ich glaub nicht, daß der Bischof je drauf kam, wie schmerzhaft es für mich war, tagein, tagaus zwischen all diesen Erinnerungsstücken leben zu müssen.

Meine eigenen Siebensachen wurden achtlos in dem kleinsten Raum abgeladen. Auch wenn das Haus noch so riesig war, ich bin trotzdem im Dienstmädchenzimmer gelandet. Nicht daß mir das was ausgemacht hätte, denn ich hab große Räume eh nie besonders gemocht – seit dem Schlafsaal in Haus Bethel. Außerdem hatte ich sowieso nicht viel Kram, der untergebracht werden mußte. Dadurch, daß ich bei Father lebte, hab ich selbst nur wenig gebraucht. Ein eigenes Bett hatte ich, ein schmales. (Father hat immer ein Doppelbett gehabt.) Davon abgesehen haben mir nur meine Kleider gehört, ein paar heilige Reliquien aus Lourdes und ein Stapel ›Woman's Own‹. Mein Zimmer war eingerichtet wie mein Leben: schlicht und genügsam, denn Durcheinander hab ich noch nie leiden können. Und mit Fathers ganzem Zeug hatte ich ohnehin genug zu tun.

Da Father Jack bei uns war und Father im Auge behalten konnte, hab ich die Gelegenheit genutzt, um mich kurz im Haus umzusehen. Es war ein paar hundert Jahre alt, mit verzierten Decken und prächtigen holzverkleideten Kaminen. Zwar hing ein modriger Geruch in der Luft, aber ich hab das darauf zurückgeführt, daß das Haus so lange leergestanden hatte. Die Küche, das wichtigste für mich, war groß und voller mächtiger Holzschränke. Ein Rayburn-Herd stand drin, genau, was ich brauchte, und ein großer Holztisch. Ich hab mich schon drauf gefreut, auf dem Tisch Brot zu backen. Es gab auch jede Menge Nebengebäude, aber die haben mich nicht interessiert. Ich hab mich auf das Innere des Hauses beschränkt. Aus den Speicherfenstern konnte man auf der einen Seite bis nach Feeny, auf der anderen bis nach Limavady sehen. Hier bin ich später oft hoch, wenn ich mal eine Pause von Father brauchte. Ich hab mich richtig in das Haus verliebt – Knockmaroon hieß es –, denn es hat nach der Vergangenheit gerochen. Ich hab mir oft die Leute vorgestellt, die früher da gewohnt haben, und hab sie in ihren alten Kleidern durchs Haus gehen sehen, als würden sie jetzt noch hier wohnen. Ich hab Leben aus den Hauswänden gesogen, so wie man den Duft von blühendem Jelängerjelieber in sich aufsaugen würde. Ich hab Energie aus ihnen geschöpft, genau wie aus den Geschichten, die Father mir immer erzählt hat, wenn er abends von seiner Runde durch die Gemeinde zurückkam. Damals, als er noch gesund war, natürlich. Jetzt konnte er nicht mal mehr einen ordentlichen Satz bilden, geschweige denn Geschichten erzählen.

Irgendwann hat er mich gefragt, wann wir wieder heim nach Derry fahren. Ich hab versucht, ihm ganz sanft beizubringen, daß wir gar nicht mehr zurückfahren, aber er hat einfach nicht zugehört und mir immer wieder die gleiche Frage gestellt. Mir wurde ganz weh ums Herz, als ich ihn so hab reden hören. Abends wurde es noch schlimmer, denn da hat er Angst gekriegt wie ein kleines Kind, das nicht weiß, wo es ist, und das sieht, daß es draußen dunkel wird. Und er wollte mir partout nicht ins Bett gehen. Jedesmal, wenn ich versucht hab, ihn irgendwie vom Sofa hochzukriegen, ist er trotzig geworden und hat einen Wutanfall bekommen. Zum Schluß blieb mir nichts anderes übrig, als rohe Gewalt anzuwenden, damit er wenigstens aufsteht. Und dann hab ich ihn nur Schritt für Schritt vorwärtsbewegen können. Schließlich hatte ich ihn mit viel List und Tücke ins Schlafzimmer bugsiert. Dort hab ich ihn mit der strengen Anweisung, seinen Schlafanzug anzuziehen, auf der Bettkante sitzen lassen und bin gegangen. Aber als ich eine halbe Stunde später reingeguckt hab, saß er immer noch genauso da, voll bekleidet und mit einem jämmerlichen, schmollenden Gesichtsausdruck. Das war der erste Abend, an dem ich ihn ausziehen und ins Bett bringen mußte. Allerdings hatte ich so einen Bammel davor, daß ich eine ganze Stunde gebraucht hab, um all meinen Mut zusammenzunehmen und es dann auch wirklich zu tun. Und ich hab dabei zu Gott gebetet, daß jetzt bitte bloß keiner reinkommt. Ich hab die ganze Zeit auf die Figur der Jungfrau Maria geguckt, die Father immer am Fußende von seinem Bett stehen hatte. Später hab ich meine Aufmerksamkeit dann immer auf irgendwas im Zimmer gerichtet, was sich gerade angeboten hat: die Glühbirne, ein bestimmter Vorhangring oder ein Stück Muster auf der Tapete. Man tut ja so manches, wenn man es tun muß. Und Father ins Bett zu bringen war für mich so was. Aber ich hab nicht drüber nachgedacht, während ich es tat. Das hab ich nicht gewagt. Heute allerdings erinner ich mich an viele Einzelheiten; Sachen, die mir nahegegangen sind, bei denen ich mir aber nie erlaubt habe, länger darüber nachzugrübeln. Ich weiß noch, was für ein schreckliches Gefühl es war, als ich ihn zum ersten Mal ohne seinen Kragen gesehen hab. Ich weiß, es ist albern – was man so für Vorstellungen im Kopf hat. Aber ich hatte mir Father nie ohne Kragen vorgestellt. Ich bin gar nicht auf die Idee gekommen, daß er ihn ausziehen könnte, auch nachts nicht. Ich hab ihm zuerst das Hemd ausgezogen und dann das Unterhemd. Father hatte einen jungen Körper. Ich glaub, es wär einfacher für mich gewesen, wenn seine Krankheit sichtbare Spuren hinterlassen hätte. Aber das hat sie nicht. In meinem Kopf ging es drunter und drüber. Im einen Moment hat er mich richtig angeekelt. Und im nächsten hat er mich mit seinen hübschen großen blauen Augen angeguckt, und ich mußte mich bremsen, um ihn nicht in die Arme zu nehmen. Er sah so unschuldig aus.

In unserem ersten Sommer in Knockmaroon hab ich so manche Nacht bei ihm gesessen. Der Ärmste! Er war in einer Phase, wo er zuviel Angst hatte, um einzuschlafen, und wo er nur zufrieden war, wenn ich bei ihm blieb. Die Nächte waren so ruhig (ganz anders als in der Stadt), daß ich etliche Male im Sessel eingeschlafen bin und es gar nicht gemerkt hab, bis ich am nächsten Morgen aufgewacht bin. Nur selten hat man mal einen Hund jaulen oder einen Raben krächzen hören. Es ging kaum ein Wind, nur eine leichte Brise strich durch die Bäume. (Der frühere Besitzer muß ein richtiger Baumliebhaber gewesen sein, denn das Haus war von Bäumen umgeben.) Und die Nächte waren so klar, daß man jeden einzelnen Stern am Himmel sehen konnte. Als sich nach einer Weile alles einigermaßen eingespielt hatte, ist Father meistens so um zwölf rum eingeschlafen, und ich hatte zum ersten Mal am Tag etwas Zeit für mich. Allerdings hab ich meistens auch nichts anderes damit anfangen können als zu schlafen. Father hat mich völlig ausgelaugt.

Ich glaub, der Umzug aufs Land hat Father das letzte

bißchen Verstand geraubt, das er noch in sich hatte. Denn um diese Zeit herum hat sich sein Zustand deutlich verschlechtert. Jetzt mußte ich alles für ihn machen, vom Füttern bis zum Waschen. Ich hab es nicht zugelassen, daß er sich selbst rasiert, denn ich hatte Angst, er schneidet sich die Kehle durch. Und was würden die Leute dann denken? Die Mahlzeiten waren ein einziger Albtraum. Er ist immer wieder aufgestanden, während ich versucht hab, ihm was zu essen zu geben, und ist aus dem Zimmer spaziert. Ich glaub nicht, daß er überhaupt noch wußte, was Hunger ist. Manchmal bin ich dann auch wieder in der Küche auf ihn gestoßen, wo er sich gerade den Bauch vollstopfte. (So was wie Terpentin und Unkrautvertilger durfte man nicht mehr herumstehen lassen.) Er hat alles getrunken und gegessen, was er in die Finger gekriegt hat, und was er nicht zu sich genommen hat, damit hat er sich vollgekleckert. An seinen störrischen Tagen hat er es auch nicht zugelassen, daß ich ihn wasche. Er hat sich die Seele aus dem Leib gebrüllt, wenn ich auch nur mit einem Waschlappen in seine Nähe gekommen bin. Also mußte ich ihn manchmal einfach gehen lassen. Mir blieb gar nichts anderes übrig. Und dann hat er gestunken wie die Pest. Ihm war das völlig egal. Nur ich mußte damit zurechtkommen. Aber am allermeisten hab ich mich abgeplagt, wenn er aufs Klo mußte. Auch da ist er keine Sekunde ruhig sitzen geblieben. Es war genau, wie wenn man ein Kleinkind zur Sauberkeit erziehen will, nur schlimmer. Aber ich hab das alles so gut hingekriegt, daß weder dem Bischof noch sonstwem irgendeine größere Veränderung an ihm aufgefallen ist. Allerdings bin ich ab und zu furchtbar müde geworden. Meine größte Angst war immer, daß ich zwischendurch wegnicken könnte. Ich hab sogar tagsüber die Türen abgeschlossen, weil ich Angst hatte, daß er mir davonspaziert. Er hatte nämlich die Angewohnheit, mitten in der Nacht durchs Haus zu wandern. Manchmal hab ich ihn nachts in irgendeiner Ecke gefunden, und da hat er dann gesessen und vor sich hin gestiert. Er hatte keine Ahnung, wo er war oder was er dort wollte, und es war ihm auch völlig egal. Tag und Nacht waren ihm eins geworden. Im Laufe der Zeit wurde es immer schwieriger, ihn noch im Bett zu halten. Ich hab versucht, ihn tagsüber irgendwie müde zu kriegen, so wie man das mit Kindern macht, damit sie abends besser einschlafen. Aber es hat nichts genützt. Was immer das auch genau für eine Krankheit war, die er da hatte – ihn hat sie jedenfalls mit wenig oder gar keinem Schlaf auskommen lassen, während mich seine Pflege die letzte Kraft kostete.

Unser Leben, Fathers und meins, spielte sich normalerweise innerhalb der vier Wände von Knockmaroon ab, außer an den wenigen Tagen, an seinem Geburtstag oder so, an denen ich zur Abwechslung mal mit ihm weggegangen bin. Das hat ihm immer gefallen. Wir sind in ein Café gegangen. Eigentlich war es ein Lebensmittelgeschäft mit einer kleinen Teestube hintendran. Aber die Hauptsache war, daß sich dort keiner um uns geschert hat. Wir haben Tee und süße Stückchen bestellt und am Tresen gesessen. Father war zufrieden, wenn er einfach vor sich hin glotzen konnte. Und ich war auch zufrieden, weil ich nicht mit ihm reden mußte.

Ab und zu gab es immer noch Tage, an denen er klare Momente hatte; wo er sich an irgendein kleines Bruchstück aus seiner Vergangenheit erinnert hat. Dann ist ein Schatten über sein Gesicht gezogen, und er hat mühsam nach Worten gesucht, um die Erinnerung festzuhalten, bevor sie wieder verschwand. Mal hat er sich an seine Erstkommunion erinnert, ein andermal an seine Priesterweihe. Aber woran er sich am häufigsten erinnert hat, das waren Todesfälle und Beerdigungen. Und die hat er dann mit aller Macht wieder versucht zu vergessen. Eine gemarterte Seele.

Ich erinner mich noch an unseren allerersten Morgen in Knockmaroon. Ich hatte meinen Kopf durch die Tür gesteckt, um nach ihm zu schauen. Und da hab ich ihn aufwachen sehen. Seine Augen waren weit aufgerissen, aber sein Körper lag reglos wie ein Stein auf dem Bett. Seine Augenlider haben gezuckt, als hätte er Schmerzen, während er versucht hat, irgendein Bruchstück aus seinem Leben zu fassen zu kriegen. Und dann haben sie völlig aufgehört, sich zu bewegen, als wär er tot.

Zunächst mal mußten wir an diesem ersten Tag, genau wie an jedem weiteren, die Messe hinter uns bringen. Wir hatten natürlich eine Hauskapelle, denn Father konnte ja nicht aus dem Haus gehen, um die Messe zu lesen. Sie war in dem Zimmer neben meinem. Fathers Gewänder aus der Kirche wurden dort aufbewahrt und alles, was er sonst noch brauchte, um die Messe zu feiern. In unserer gemeinsamen Zeit in Knockmaroon war ich Küsterin, Ministrantin und meistens auch gleich noch die Gemeinde. Denn nur wenige Leute sind die ganze Strecke bis zu unserem Haus gelaufen, wo es doch im Ort eine Kirche ganz in ihrer Nähe gab. Knockmaroon hat mich an Haus Bethel erinnert, wo Kirche, Wohnhaus und Arbeitsplatz unter einem Dach waren und wir uns nicht mit Leuten von draußen rumschlagen mußten, die uns eh bloß auf die Nerven gefallen sind. Ich kannte mich inzwischen gut genug aus, um Father die richtigen Gewänder anzuziehen und die richtigen Gebete für den jeweiligen Tag rauszusuchen. Und da er nicht mehr lesen konnte, mußte ich auch die Gebete lesen, auch das Evangelium. Das war die einzige Regel, die wir beide je gebrochen haben, solang wir die Messe abhielten; das mit dem Evanglium lesen, mein ich. Ich hab sogar drauf geachtet, ein Kopftuch zu tragen, obwohl Father und ich, wie gesagt, meistens allein waren.

Mir war es lieber, wenn bei der Messe nur Father und ich da waren. Eigentlich wollte ich überhaupt nie Leute im Haus haben, egal warum sie da waren. Ich hätte mir natürlich ausrechnen können, daß es immer irgendwelche Wichtigtuer oder Wohltäter geben würde, die im unpassendsten Moment hereinplatzten. Aber ich hab denen nie eine Chance gegeben. Ich hab schnell gelernt, ihnen die kalte Schulter zu zeigen, ohne schlankweg unhöflich zu sein. Ich hatte es nämlich satt, mich mit Leuten abgeben zu müssen, bloß weil ich die Haushälterin von einem Priester war. Was hat den Leuten überhaupt das Recht gegeben, ihre Nase in meine oder auch in Fathers Angelegenheiten zu stecken? Father hatte nichts mit der Gemeinde zu tun. Also hab ich auch nicht eingesehen, warum die Gemeinde irgendwelche Erwartungen an ihn haben sollte. Und an Konversation war ich nicht interessiert. Gott, was hätte ich damals dafür gegeben, unsichtbar zu sein! Meine größte Sorge war, daß Father sich danebenbenahm, wenn jemand zu Besuch war. Es hat mich nicht gekümmert, ob er irgend jemand aus der Gemeinde in Verlegenheit brachte. Was mir Sorgen gemacht hat, war, daß der Bischof es herausfinden könnte. Und wie würde ich dann dastehen? Die einzigen Leute, die ich in dieser Zeit ertragen konnte, waren Tim und so 'ne kleine Spastikerin, die immer kam, um mit Father zu plaudern. Von allen anderen hab ich mich eingeengt gefühlt. Die sind mir nur zur Last gefallen. Das Problem war nämlich, daß ich mit keinem von denen offen reden konnte. Niemand wußte, wie schlecht es Father wirklich ging, und ich hatte auch nicht vor, es irgend jemand zu erzählen. Wobei ich nicht nur aus eigenem Interesse nichts gesagt hab. Wenn ich über Father geredet hätte, wär mir das vorgekommen, wie wenn eine Frau hinter dem Rücken von ihrem Mann über den redet, und Frauen, die so was machen, hab ich nie leiden können. Nicht mal mit Patsy – das war Father Jacks Haushälterin – konnte ich reden, denn die war eine echte Trantüte. Und dann gab es noch einen anderen Grund, warum ich keinen Besuch haben wollte. Ich hatte mich dran gewöhnt, das Haus ganz für mich zu haben. Und anders als in Derry konnte ich hier aufräumen oder nicht, ganz wie ich Lust hatte. Father war nicht mehr in der Verfassung, sich zu beklagen.

Doch obwohl ich so war, schloß die Gemeinde Father ins Herz. Man muß den Leuten nur einen Priesterkragen vor die Nase halten, und schon knien sie nieder und beten. Irgend jemand ist immer vorbeigekommen, um zu gucken, ob es was zu tun gibt. Für Father war denen nichts zuviel, und auch für mich nicht. Wenn es mir in den Kram gepaßt hat, hab ich diese Angebote angenommen. Und bald war es genau wie in Derry: Irgend jemand war immer bereit, etwas für mich zu erledigen oder mich irgendwohin zu fahren. Sonntags haben der Schuldirektor und seine Frau mir manchmal angeboten, einen Ausflug mit Father zu machen, um ihn mir »mal abzunehmen«, wie sie es nannten. Sie sind mit ihm nach Ness Woods oder an irgendein anderes schönes Fleckchen in der Umgebung gefahren. Nicht daß Father je gemerkt hätte, wo er gerade war, oder überhaupt was drauf gegeben hätte. Mir kam das immer wie eine furchtbare Verschwendung vor, denn es gab jede

Menge andere alte Frauen und Männer in der Gemeinde – und die hatten ihre fünf Sinne noch beisammen –, die so einen Ausflug weitaus mehr zu schätzen gewußt hätten als Father. Aber denen hat nie jemand angeboten, sie mitzunehmen; die waren nämlich alle keine Priester oder Nonnen.

Heute weiß ich, daß mich die Leute damals richtig verwöhnt haben. Sie waren viel zu gut zu mir. Ich bin zum Beispiel völlig selbstverständlich davon ausgegangen, daß ein bestimmter Mann immer meinen Müll für mich wegbringt, und als er es mal vergessen hat, ist mir das gar nicht aufgefallen. Der Abfall hat eine ganze Horde Ratten angezogen. Erst als eine von denen ins Haus gekommen ist, hab ich gemerkt, was los ist. Natürlich hab ich selbst eine Heidenangst gehabt. (Ich hab Ungeziefer nie leiden können.) Aber ich hatte auch Angst, daß Father nach dem Viech greifen würde. Das war ihm glatt zuzutrauen. Also hab ich Father Jack gerufen, damit er uns hilft, das Tier wieder loszuwerden.

Father Jack ist herbeigesaust wie die Feuerwehr. Innerhalb von wenigen Minuten war er da, laut hupend und mit einer Schar Theologiestudenten hintendrin. Die drei jungen Diakone, die er zu Besuch hatte, waren Jungs aus der Gemeinde. Es war seltsam, so junge Kerls ganz in Schwarz zu sehen – wie Leichenbestatter. Aber wenn ihre strahlenden Gesichter ein Maßstab waren, dann hat ihnen das nicht geschadet. Und sie haben sich königlich amüsiert bei ihren Versuchen, das Tier in die Enge zu treiben. Die Geräusche, die an diesem Abend das Haus erfüllten, all das Gelächter und die Fröhlichkeit, haben mich richtig traurig gemacht, denn sie haben mich an meine Anfangszeit bei Father erinnert. Damals hatte er immer junge Leute um sich, und das Haus war voller Leben.

Während die Jungs die Ratte jagten, hat Father Jack danebengestanden und sie angefeuert. »Jesus, Maria und Josef«, hat er jedesmal geflucht, wenn die Ratte wieder entwischt ist, und dabei hat er zum Himmel hochgeguckt und die Augen verdreht. Es war das erste Mal, daß ich ihn wiedersah, seit er Father und mich hier abgesetzt hatte. Und die erste richtige Gelegenheit, um zu gucken, ob ihn das Leben auf dem Land irgendwie verändert hatte. Getrunken hat er natürlich noch genausoviel. Wunder waren damals in Dungiven nicht an der Tagesordnung. Aber seine Stimmung war bestens, unabhängig davon, wieviel er gerade intus hatte. Er war schon immer ein kräftiger Mann gewesen, aber seit er aus Derry weg war, hatte er noch mal kräftig zugelegt. Dungiven tat ihm offenbar gut – oder jedenfalls seinem Bauch. Und er hat immer noch die Hüften vorgeschoben wie John Wayne. Ich sag Ihnen jetzt mal was über Father Jack. Er hatte eine männliche Ausstrahlung, wie ich sie bei kaum einem anderen Priester je erlebt hab. Selbst Gott hatte offenbar nicht die Macht, ihm die wegzunehmen. An dem Abend hat er mir den Arm um die Schultern gelegt. »Ich tippe auf die Ratte, Brigid«, sagt er. »Was meinst du?«

Nachdem sie eine Stunde rumgekaspert hatten, hatten die Jungs die Ratte hinter einem Sofa im Wohnzimmer in der Falle. Aber als sie das Sofa dann weggezogen haben, Ehre sei Gott in der Höhe, war die Ratte weg, und sie war auch sonst nirgends zu sehen. Das Viech hatte sie glatt übers Ohr gehauen. Und Father Jack war fuchsteufelswild. Wie ein Mann auf Mission ist er sofort ins Pfarrhaus gesaust und mit einer Falle und Gift bewaffnet wieder zurückgekommen. Wir anderen haben in der Zwischenzeit nicht rausfinden können, was mit dem Tier wohl passiert war. Flynn, der kleinste von den Jungs, hat gemeint, es wär »ein Wunder«, aber die anderen wollten ihm da nicht zustimmen.

Mir hat an diesem Abend dermaßen der Kopf geschwirrt von all der Aufregung, daß ich mich gar nicht richtig auf meine Gebete konzentrieren konnte, geschweige denn schlafen gehen. Auch Father ist nicht zur Ruhe gekommen, und ich hab ihn oben rumwandern hören. Dummerweise war es auch noch furchtbar heiß. Bei so einer Hitze ging es Father immer besonders schlecht. Also hab ich mir gedacht, ich bring ihn lieber wieder ins Bett, denn da kann ihm wenigstens nichts passieren. Ich hab meine Zimmertür aufgemacht, und da stand er vor mir, ohne einen Fetzen Stoff am Leib. Ich mein das wörtlich, er war splitterfasernackt. Ich hab den Schreck meines Lebens gekriegt. Und er hat bloß immer wieder gesagt, daß er die Hitze nicht aushält. Er hat mir die Arme um den Hals gelegt und gejammert und gegreint. Über dreißig Jahre hatte ich mit diesem Mann nun schon zusammengelebt, aber an diesem Abend war er mir völlig fremd. Trotzdem hab ich getan, was ich tun mußte – ich war es mittlerweile ja gewohnt –, und hab ihn wieder ins Bett gebracht.

Als hätte das nicht gereicht für eine Nacht, hat dann auch noch die Ratte in meinem Zimmer gesessen, als ich zurückkam. Sie hatte wohl von dem Gift gefressen, das Father Jack für sie ausgelegt hatte, denn sie hat sich gekrümmt und gewunden und wie wild mit den Beinen gestrampelt. Mir ist ganz anders geworden bei dem Anblick. Also bin ich wieder rausgegangen und hab die Tür hinter mir abgeschlossen. Als ich am nächsten Morgen ins Zimmer kam, lag sie tot vor dem Bett. Es war derselbe Morgen, an dem Father, als ich reinkam, auf der Bettkante saß – auf seinem Bett, nicht auf meinem – und ihm Blut aus den Händen lief. Blöde, wie er war, hatte er die Figur der Jungfrau Maria mit ins Bett genommen und ihr mitten in der Nacht den Kopf abgebrochen. Und jetzt hatte er ein paar Tonsplitter in den Händen stecken. Er hat mir die Hände hingestreckt, um es mir zu zeigen. Einen fürchterlichen Anblick hat er geboten, so wie er beieinander war, und dann noch mit diesen Händen. Seine Haare standen an den Stellen, wo ich sie mit der Schere bearbeitet hatte, in alle Richtungen ab. Ich konnte sie nicht vernünftig schneiden, weil er nie ruhig sitzen blieb, und am Hinterkopf waren sie ganz verfilzt, weil er da draufgelegen hatte, als sie feucht waren. Und er hat anders geguckt als sonst. Er hatte nicht seinen üblichen bekümmerten Gesichtsausdruck. (Der hätte zumindest darauf schließen lassen, daß irgendwas in seinem Kopf vorging.) Er hat bloß mit einem idiotischen Grinsen im Gesicht dagesessen, und damit war endgültig klar, daß er wirklich keinen Funken Verstand mehr im Leib hatte. An dem Tag wurde mir zum ersten Mal bewußt, daß ich es mit einer lebenden Leiche zu tun hatte. Ab da hab ich abends immer meine Zimmertür abgeschlossen, das kann ich Ihnen aber sagen.

Wer mir in dieser Zeit am meisten Kummer gemacht hat, das waren natürlich der Bischof und Fathers Verwandte. Wie früher, als ich gerade erst angefangen hatte, für Father zu arbeiten, ist Bischof Cleary oft einfach reingeschneit gekommen, ohne vorher auch nur ein Wort zu sagen. Man hätte doch zumindest soviel Anstand von ihm erwarten können, daß er erst mal anruft. Aber nein. Der nicht. Ich bin mir sicher, daß das Absicht war; er wollte mich überrumpeln und rausfinden, wie es Father wirklich ging. Aber ich war auf ihn vorbereitet, so wie die keuschen

Jungfrauen im Gleichnis. Ausgefragt hat er mich auch immer wieder. Er hat überall seine Nase reingesteckt und sich aufgeführt, als ob das Haus ihm gehört. Nicht daß es mir zugestanden hätte, mich zu beschweren, denn er hat schließlich die Miete bezahlt. Trotzdem, find ich, hat sein Geld ihm nicht das Recht gegeben, mich so zu schikanieren. Er war auch unheimlich eifersüchtig. Er hat so getan, als wär Father sein Privatbesitz. Wenn Sie mich fragen, dann war er fest entschlossen, Father von mir wegzuholen, sobald sich eine Gelegenheit dazu bot. Er hat bloß eine gute Entschuldigung gebraucht. Und wenn er ihn schon nicht von mir wegkriegen konnte, dann wollte er mir zumindest das Leben zur Hölle machen. Was er auch getan hat. Von ihm stammte die unmögliche Idee, daß ich jedes Jahr den großen Hausgottesdienst übernehmen sollte. So hieß das, wenn die Messe in einem Haus in der Gemeinde gefeiert wurde, statt in der Kirche. Stellen Sie sich das mal vor! Ich, mit einem kranken Mann am Hals!

Wenn ich wußte, daß Ronan und Miriam kommen wollten, hab ich Father immer eine Extraportion Medizin gegeben, damit er sich ordentlich benimmt. (In kleinen Mengen hat die Medizin nie was genützt, soweit ich es beurteilen konnte.) Auf die zwei war ich genauso vorbereitet wie auf den Bischof. Aber eines Tages hat die Medizin nicht gewirkt, und Father ist Miriam gegenüber zudringlich geworden. Er hat sich so an sie geklammert, daß Ronan die beiden schließlich auseinanderreißen mußte. Miriam hat mich in die Küche befohlen. Vor ihrem Mann hätte sie über so was wie Sex nie geredet, o nein!

»Was geht in diesem Haus eigentlich vor?« hat sie mich gefragt. Aus reiner Bosheit hab ich so getan, als wüßte ich nicht, wovon sie redet.

»Glauben Sie nicht, Sie könnten irgendwas vor mir verbergen«, sagt sie. »Ich weiß, was Sie für eine sind. Das schickt sich doch nicht, daß eine Frau wie Sie sich um Father Mann kümmert, wo er in diesem Zustand ist.«

»Behalten Sie Ihre bösen Gedanken für sich, Miriam Mann«, hab ich gesagt. »Jetzt können Sie nicht mehr zu Father rennen und ihm irgendwelche Geschichten erzählen.«

Gott, war Miriam häßlich, wenn Sie sich aufregte. (Nicht daß sie sonst eine Schönheit gewesen wäre.) Ich hätte ihr in diesem Moment sämtliche Haare vom Kopf reißen können, so wütend war ich. Aber ich hab sie nicht angerührt und den Mund gehalten.

»Wir beide sind noch nie einer Meinung gewesen«, hat Miriam gesagt und einen Schritt auf mich zu gemacht. Aber in dem Moment ist Ronan in der Küchentür aufgetaucht.

»Weiberzungen sind mein Fluch«, sagt er. Und er hat Miriam bitterböse angeguckt. »Ich will nichts mehr von dieser Sache hören!«

Und so hat keiner mehr ein Wort über das verloren, was Father getan hat. Meiner Meinung nach hat Ronan Miriam deshalb verboten, darüber zu reden, weil Father ja doch immerhin sein Bruder war. Und Sie wissen ja, was man über Blut und Wasser sagt.

Sechstes Kapitel

Ich bin nicht vollkommen, das weiß ich wohl. Keine von Gottes Kreaturen ist das. Aber daß ich faul war, konnte man mir nun wirklich nicht nachsagen, auch wenn der Bischof sich aufgeführt hat, als würde ich mir den ganzen Tag nur die Sonne auf den Pelz scheinen lassen. Tatsache ist, daß ich nach elf Jahren großer Hausgottesdienste einfach ausgelaugt war. Es war jedesmal eine schreckliche Strapaze, denn ich wußte nie, ob Father sich benehmen würde oder ob der Bischof entdecken würde, wie es wirklich um Father stand, und mich auf die Straße setzen würde. Jahr für Jahr hab ich ihn bekniet, doch jemand anders als mich diese Aufgabe übernehmen zu lassen. Aber er ist stur geblieben. Er hat gemeint, es wär gut für Father, daran erinnert zu werden, was ein großer Hausgottesdienst ist. Und für die Gemeinde wär es auch gut, hat er gesagt. So würden sie in Erinnerung behalten, wer Father wirklich war. Nichts gegen den Bischof, er hatte auch seine Verpflichtungen. Aber ich hatte die Nase gestrichen voll. Ich hab nicht eingesehen, warum andere Frauen in der Gemeinde nicht auch ihr Scherflein beitragen sollten. Viele von denen hätten es liebend gern gemacht, das wußte ich genau, denn ein Hausgottesdienst war immer ein guter Vorwand, sich einc neue Sitzgarnitur oder neue Teppiche zu kaufen. Nehmen Sie Maggie Smith zum Beispiel. Die war eine fanatische Hausfrau und hätte sich alle zehn Finger danach geleckt, ihr Haus vorführen zu dürfen. Tim hat mir erzählt, daß sich die Frauen früher, bevor ich kam, regelrecht drum geschlagen hatten. Oft mußte Father Jack sogar eingreifen. Aber keine von denen hätte sich mit Father und mir angelegt, jedenfalls nicht, solang der Bischof das Sagen hatte.

Ich erinner mich noch an den allerletzten großen Hausgottesdienst, den Father und ich übernommen haben. Es war so um Ostern rum, wo es ohnehin schon mehr als genug zu tun gab. Ich hab natürlich wieder mal alles bis zum letzten Augenblick liegenlassen, denn der Hausgottesdienst fand erst nachmittags statt, weil der Bischof vormittags bei einer Firmung in Faughanvale war. Ich bin erst morgens dazu gekommen, das Haus in einen vorzeigbaren Zustand zu bringen. (Bei einem Hausgottesdienst erwarten die Leute, daß alles blitzsauber ist.) Ich hab die Bilder von Father, die im Wohnzimmer an den Wänden hingen, auf Hochglanz poliert: Father als Ministrant, Father bei seiner Priesterweihe, sein Jahrgang in Maynooth, Father bei seiner ersten Messe und so weiter. Der Ärmste. Er saß die ganze Zeit bei mir im Zimmer und hat ins Leere gestarrt. Die Bilder haben ihm überhaupt nichts mehr gesagt. Er hat ja nicht mal mehr gewußt, ob er Fisch oder Fleisch ist, Gott steh ihm bei. Ich bin einen Moment lang vor dem Foto von ihm und Papst Johannes Paul stehengeblieben, das aufgenommen wurde, als der Papst in Irland war. Im Hintergrund konnte man das Papamobil sehen und Tausende von gereckten Köpfen, die alle einen Blick auf Seine Heiligkeit erhaschen wollten. Gott, ich erinner mich noch gut an diesen Tag. Solche Menschenmassen hatte ich noch nie gesehen. Zum Papst sind mehr Leute gekommen als nach Slane oder Lisdoonvarna. Das war eine Sternstunde in Fathers Leben. Frisch und gesund hat er auf dem Bild ausgesehen, mit roten Backen und leuchtenden Augen, wie an dem Tag, als ich ihn das allererste Mal gesehen hab. Ich hab die Scheibe angehaucht und sie mit dem Staubtuch poliert. Fathers Gesicht hat richtig gestrahlt. Aber bei den übrigen Fotos ist mir das Herz dann immer schwerer geworden. Fathers Abschied von der Gemeinde, und der Bischof, der ihm einen goldenen Kelch überreicht. Diese Bilder hatten sich richtig in mein Gedächtnis eingebrannt – von all dem Elend, das dahinterstand, mal ganz abgesehen. Und Father konnte nur noch dasitzen und wie ein Idiot dumpf vor sich hin glotzen. Er mußte nicht mehr mit seinen Erinnerungen leben. Bloß ich mußte damit leben, dabei waren es alles seine Erinnerungen.

Ungefähr um diese Zeit hat er die schlechte Angewohnheit entwickelt, wieder ins Bett zu gehen, nachdem ich ihn angezogen hatte. An diesem Morgen hatte ich ihn schon dreimal aus dem Bett holen müssen. Schließlich hab ich sein Schlafzimmer abgeschlossen, damit er nicht wieder reinschlüpft, ohne daß ich es merke. Er konnte nämlich immer noch ganz schön gerissen sein, wenn ihm gerade danach war. Mir dagegen lag nichts ferner als schlafen. Seit ich morgens aufgestanden war, hatte mein Kopf mir keine Ruhe gelassen. Immer wieder sind mir Gesichter und Orte aus meiner Vergangenheit eingefallen – zum Teil welche, an die ich seit über zwanzig Jahren nicht mehr gedacht hatte. Und sie kamen so schnell, daß ich mir überhaupt keinen Reim drauf machen konnte. Also hab ich versucht, mich irgendwie abzulenken. Ich hatte eh keine andere Wahl, wo mir doch gut hundert Leute ins Haus standen und von den Deckenbalken immer noch die Spinnweben herunterhingen.

Ich war gerade dabei, in der Küche die Rosinenbrötchen

zu glasieren, als Tim reinkam. Also, Tim hätte sich ja um nichts in aller Welt bei einer Messe blicken lassen, und schon gar nicht, wenn sie bei uns stattfand. Aber sonst ist er öfters mal vorbeigekommen, um mir zur Hand zu gehen, wenn er den Eindruck hatte, es könnte nötig sein. Er war viel umgänglicher geworden, seit Father und ich ihm an unserem ersten Tag am Tor begegnet waren. Ich hab ihm ein fertiges Rosinenbrötchen in die Hand gedrückt.

»Gibt's irgendwas zu tun, Brigid?« hat er gefragt und die Haselruten an die Wand gelehnt, die er immer mit sich rumtrug. Wasser aufspüren war nämlich eins seiner Hobbys. Die Leute haben ihn auch oft gerufen, damit er Sachen für sie aufstöbert, die sie verloren hatten und an die sie anders nicht mehr rankamen.

Der gute Tim, auf den war wirklich Verlaß. Ich hab ihn gebeten, Father im Auge zu behalten, während ich mich umziehe. Darauf hat er sich nämlich gut verstanden. Überhaupt war er der einzige, dem ich Father noch anvertraut hab, jedenfalls seit es dem so schlecht ging. Manchmal ist Tim vorbeigekommen, wenn er ein bißchen Zeit hatte, und mit Father in den Garten gegangen, damit ich mal durchatmen konnte. Allerdings glaub ich nicht, daß Matty das besonders gefiel, denn jedesmal wenn ich ihr im Supermarkt begegnet bin, hat sie mich richtig giftig angeguckt. An dem Morgen von dem großen Hausgottesdienst mußte ich unbedingt mit jemand reden. Und mit Tim hab ich immer reden können. So wie mit ihm konnte ich sonst mit niemand reden. Von Tim hatte ich gelernt zu sagen, was ich denke, und keine Angst oder Schuldgefühle mehr dabei zu haben. Ich konnte sagen, was ich an Father nicht mochte, zum Beispiel seinen ekligen Mundgeruch oder die Hautschuppen unter seinen Zehennägeln. Auch die dünne, schleimige Pampe, die er immer aß, mochte ich nicht. (Ich mußte inzwischen alles pürieren, was er aß, denn er konnte keine feste Nahrung mehr zu sich nehmen.) Die hat ausgesehen wie Babynahrung. Und wenn sie ihm nicht geschmeckt hat, dann hat er sie durch die Lippen wieder rausgedrückt. Auch das fand ich widerlich. Aber das konnte ich jetzt alles sagen. Ich hab Tim also erzählt, wie wütend ich war, daß der große Hausgottesdienst auch dieses Jahr wieder bei uns stattfinden mußte.

»Ich finde auch, du hast genug getan«, sagt Tim. »Nächstes Jahr soll das eine andere Frau übernehmen.«

Das war nett von ihm, mir so Mut zu machen. Wo er doch selbst genug Sorgen hatte. Tim war nicht glücklich, das wußte ich. Kein bißchen.

»Joan kommt nachher rüber und hilft dir«, hat er gesagt, »sobald sie die Kühe gemolken hat.«

Joan war seine Jüngste, sie wohnte noch bei ihm und ihrer Mutter. Er hatte noch eine Tochter, die nach England gegangen war, um abzutreiben, und von der nie wieder jemand was gehört hatte. Tim hat vor mir nie auch nur ihren Namen in den Mund genommen. Einen Sohn hatte er auch – einen mißratenen. Aber Joan, die Gute, die war ein richtiges Arbeitstier und hatte keine Angst, sich die Hände schmutzig zu machen, wie so gewisse andere Personen. Sie hat keine Mühe gescheut, um es einem recht zu machen. Joan hat bei mir immer einen Stein im Brett gehabt. Abgesehen davon, daß sie einfach eine Seele von Mensch war, hat sie auch noch so gut ausgesehen wie Tim, und sein gutes Herz hatte sie obendrein. Und sie hat ihren Da abgöttisch geliebt, obwohl Tim manchmal ganz schön hart mit ihr umgesprungen ist. Was sie auch getan hat, nie war es ihm gut genug. Ich hatte immer den Eindruck, je netter die

Leute sind, desto ruppiger ist Tim zu ihnen, und Joan war da keine Ausnahme. Gott, das war vielleicht ein Querkopf.

»Was ist denn heute mit dir los, Brigid?« hat er mich gefragt, denn er hat gemerkt, daß mich noch was anderes beschäftigte als der Hausgottesdienst.

»Meine Gedanken rotieren schon den ganzen Morgen«, hab ich gesagt, »und ich werd einfach nicht schlau draus. Vergangenheit, Gegenwart und Zukunft, alles geht wild durcheinander. Mir sind heute dermaßen viele Erinnerungen hochgekommen – mehr als einem im Laufe eines Lebens zugemutet werden sollten.«

»Mach dir nichts draus«, sagt er zu mir. »Solche Tage haben wir alle. Ich beachte sie gar nicht weiter – ich denk dann an die Tiere oder so was. Das ist der Vorteil, wenn man einen Hof hat. Man kommt gar nicht dazu, nutzlos über Sachen nachzugrübeln.«

»Worüber grübelst du denn nach?« hab ich ihn gefragt.

»Über meine Frau«, sagt er, »und meine Schwestern. Vera ist letztes Jahr an Krebs gestorben, weißt du. Und Fannie ist als Nonne in den Fernen Osten gegangen. Ich hab sie jetzt schon fast zwanzig Jahre nicht mehr gesehen.«

Ich hab ihn nach Josie gefragt. Josie war die Jüngste, und seine Joan ist nach ihr geschlagen. Und wenn ich mich richtig erinnerte, hatte Tim sie als Kind immer besonders gern gehabt. Aber als ich ihren Namen gesagt hab, hat er ganz deprimiert geguckt.

»Ach, Josie«, sagt er. »Die hat nichts aus ihrem Leben gemacht. Die landet immer wieder in der Klinik in Gransha.«

»Hat sie Familie?« frag ich.

»Keine von ihnen ist verheiratet«, hat er gesagt und das Teigkreuz von dem Rosinenbrötchen runtergerissen – weiß der Himmel, was ihm auf der Seele lag.

»Aber du bist verheiratet«, sag ich.

»Stimmt«, sagt er. Und so, wie er dabei gelacht hat, hab ich den Eindruck gekriegt, daß er sich wünschte, es wäre nicht so. Natürlich hat Tim nie was gesagt, aber ich wußte genau, daß er mit Matty nicht glücklich war. Matty war eine farblose, bodenständige Frau, wissen Sie, eine richtige Bäuerin, mit der entsprechenden Figur. Sie hat mich immer an eine Ente erinnert, wie sie so durch die Gegend gewatschelt ist mit ihren Plattfüßen. Sie war gut zehn Jahre älter als Tim, und man hat ihr jeden Tag davon angesehen. Aber das hab ich Ihnen ja alles schon erzählt. Soviel ich weiß, sind sie und Tim nie zusammen ausgegangen. Tim ist einfach allein ins Kino gegangen, so wie früher auch. Die Macht der Gewohnheit, wie man so schön sagt.

Es war ulkig, daß Tim das mit seiner Frau und seinen Schwestern erzählte. Wenn ich aufgewühlt war, sind mir nämlich auch meistens meine Leute durch den Kopf gegangen: meine Ma, Gott hab sie selig, und mein Da; und Dympna und Michael; und natürlich die Nonnen und Priester. An dem Tag mußte ich dauernd an meinen Da denken. Ich wußte ja, daß er ein furchtbar jähzorniger Mann war, und ich hatte Angst, daß ich nach ihm schlagen könnte. Das hab ich auch zu Tim gesagt. Aber Tim hat mich nur angeguckt, als wollte ich ihn auf den Arm nehmen. »Hättest du denn keine Angst, wenn du wüßtest, daß das Blut von einem Mörder durch deine Adern fließt?« hab ich ihn gefragt.

»Schon«, hat er etwas widerwillig gesagt. Aber dann ist er doch auf mich eingegangen und hat mich gefragt, warum meine Ma und mein Da nicht miteinander ausgekommen sind.

»Die Zankerei ging schon los, bevor Michael auf die

Welt kam«, hab ich erzählt. »Meinem Da hat es nicht gepaßt, daß meine Ma schwanger ist. Er wollte, daß sie das junge Mädchen bleibt, das er geheiratet hatte, weißt du.«

In dem Moment kam Joan rein. Die Gute! Sie hatte einen Stapel frischer Geschirrhandtücher in der Hand und fing an, das Frühstücksgeschirr abzuwaschen, das noch im Spülbecken stand. Joan hatte ihre Augen wirklich überall.

Also hab ich Tim weiter von meiner Ma und meinem Da erzählt.

»Als meine Ma ihm klargemacht hat, daß Michael und Dympna katholisch erzogen werden sollen, hat das die Lage nicht gerade entspannt. (Mich gab's damals noch nicht.) Mein Da hat versucht, sie sonntags während der Messe einzusperren. Aber sie ist einfach unter der Woche gegangen und hat Michael und Dympna mitgenommen.«

»Matty und ich hatten das gleiche Problem«, hat Tim gesagt. Ich hab gesehen, wie er dabei kurz zu Joan rübergeguckt hat. »Ich mußte ihr schließlich ihren Willen lassen. Jetzt sind sie alle Katholiken, Gott steh ihnen bei.«

»Also Da«, hat Joan geschimpft. »So darf Ma dich aber nicht reden hören.«

»Aber du verrätst ihr ja nichts, oder?« hat Tim zu ihr gesagt und über beide Backen gegrinst.

Daraufhin hat Joan nichts mehr gesagt. (Was hätte das bei Tim auch schon gebracht?) Und ich hab weitererzählt.

Tim hat ganz bedrückt ausgesehen, als ich gesagt hab, daß mein Da in Gransha sitzt. »Das ist schon beängstigend«, hat er gemeint, »wie eine böse Tat das ganze Leben verändern kann.«

»Deshalb beherrsch ich mich lieber«, hab ich gesagt. »Aber an so Tagen wie heute spür ich eine schreckliche Versuchung, die Leute sonstwohin zu schicken.«

Das war ganz ernst gemeint, denn ich fand es furchtbar, wie die Leute sich um Father gestritten haben. Der Bischof, die Gemeinde, Ronan und Miriam – die waren wie die Soldaten, die sich nach der Kreuzigung um die Gewänder von unserem Herrn Jesus gestritten haben. Ich wollte einfach bloß meine Ruhe.

Tim ist an diesem Vormittag noch eine ganze Weile geblieben. Allerdings nicht wegen mir. Er wollte einfach nicht nach Hause, denn Matty war gerade ganz schlecht auf ihn zu sprechen, weil er vergessen hatte, mit ein paar Rindern irgendeine Wurmkur zu machen. Matty hat immer nur an solches Zeug gedacht. Und ein Pubgänger war Tim auch nicht. Also konnte er nur zu uns.

Schon um halb zehn sind die ersten Frauen aus der Gemeinde mit Decken und Stühlen und Steingut eingetrudelt – alles bloß, um an die Geistlichen ranzukommen. Das Haus hat nur so gewimmelt von ihnen. Es waren dieselben, die auch die Kirche saubermachten, das Geld aus der Kollekte zählten und die geselligen Nachmittage veranstalteten. Sie wissen schon – die Sorte Frau, die einen mit ihrer Freundlichkeit tyrannisiert. Sie haben alles auf den Kopf gestellt und sind mir ständig zwischen den Füßen rumgetrampelt. Bei meiner Seele, die haben sich aufgeführt, als wüßte ich nicht mal, wie man sich die Schuhe zubindet. Offenbar hielten sie mich auch schon für senil und meinten, ich wär gemeinsam mit Father verblödet. Also, wenn mir was auf die Nerven geht, dann sind das Leute, die mich wie ein Kleinkind behandeln. Maggie Smith war am schlimmsten. Sie fing an, die Möbel rumzurücken und zu überprüfen, ob die Teetassen auch alle sauber sind. Schließlich ist mir der Kragen geplatzt. Ich hab gerade versucht, die Tonnen von Kuchen, die sie alle mitgebracht hatten, noch irgendwie auf dem Küchentisch unterzubringen, und da hab ich die Beherrschung verloren. Ich hab den Tisch umgeschmissen und dabei einen furchtbaren Schrei losgelassen. Tim kam aus dem Schuppen rübergerannt, wo er eine geraucht hatte. Und Joan, die Gute, hat mich gleich in den Arm genommen. Die ganzen Wohltäterinnen haben bloß dagestanden und mich angegafft, als hätte ich ein fürchterliches Sakrileg begangen.

Überall lagen Cremetörtchen und Kuchenstücke rum. Tim hat nur gelacht. Aber die Frauen fanden das nicht besonders witzig, und eine von ihnen hat sofort bei Father Jack angerufen. »Sie hat einen Nervenzusammenbruch«, hab ich sie sagen hören, während die anderen dastanden und mich anglotzten. »Möchten Sie vielleicht ein Foto?« hab ich sie gefragt. Woraufhin sie angefangen haben, aufgeregt zu tuscheln. Keine von denen hatte ein freundliches Wort für mich. Aber als Father Jack kam, haben sie ihren Denkzettel gekriegt.

»Ich für meinen Teil komm ganz gut ohne all die Cremetörtchen aus«, hat er gesagt und sich auf seinen dicken Bauch geklopft. Joan hat die ganze Schweinerei aufgewischt. Und als der Bischof kam, sah alles wieder ordentlich aus. Dieselben Frauen, die Father vorher keines Blikkes gewürdigt hatten, fingen jetzt an, ihn zu behätscheln und betätscheln. Alles nur Show – und alles nur, um den Bischof zu beeindrucken. Hätte ich für jedesmal, wo eine von denen »armes Schäfchen« sagte, einen Penny gekriegt, dann wär ich jetzt eine reiche Frau. Eine wollte dem Bischof sogar erzählen, daß Father doch eigentlich Glück hatte. Ich hätte sie umbringen können. An dem Tag hab ich so einiges kapiert. Ich hatte keine Illusionen mehr, daß die Leute irgendwas für Father oder mich taten. Die haben nur an sich selbst gedacht. Sie haben den armen Father benutzt, schwachsinnig, wie er war, und mich haben sie genauso benutzt. Es war eine Sünde.

Da ich völlig außer mir war, sagten Tim und Joan, sie würden bei mir bleiben. Wir drei haben zusammengehalten; das heißt, wir drei und Father Jack. Tim hat sich bereit erklärt, Father Mann im Auge zu behalten, so daß ich mich um die Leute kümmern konnte, die jetzt kamen.

Und Joan hat geholfen, indem sie für das Priesteressen Kartoffeln geschält hat. Ein großer Hausgottesdienst war wirklich eine Tortur, denn er konnte bis spät in die Nacht oder sogar bis in den frühen Morgen dauern, wenn die Priester nur genug zu essen und zu trinken hatten. Als erstes kam die Beichte. Dafür hab ich normalerweise das Vorderzimmer hergerichtet, denn so konnten sich die Leute im Flur anstellen. Allerdings hab ich es immer gehaßt, wie sie mit dem Hintern an der Wand rumscheuerten. Die haben die halbe Tapete runtergerissen. Als nächstes kam die Segnung der Rosenkränze und Medaillen und was sonst noch so alles gesegnet werden mußte. An diesem Tag hat der Bischof das Weihwasser literweise im Haus versprenkelt. Überall hat man Papier rascheln und knistern hören. Ich kann immer noch nicht glauben, wie dämlich manche Leute sind. Die meinen doch wirklich, ein Segen geht nicht durch eine Papiertüte durch. Die Messe dauerte in Fathers Version ungefähr anderthalb Stunden. Danach gab es Kaffee und Kuchen für die Gemeinde. Das war die Zeit, wo sie alle versucht haben, an den Bischof ranzukommen und ein paar Worte mit ihm zu wechseln. Für mich war der schlimmste Teil das Priesteressen, das danach kam, denn ich war es nicht mehr gewohnt, regelmäßig eine ganze Schar von Priestern zu bewirten. Sämtliche Priester aus der

Gemeinde und alle Gastpriester mußten eingeladen werden, egal ob sie am Hausgottesdienst teilnahmen oder nicht. Und von mir wurde erwartet, daß ich ein dreigängiges Menü auftischte, mal ganz abgesehen von all dem Wein und Sherry und Whiskey, den die trinken konnten. Ich hab einen ganzen Tag für die Einkäufe gebraucht und noch einen, um alles vorzubereiten. Aber ich beklage mich nicht. Die gute Joan war mir am Abend vorher zur Hand gegangen. Und außer den Kartoffeln war alles fertig.

Ich hab gerade ein paar Kindern den Kopf zurechtgerückt, die sich um den ersten Platz in der Schlange vor dem Beichtzimmer zankten, als der Bischof zu mir rüberkam. Sein erster Satz war immer der gleiche: »Und, Brigid, wie geht es unserem Patienten heute?« Aber diesmal hat er nicht nach Father Mann gefragt. Statt dessen wollte er im Flüsterton von mir wissen, ob ich eine Ahnung hätte, wohin Father Jack verschwunden wäre – als wär er ein Flaschengeist oder so was. Ich wußte ganz genau, wo Father Jack war. Er war in der Küche und hat sich einen Kognak genehmigt. Aber das hat der Bischof von mir natürlich nicht zu hören gekriegt.

Es war ein wahrer Kraftakt, Father für die Messe zurechtzumachen. Er war furchtbar bockig und hat sich geweigert, das weiße Meßgewand anzuziehen, das er eigentlich tragen sollte. Er wollte unbedingt das lilane anziehen. Da haben auch meine ganzen Überredungskünste nichts genützt. Eigentlich hätte ich an diesem Tag drei Köpfe und sechs Hände gebraucht, um alles im Griff zu behalten. Father Jack hatte sich noch nicht blicken lassen, seit der Bischof nach ihm gefragt hatte, und so hab ich gedacht, ich red lieber mal mit ihm. Er war – wen wundert's – immer noch in der Küche und quasselte Joan voll, die sich am Spülbecken durch einen Berg dreckiges Geschirr kämpfte.

»Warum hast du eigentlich keinen Freund, Joan?« hat er gerade gefragt, als ich reinkam.

Joan war um eine Antwort nicht verlegen. »Ich hab noch keinen Mann gefunden, der meinen Ansprüchen genügt«, hat sie ihm erklärt.

Aber Father Jack war ihr gewachsen. »Du hast deinen Da einfach zu gern. Das ist dein Problem, Joan McFaul«, sagt er.

»Da haben Sie recht«, sagt daraufhin Joan mit einem strahlenden, unschuldigen Lächeln.

Ich hab diesen Moment genutzt und Father Jack gesagt, daß der Bischof hinter ihm her ist und daß er lieber auf der Hut sein soll. Er hat zuerst die Flasche unter dem Spülbekken verstaut, damit kein anderer ihm seinen Kognak wegtrinkt, und sich dann ein Pfefferminzbonbon in den Mund gesteckt. »Hauptsache, vor der Wandlung riecht er nichts«, hat er gesagt. »Danach kann ich es auf den Meßwein schieben.« Und dann hat er angefangen zu fluchen, so wie immer, wenn er den Bischof im Nacken hatte. »Dieser Jesus war doch ein echter Glückspilz«, hat er gesagt, »fließt dem statt Blut Rotwein durch die Adern. Kein Wunder, daß sie ihn gekreuzigt haben.« Für einen Priester hat Father Jack ganz schön komische Sachen gesagt – und auch ein paar weniger komische, die er aber genausowenig hätte sagen sollen. »Richtig fesch siehst du aus heute, Brigid Keen«, hat er zu mir gesagt. Aber bevor er noch mehr Unsinn reden konnte, hab ich ihm gesagt, daß er sich umziehen soll, und ihn aus der Küche rausgeschoben. Der große Hausgottesdienst wurde nämlich immer konzelebriert.

»Mein Gott, was bist du für ein unbarmherziges Weib«,

hat er gemault. »Der Allmächtige hat alle Zeit auf dieser Welt, der wird doch wohl einen Moment auf mich warten können.«

»Wegen dem Allmächtigen mach ich mir keine Sorgen«, hab ich geantwortet, »sondern wegen Bischof Cleary.«

»Ach, kümmer dich mal nicht um den«, sagt er. »Der kocht doch auch bloß mit Wasser.«

Ein wildes Durcheinander von Gerüchen erfüllte an diesem Tag das Haus, mit dem Braten im Ofen und all dem brennenden Kerzenwachs. Und der Altar hat prächtig ausgesehen unter dem Berg von Gladiolen und den Geranien, die ich morgens im Garten gepflückt hatte.

Die Leute, die schon früher gekommen waren, haben im Wohnzimmer den Rosenkranz gebetet. Als sie damit fertig waren, hat Father O'Kane – das war ein ganz Frommer und ein Kumpel von Father Jack – sofort mit dem Kreuzweg angefangen. Er hatte sein eigenes tragbares Set von Kreuzwegstationen, das er während der Fastenzeit zu den Hausgottesdiensten mitbrachte. Ohne vorher auch nur zu fragen, hat er sie im ganzen Haus verteilt und dann eine richtige Prozession veranstaltet. Ich sag Ihnen jetzt mal was. Ich hab den Kreuzweg nie leiden können. All dieses Gerede von Entblößen und Auspeitschen. Der ist so geschrieben, daß er die Leute richtig in Wallung bringt. Aber mir zieht's da immer nur alles zusammen. Mir hat das nie gefallen, wie sich die Leute, die Priester eingeschlossen, an all dem weiden. Ich find das richtig krankhaft.

Es waren ziemlich viele Leute da an dem Tag. Ronan und Miriam waren natürlich auch gekommen. Und Damon. Er hatte gerade seine theoretische Prüfung bestanden und hat jetzt auf alle runtergeguckt. Als es Zeit für die Messe war, mußte ich Father bloß hinter den Altar stellen, den Rest hat er dann selbst hingekriegt – wie wenn man ein Kind auf einen Schlitten setzt und es anschubst. Es lief ganz von allein.

»Im Namen des Vaters, des Sohnes und des Heiligen Geistes.« Die Prozedur hatte begonnen, und ich hab mich in die Küchentür gestellt, von wo aus ich einen besseren Überblick hatte. Father Jack hat den Eröffnungsvers gesprochen. »Wir bitten dich, allmächtiger Gott, daß wir, die wir beständig sündigen, erlöst werden durch das Leiden deines eingeborenen Sohnes.« Und ich hab die Stufengebete gesprochen. Father ist ohne Probleme durch das Gloria, das Credo und die Fürbitten gekommen. Aber dann hat Father Jack alles durcheinandergebracht, denn er hat Tim gebeten, das Evangelium zu lesen. Er war wirklich unverfroren – er hat das aus reiner Bosheit gemacht, das weiß ich genau. »Lassen wir Brigids Zunge mal ein wenig ausruhen«, hat er zu Tim gesagt.

Armer Tim. Er konnte ja wohl kaum ablehnen, ohne daß es ein Drama gegeben hätte. Und er war so ein schüchterner Mensch. Es hat richtig weh getan, ihn da oben stehen zu sehen, knallrot vor Verlegenheit. Er ist an den Wörtern hängengeblieben, die er nicht kannte, und hat alles wie einen einzigen Satz gelesen. »Da antworteten die Juden und sprachen zu ihm: Sagen wir nicht recht, daß du ein Samariter bist und hast den Teufel? Jesus antwortete: Ich habe keinen Teufel.«

Father ist reibungslos bis zum Offertorium gekommen und hat sich dann hingesetzt, während der Klingelkorb rumging. Er hat gelauscht, bis er die letzte Münze hat klimpern hören, und dann ist er wieder aufgestanden und hat mit der Wandlung begonnen. In den elf Jahren, seit er krank geworden war, hatte ich es kein einziges Mal erlebt, daß er bei der Messe einen Fehler gemacht hat, nicht mal wenn er nachts kein Auge zugetan hatte und noch verwirrter war als sonst. Alle haben gemeint, das wär ein echtes Wunder. Aber während der Präfation hab ich gemerkt, daß irgendwas nicht stimmt, denn er hat mittendrin aufgehört und zu mir rübergestarrt. Sein Gesicht hat einen ganz beschämten Ausdruck angenommen, und ich hab ihn gedrängt, noch ein bißchen weiterzumachen. Aber dann hat er wieder aufgehört. Inzwischen sind die Leute auf ihren Stühlen rumgerutscht und haben sich Zeichen gegeben und geflüstert. Sie haben zu mir und dem Bischof rübergeguckt, weil sie wissen wollten, was los war. Erst als Father ein Wimmern von sich gegeben hat, hab ich ganz sicher gewußt, was passiert war. Er hatte in die Hose gemacht. Dicke Tränen sind ihm über die Backen gekullert, und er hat auf die Pfütze runtergeguckt, in der er stand. Aber bevor ich ihm zu Hilfe kommen konnte, war dieser junge Emporkömmling, dieser Father O'Kane, schon zur Stelle. Er hat ihn schnell aus dem Zimmer gebracht und Father Jack die Messe zu Ende lesen lassen. Father Jack hat sich schön weit nach vorne an den Altar gestellt, nicht hinten hin, wo Father gestanden hatte. Er könnte nicht übers Wasser gehen, hat er gesagt. Aber an diesem Tag hatte weder ich noch sonst jemand Sinn für seinen Humor.

Ein paar von den Leuten haben ziemlich komisch geguckt, als sie gemerkt haben, was los ist. Ihr Wunder war eben doch keins, und sie waren erschrocken und enttäuscht – und verlegen natürlich sowieso. Manche haben sogar gemeint, statt an Father könnten sie sich jetzt an mir orientieren. Möge Gott mir verzeihen, aber mit denen konnte ich mich an diesem Tag nun wirklich nicht rumschlagen. Ich hab nur an Father gedacht. Als ich in sein

Zimmer kam, mußte ich feststellen, daß dieser junge Laffe, Father O'Kane, keinen Finger krumm gemacht hatte, um ihm zu helfen. Er hätte ihn ja doch zumindest waschen können. Aber so wie ich den kannte, hat er wahrscheinlich gedacht, das wäre eine zu niedrige Arbeit für einen Priester. Die Kommunion war fast vorbei, als ich wieder zur Messe zurückkam. Father O'Kane hat einen Moment gewartet, weil er dachte, ich wollte auch die Kommunion empfangen. Aber das wollte ich nicht. Jedenfalls nicht von ihm. Es wär ohnehin nicht recht gewesen, in meiner Stimmung.

Sobald er mich allein erwischte, hat der Bischof mich zur Rede gestellt. »Du warst nicht ehrlich zu mir, Brigid«, hat er gesagt. »Du hast mich in dem Glauben gelassen, Father Mann könnte die Messe sehr gut abhalten.«

Ich hab nicht gewußt, was ich antworten soll, und meine Beine haben sich wie Pudding angefühlt. Ich konnte nur noch daran denken, daß sie mir Father jetzt wegnehmen würden. »Ich habe dreiunddreißig Jahre lang für Father gesorgt«, hab ich gesagt, »und ich kann auch noch den Rest seines Lebens für ihn sorgen.«

»Das kommt überhaupt nicht in Frage«, hat der Bischof gesagt, und dann hat er mich vor sich her ins Wohnzimmer geschoben. Dort saßen schon Miriam und Ronan, die allem Anschein nach auf uns warteten. Ich konnte das Funkeln in Miriams Augen sehen.

»Wir holen Father hier raus«, hat sie gesagt. »Er gehört schon lange in ein Heim.«

Ronan hat sie böse angeguckt. Er mochte es nicht, wenn sie ihm zuvorkam. Aber bevor er das Heft in die Hand nehmen konnte, sind Damon und Father O'Kane reingekommen.

Ich hab mich richtig umzingelt gefühlt. Ich hatte Mühe, meine Hände zwischen den Knien ruhig zu halten, so haben sie gezittert, während Bischof Cleary geschimpft hat, wie sehr ich ihn enttäuscht hätte. Keiner von den anderen hat ein Wort für mich eingelegt. »Die Pflüger haben auf meinem Rücken geackert.« Dieser Satz aus den Psalmen ist mir in den Sinn gekommen. Und ich konnte mich auch nicht gegen sie verteidigen, denn ich war weder gebildet genug noch sonstwie gerüstet, um mit Leuten wie ihnen zu streiten. Ich hab sie mir der Reihe nach gründlich angeguckt. Diese Leute haben Einfluß, hab ich mir gedacht, und du nicht. Meine Fingernägel haben sich in meine Handflächen eingegraben.

»Es geht nicht nur um dich und Father Mann«, hat der Bischof gesagt. »Ich muß auch an die Leute da draußen denken. Die wollen ganz sicher sein, daß alles in Ordnung ist.«

»Aber es ist doch alles in Ordnung«, hab ich gefleht.

Doch er war fest entschlossen. »So einen Zwischenfall wie heute darf es nicht noch einmal geben«, sagt er. »Und da Father Mann jetzt die Messe nicht mehr lesen kann, gibt es keinen Grund, ihn noch hierzubehalten.«

»Er wollte aber bei mir bleiben«, sag ich.

Darauf er: »Du hast deine Arbeit getan, Brigid. Mach dir ein schönes Leben.«

Ein schönes Leben! Wofür in aller Welt hielt der mich?

»Ein schönes Leben?« sag ich. »Mit wem denn? Und wie? Ich liebe Father!«

Na, sie hätten mal das Gesicht vom Bischof sehen sollen, als ich das gesagt hab. Seine Kinnlade ist einen halben Meter nach unten gesackt. »Davon will ich kein Wort mehr hören«, sagt er mit finsterem Blick, als hätte ich ein Sakrileg begangen.

»Es kommen doch sowieso immer nur ganz wenige Leute zur Messe«, sag ich.

Da hat er tief Atem geholt. Ich konnte sehen, daß er sich wie ein Schauspieler innerlich umpolte, um mich auf die sanfte Tour zu kriegen. »Sieh es mal von Father Manns Seite, Brigid«, hat er mit einer ganz weichen Stimme zu mir gesagt. »Wenn er selbst noch urteilen könnte, würde er so etwas wollen?«

Ich versuchte immer noch, ihn umzustimmen, als Father Jack reinkam. »Was finden denn hier für Debatten statt?« fragte er mit dröhnender Stimme. »So, wie ihr ausseht, könnte man meinen, es hätte gerade jemand eine Todsünde begangen. Ach, Fintan . . .« Er hat den Bischof immer beim Vornamen genannt. »Laß den Mann doch in Frieden sterben. Laß unsere Brigid für ihn sorgen.«

»Er hat sich nicht mehr unter Kontrolle. Er gehört in professionelle Pflege«, sagt der Bischof.

»Du meinst wohl, es paßt dir nicht, daß er in diesem Zustand mit Brigid zusammenlebt. Das ist es doch, oder?« sagt Father Jack. Der Bischof hat geschäumt vor Wut. »Es reicht. Keine weiteren Diskussionen«, sagt er.

Aber Father Jack hat er nicht zum Schweigen gebracht. »Du redest, als würde der alte Knabe in Sünde leben.«

Der Bischof hat Father Jack am Arm gepackt und ihn aus dem Zimmer geschleift. Von meinem Platz neben dem Türpfosten konnte ich die Worte »besoffen« und »schmutzige Fantasie« hören. Das klang richtig komisch, wenn der Bischof es mit seiner wohlklingenden Stimme sagte.

»Nein, so was!« hat Miriam gesagt und beifallheischend abwechselnd zu Ronan und Damon rübergeguckt. Aber Ronan war nicht in der Stimmung, ihr einen Gefallen zu tun. Er hatte an diesem Tag mehr gehört, als ihm lieb war.

»Father Mann braucht professionelle Pflege«, hat Damon dann gesagt, ganz langsam und richtig affektiert. »Ich denke, wir sollten gleich im Haus Nazareth anrufen und alles in die Wege leiten.«

Der Bischof hat diesem Plan zugestimmt, als er wieder ins Zimmer kam.

»Aber was mach ich denn dann?« hab ich ihn gefragt.

»Du bist frei, Brigid«, hat er gesagt. »Du kannst tun, was du willst.«

»Aber was soll ich denn machen?« hab ich noch mal gefragt, denn ich hatte nicht das Gefühl, daß er beim ersten Mal kapiert hatte, was ich meine.

»Das ist deine Sache, Brigid«, hat er gesagt, und daran, wie er von einem Fuß auf den anderen getreten ist, hab ich gemerkt, daß er langsam die Geduld mit mir verliert.

Möge Gott ihm vergeben! Ich hatte gerade den Mann verloren, mit dem ich die letzten dreiunddreißig Jahre verbracht hatte, und mein Zuhause und meinen Arbeitsplatz noch dazu. Und er hatte nicht mal zwei Minuten für mich übrig.

Noch am selben Nachmittag wurde Father ins Haus Nazareth gebracht. Die Priester haben sich von ihm verabschiedet und sind dann zu ihrem Essen zurückgegangen, als wär überhaupt nichts passiert. Kein einziger von denen, außer Father Jack natürlich, hatte irgendeine Vorstellung davon, wie verzweifelt ich war. Die haben nicht nur erwartet, daß ich ihnen ein Essen auftische, sondern ich sollte dabei möglichst auch noch ein fröhliches Gesicht machen. »Kopf hoch«, hat der Bischof gesagt. »Das wird schon wieder.« Er hatte verdammtes Glück, daß ich ihm nicht sein Essen ins Gesicht gekippt hab.

Father zu besuchen war furchtbar kompliziert. Da ich

jetzt offiziell nicht mehr die Haushälterin von einem Priester war, hab ich nämlich nur noch mit Mühe jemand gefunden, der mich irgendwo hinfährt; jedenfalls war es nicht mehr so einfach wie früher. Die ersten paar Tage hat mich allerdings die Küsterin morgens nach Derry mitgenommen. Und abends bin ich mit dem letzten Bus zurückgefahren. So konnte ich den ganzen Tag bei Father verbringen, jedenfalls wenn die Krankenschwestern mich gelassen haben. Und am Anfang waren die ganz umgänglich, das muß ich fairerweise sagen. Die haben mir nicht das Gefühl gegeben, daß ich ihnen bloß im Weg bin, wie das bei Krankenschwestern ja manchmal der Fall ist. Sie haben mir sogar Tee angeboten.

Am dritten Tag hat Father dann meinen Namen vergessen. Falls jemals ein Verwandter von Ihnen senil geworden ist, dann wissen Sie sicher, was das für ein Gefühl ist. Es hat mir fast das Herz gebrochen. Ich kam mir vor, als gäbe es mich gar nicht, wenn Father nicht wußte, wie ich heiße. Trotzdem hab ich die Fassung bewahrt – für ihn. Ich hab ihm kleine Schleckereien mitgebracht, von denen ich wußte, daß er sie mag, bis die Schwester es mir verboten hat. Sie hat gemeint, er müßte sich an einen strikten Diätplan halten. Wie er denn sonst gesund bleiben sollte? Als ob ich ihm was hätte antun wollen. Ich sag Ihnen, ich hätte von dem Zeug, das die ihm da eingeflößt haben, nicht leben können. Vielleicht hat es ihm gutgetan. Woher soll ich das wissen? Aber ein Genuß war es sicher nicht.

Die Krankenschwestern hatten bald genug von mir, wie das halt so ist, wenn die Neugierde abflaut. Und ich durfte Father nur noch ein paar Stunden am Tag sehen. Eine von ihnen – eine gewisse Schwester Friel war das – hat gemeint, es wär nur zu meinem Besten, daß sie mich wegschickten. Natürlich hätte ich mich beschweren können. Aber ich hab mich nicht getraut, weil ich Angst hatte, daß sie mich dann ganz wegschicken würden. Und Father noch mal zu verlieren, das hätte ich nicht ausgehalten.

Wie gesagt, am Anfang hat die Küsterin mich mitgenommen. Dann eines Tages hat sie gesagt, sie schafft es nicht. Und am nächsten Tag ist sie gar nicht mehr aufgetaucht. Alle anderen, die ich gefragt hab, waren angeblich entweder zu beschäftigt oder sie hatten kein Benzin mehr. Ein Mann hat behauptet, sein Auto wär kaputt, obwohl ich es eine Stunde später auf der Straße gesehen hab. Mir ist nichts anderes übriggeblieben, als den Bus zu nehmen, und das hieß, daß ich in Derry die Zeit totschlagen mußte, bis die Krankenschwestern mich reingelassen haben. Sie wollten, daß ich erst nach dem Mittagessen komme. Immerhin durfte ich dann bis um fünf bleiben, wenn Father sein Abendessen bekam, und damit war mein Tag ausgefüllt. Ich weiß nicht, was ich sonst gemacht hätte.

An dem Tag, als Father endgültig auszog, sind Ronan und Damon gekommen, um seine Sachen abzuholen – oder besser gesagt, um die Männer zu überwachen, die sie dafür angeheuert hatten. (Ronan und Damon hätten sich nie die Hände schmutzig gemacht. Die nicht.) Damon ist mit einer langen Liste angekommen, auf der stand, was alles im Haus sein sollte. Wo er die her hatte, weiß ich nicht, außer er hatte sie selbst irgendwann mal geschrieben, als er zu Besuch da war. Wenn auch nur ein Löffel fehlte, hat er mich durchs ganze Haus gejagt, bis ich ihn gefunden hatte. Bei meiner Seele, er hat mir wirklich keine Minute Ruhe gegönnt. Er hat mich nach den letzten Kinkerlitzchen suchen lassen, Sachen, die ich seit zwanzig Jahren nicht mehr gesehen hatte. Ich mußte richtig auf meine paar Habseligkeiten aufpassen, damit er die nicht auch noch einsackte. Allerdings hat das meiste im Haus sowieso Father gehört, bis auf ein paar Sachen – ein Herd, ein Tisch und ein paar Stühle –, die schon dagewesen waren, als wir einzogen. Damon hat alles mitgenommen. Ich finde ja, daß er wenigstens einen Teil der Sachen hätte verschenken sollen, besonders das, was ohnehin nicht mehr so gut in Schuß war. Ich kannte ein paar Familien in der Gemeinde, die das Zeug gut hätten gebrauchen können. Aber Ronan hat nicht auf mich gehört. Und es ging noch weiter. Ich selbst hätte auch gern irgendwas Kleines von Father behalten, eins von seinen Büchern oder so, als Erinnerung an ihn. Aber Damon hat mir nichts angeboten, und ich hab mich gehütet, ihn darum zu bitten.

Jetzt wo Father aus dem Haus war, wußte ich überhaupt nicht, was ich mit mir anfangen sollte. Besonders sonntags, wenn kein Bus fuhr und ich allein zu Hause bleiben mußte. Ich sag jetzt zu Hause. Aber Knockmaroon war kein Zuhause mehr für mich. Es war ja eh nur für Father gemietet worden, und der Mietvertrag lief in drei Wochen aus. Wer mich danach gefragt hat, dem hab ich erzählt, daß ich zu meiner Schwester ziehe. Natürlich hatte ich nicht die geringste Absicht, zu Dympna zu ziehen. Schon allein deshalb, weil ihr Charlie das nicht wollte. Und ich wär nie wohin gegangen, wo ich unerwünscht bin. In meiner damaligen Verfassung konnte ich mich einfach nicht dazu aufraffen, mir eine andere Wohnung zu suchen, selbst wenn ich die Miete hätte zahlen können, was ich nicht konnte. Genausowenig hatte ich Lust, mir eine andere Stelle zu suchen. Schon der Gedanke, zum Arbeiten aus dem Haus gehen zu müssen, hat mir eine Heidenangst eingejagt. Ich hatte zu lang zu Hause gearbeitet, verstehen Sie, ich war einfach verwöhnt in der Hinsicht.

Gleichzeitig wollte ich niemand sehen und mit niemand reden, nicht mal mit Tim. Er war einmal vorbeigekommen, um nach mir zu schauen, aber ich hatte die Vorhänge zugezogen und tat so, als wär ich nicht da. Die meiste Zeit hab ich geschmollt wie ein Kind, das rausgeschickt wird, weil es ungezogen ist, und dann gegen die Tür tritt. Wenn ich mich nicht gerade unter der Bettdecke verkrochen hab, war ich stinkewütend, und zwar vor allem auf den Bischof, weil er mich wie eine heiße Kartoffel hatte fallen lassen und sich überhaupt nicht mehr um mich kümmerte. Zumindest hätte er mir doch eine andere Wohnung besorgen können, fand ich. Und auf die anderen Leute um mich rum war ich auch sauer. Auf die Küsterin und ihren Mann zum Beispiel. An dem Tag, als Father wegging, hatten sie mir versprochen, mich zur Messe abzuholen. Aber das haben sie nie getan. Am Sonntag drauf hab ich ihren dicken fetten Volvo vor dem Tor vorbeifahren sehen. Auf dem Rücksitz haben sich ein paar Kinder gebalgt, und vorne saß die Küsterin, piekfein herausgeputzt. Kein Mensch hat mehr den Müll für mich weggebracht, und keiner hat im Garten das Unkraut gejätet. Eines Tages hat der Milchmann das Verfallsdatum von der Milchflasche weggekratzt und mir eine Flasche alte Milch angedreht. Die war so sauer, daß man sie nicht mal mehr in den Tee tun konnte. Solang Father noch bei mir wohnte, ist so was nie passiert, da können Sie aber sicher sein. Ich war tief gesunken, wie man so schön sagt. Aber nachdem ich drei Wochen lang andere Leute beschuldigt hatte, wurde mir klar, daß letztlich nur ich selbst mein Leben in die Hand nehmen konnte. Sonst hat sich schlichtweg keiner drum geschert. Und sonst war auch keiner dafür verantwortlich.

Ungefähr zur gleichen Zeit, als Father weggebracht wurde, ist auch Father Jack verschwunden. Es hieß, er wäre ganz plötzlich krank geworden. Aber seine Haushälterin hat mir im Vertrauen erzählt, daß er irgendwo eine Entziehungskur machte. Auf Anweisung vom Bischof!

Eine Woche bevor der Mietvertrag auslief, ist Tim gekommen, um das Schild »Zu vermieten« draußen anzubringen. Er hat es an einen großen Baum gehängt. Und ich hab ihn die Nägel einschlagen hören, tock, tock, tock, als würde er den Deckel von meinem Sarg zunageln.

Siebtes Kapitel

Bischof Cleary ist schuld daran, daß ich nicht mehr zur Heiligen Kommunion gegangen bin, nachdem Father weg war. Er hat nämlich behauptet, ich wär unersättlich, als ich ihn gefragt hab, ob ich in Knockmaroon wohnen bleiben könnte – dabei wollte ich nur ein Dach über dem Kopf haben, so wie es doch jede Frau will, wenn ihr Mann nicht mehr da ist. Aber vielleicht hatte er auch recht. Unsere Dympna hat nämlich oft zu mir gesagt, ich könnte nie genug kriegen. Weiß der Himmel warum, aber ich wollte immer mehr als das, was auf meinem Teller war. Wie damals zum Beispiel, als ich während einer Folge von *Nachbarn* drei komplette Schachteln Hostien verdrückt hab. Der gute Bischof hat gemeint, in Dungiven läuft der Laden wie geschmiert, weil ich solche Mengen weggeputzt hab. Und ich hab kein Sterbenswörtchen davon gesagt, so daß er es nie rausgefunden hat. Na, und genauso war es auch mit dem Haus. Ich wollte mich nicht vom Fleck rühren, selbst als der Mietvertrag ausgelaufen war.

Ich sag Ihnen jetzt mal was. Es ist schlimm, wenn man immer zu kurz kommt. Ich hab nie ein richtiges Zuhause über dem Kopf gehabt, verstehen Sie. Und deshalb hab ich mich um so mehr an dieses hier geklammert. So wie ich es seh, bin ich einfach zu früh aus dem Nest gerissen worden (wegen dem, was mein Da meiner Ma angetan hat. Obendrein bin ich per Kaiserschnitt auf die Welt gekommen.)

Und ich bin auch zu früh aus Haus Bethel weg, weil ich anfing, für Father zu arbeiten. Und jetzt sollte ich aus Knockmaroon weg, bevor ich dazu bereit war. Der Bischof hatte mir zwar noch nicht die direkte Anweisung gegeben, das Haus zu verlassen, aber ich hab jeden Tag damit gerechnet.

Erst als ich Father los war, hab ich gemerkt, daß ich über zehn Jahre lang nicht mehr richtig geschlafen hatte; jedenfalls nicht seit es ihm richtig schlecht ging. Ich war immer so wachsam gewesen, daß ich nicht mal in Ruhe hatte träumen können. Denn dazu müssen die Gedanken einigermaßen entspannt sein, und das waren meine nie. All das Schlafen und Träumen stand mir noch bevor. Allerdings würde es noch ein bißchen warten müssen, zumindest bis ich eine andere Wohnung gefunden hatte. In Knockmaroon konnte ich nämlich nicht mehr schlafen. Es war so was von unheimlich nachts in dem leeren Haus, wenn es überall knarrte und ich komische Geräusche hörte und aus der Dunkelheit Schatten auf mich zukamen, daß ich vor Angst kein Auge zugetan hab. Ich hab dauernd gedacht, gleich steht ein Mörder vor mir. Obendrein hab ich mich schrecklich vor Gespenstern gefürchtet. Drinnen im Haus gab es jede Menge dunkle Ecken und Ritzen, in denen sie sich verstecken konnten, von den dunklen Schuppen und Scheunen draußen mal ganz abgesehen. Auf Schritt und Tritt hab ich damit gerechnet, plötzlich einem von den Leuten gegenüberzustehen, die vor Father und mir in dem Haus gewohnt hatten und dort gestorben waren. Nachts hab ich mit aufgerissenen Augen und gespitzten Ohren dagelegen, statt zu schlafen. Und so hab ich eine Nacht nach der anderen durchwacht, bis meine Nerven nicht mehr mitgemacht haben. Ich mußte mir ein junges Mädel ins Haus holen. Sie erinnern sich vielleicht an die zurückgebliebene Kleine, von der ich erzählt hab, die sich so gern mit Father unterhielt – die war's. Sie hat sogar in einem Bett mit mir geschlafen. Und sie hat mir keinerlei Umstände gemacht, denn sie ist immer ohne ein Wort gekommen und gegangen. Ihre Mutter hat gemeint, das wär das Gute an ihr. Sie war nicht so eine Quasselstrippe wie viele andere Kinder. Und sie hatte nicht genug Hirn im Kopf, um Angst zu haben.

Die Zeit verging in Windeseile, und bald war der erste Frühlingstag da. Ich hatte am Abend zuvor vergessen, die Uhr aufzuziehen, und hab das so um die Mittagszeit gerade nachgeholt, als es an der Tür klopfte. An der Lautstärke hab ich gleich gehört, daß es Mrs. Hussey war, die »gute Nachbarin«, die von Father O'Kane dafür bezahlt wurde, daß sie durch die Gegend zog und die Leute belästigte. Diese Mrs. Hussey war ein Eine-Frau-Wohltätigkeitsverein, von dem man nichts bekam außer Kopfweh. Und davon hab ich mehr als genug abgekriegt. Denn seit ich so tief gesunken war, hatte sie mich in ihre Liste der benachteiligten Menschen aufgenommen, bei denen sie jede Woche vorbeiging. Als sie das letzte Mal bei mir gewesen war, hatte sie mir doch wahrhaftig geraten, ich sollte mich nicht so abschotten. Das waren ihre Worte. Als ob die das irgendwas anginge. Als ob es irgend jemand in der Gemeinde gegeben hätte, mit dem ich mir irgendwas zu sagen hatte. Sie hat sogar versucht, mich an dem Sonntagabend, als es den Jackpot zu gewinnen gab, zum Bingospielen ins Gemeindehaus mitzuschleifen. Aber die Freude hab ich ihr nicht gegönnt. Ihre Kinder waren alle aus dem Haus, wissen Sie, und ihr Mann war pensioniert. Da sie also zu Hause nicht mehr ihre Sprößlinge rumkommandieren konnte, hat sie versucht, andere Leute rumzukommandieren. Da kann ich bloß sagen, Gott steh den armen Menschen bei, die sich mit ihr rumschlagen mußten – mich eingeschlossen.

Ich wußte, daß es keinen Zweck hatte, sich vor ihr zu verstecken. Die war glatt imstande, bis nachts vor der Tür stehenzubleiben, wenn man ihr nicht aufmachte. Bei ihrem ersten Besuch war sie immer wieder ums Haus gelaufen und hatte überall in die Fenster reingeguckt und an die Türen gehämmert. Stur bis zum Gehtnichtmehr. Mir war nichts anderes übriggeblieben, als sie irgendwann reinzulassen. Entweder das, oder ich hätte auf den Knien durchs Haus robben müssen, bis sie endlich verschwand. Diesmal hatte sie noch eine andere Frau dabei, deren Gesicht ich vor Jahren schon mal im Haus vom Bischof gesehen hatte. (Wenn man so ein Gesicht wiedersieht, das man von ganz früher kennt, dann merkt man erst mal, wie alt man geworden ist. Diese Frau hatte auch schon mal ein paar Falten weniger gehabt, das kann ich Ihnen sagen.) Sie hatte ein richtiges Pokerface. Und einen Nadelstreifenanzug hatte sie an, so wie ihn zu meiner Zeit nur die Männer getragen haben. Sie hatte eine Aktentasche unterm Arm, die sie fest an sich drückte. Mrs. Peters hieß sie, allerdings hab ich gesehen, daß sie keinen Ring trug. Aber so was kam jetzt immer häufiger vor, sogar in Derry. Ich erinner mich nicht mehr genau, wie das hieß, was sie gemacht hat. Aber ich weiß, daß sie sich um das Geld vom Bischof gekümmert hat.

Ich hatte richtig geraten. Sie war gekommen, um mir zu sagen, daß ich ausziehen soll. Der Bischof hatte nicht den Schneid, mir das selbst zu sagen, und deshalb hat er eine Frau vorgeschickt. Hat man so was schon erlebt! Sich hinter den Rockschößen einer Frau zu verstecken. Er sollte sich was schämen.

Ich hab die beiden reingebeten und ihnen einen Tee gemacht. Mrs. Peters sah schrecklich nervös aus, als sie so dasaß, während der Kessel auf dem Herd stand und ich den Tisch gedeckt hab. Aber ich hab mich von niemand davon abbringen lassen, alles so zu machen wie immer, nicht mal von ihr. Ich hab den Tisch nämlich gern genauso gedeckt wie zu Fathers Zeiten, obwohl ich kaum noch Geschirr hatte – nur ein paar einzelne Tassen, die ich vor Ronan versteckt hatte, als er das Haus ausräumte. Mein Teetisch war mir genauso wichtig wie den Priestern bei der Messe ihr Altar. Als ich fertig war, bin ich einen Schritt zurückgetreten und hab geguckt, ob auch alles da ist, wo es hingehört. Die Kekse lagen schön ordentlich nebeneinander auf dem Teller, und das Shortbread sah einfach großartig aus. Mrs. Hussey hat das gleiche gesagt wie jedesmal, wenn ich ihr eine Tasse Tee vor die Nase gestellt hab. »Es tut immer richtig gut, zum Tee zu Ihnen zu kommen, Brigid«, sagt sie. »So wie die Haushälterin eines Priesters serviert heute niemand mehr den Tee.« Da hatte sie nun wirklich recht. Diese modernen Frauen, die waren doch zu faul, auch nur das Brot aus der Tüte rauszuholen, geschweige denn auch noch Butter draufzuschmieren. Wohin man auch ging, man konnte inzwischen fast sicher sein, daß man nicht mehr als einen Löffel zum Tee bekam – außer wenn ein Priester oder ein Lehrer da war, dann wurde alles aufgefahren. Aber ich hab für diese Frauen und ihre neumodischen Sitten – oder Unsitten, um genau zu sein – kein Verständnis gehabt. Wo das bloß alles noch hinführen sollte! Ich für mein Teil hab Wert auf einen schön gedeckten Tisch gelegt, und ich hab immer drauf geachtet, daß auch was zum Knabbern im Haus ist. Ehrenwort, ich hätte nachts kein Auge zugetan ohne eine Packung Kekse im Haus. Dympna hat immer behauptet, wenn ich ein paar Kinder am Hals hätte, säh das bald ganz anders aus. Andererseits hat sie das bei allem behauptet. Wenn Sie mich fragen, dann waren die Kinder für sie einfach ein Vorwand, um keinen Finger zu rühren. Und dann kam noch dazu, daß sie eifersüchtig war, weil ich für andere Leute so einen Aufwand getrieben hab. Ich hab mich an dem Tag nicht mit an den Tisch gesetzt, das hab ich nie gemacht. Ich hab es immer vorgezogen, meinen Tee im Stehen vor dem Kamin zu trinken. Am Tisch zu sitzen fand ich immer beklemmend.

Mrs. Peters hat sich einen Stuhl herangezogen und sich auf was draufgesetzt, das ich dort hatte liegenlassen. Ich muß zugeben, seit Father nicht mehr da war, hatte ich die schlechte Angewohnheit entwickelt, einfach alles rumliegen zu lassen. Es war ja fast nie jemand da, der es hätte sehen können.

»Tut mir leid«, hab ich gesagt und das, worauf sie saß, unter ihr weggezogen. Es war eine alte lange Unterhose von Father, die ich dort hingelegt hatte, um sie ihm mitzubringen.

Mrs. Peters ist rot angelaufen und hat angefangen, einen Keks in ihren Tee zu krümeln. Das war eine von denen, die ihr Essen zerbröseln, statt es zu essen. »Und, wie geht es Father Mann so?« hat sie mich gefragt.

Ich hab ihr die schlichte Wahrheit gesagt. »Mit Father geht es rasant bergab, seit sie ihn hier weggeholt haben«, sag ich. Mir ist aufgefallen, wie sie und Mrs. Hussey sich anguckten. Mrs. Hussey ist schon nervös geworden, wenn sie nur Fathers Namen hörte. Und ich kann Ihnen auch sagen, warum. Seit er die Gemeinde verlassen hatte, war Father in der Achtung von genau den Heuchlerinnen, die ihn am Anfang immer als Engel bezeichnet hatten, enorm gesunken.

Für die war er jetzt nur noch ein alter Tattergreis, so wie jeder andere alte Tattergreis im Haus Nazareth. Die Kirche hat nämlich nicht mehr für seine Versorgung gezahlt, und das haben diese Leute gewußt. (Der Bischof und Fathers Verwandte hatten entschieden, daß es zu teuer war, ihn in private Pflege zu geben, und deswegen hatten sie ihn dem Staat übergeben.) Und dann war da noch die Sache mit dem Zwischenfall bei dem Hausgottesdienst. Verklemmt und verkniffen wie Mrs. Hussey und ihresgleichen waren, haben die das einfach nicht verkraftet. (Es tut einem Priester nie gut, wenn die Leute merken, daß er auch nur ein Mensch ist.) Was an diesem Tag passierte, hat ihnen klargemacht, wie sehr Father mich brauchte. Ich hab ihn angezogen und gewaschen und hinter ihm aufgewischt. Das waren einfach Tatsachen, und die haben Mrs. Hussey und den anderen überhaupt nicht behagt. Ihrer Meinung nach war es nicht schicklich, daß eine Frau so was für einen Priester macht. Am Tag vom Hausgottesdienst konnte ich richtig sehen, was für Bilder ihnen durch den Kopf gingen. Und dann hatte sich auch noch gezeigt, daß sie an ein Wunder geglaubt hatten, das gar keins war. (Das mit Father und dem Messelesen, mein ich.) Das hat natürlich kein gutes Licht auf ihren Glauben geworfen. Na ja, und mich wollten sie aus genau den gleichen Gründen loswerden wie Father. Ich hab sie an ein paar bittere Wahrheiten erinnert, die sie lieber vergessen hätten. Ich hab sie in Verlegenheit gebracht, wenn Sie so wollen.

Meine paar Habseligkeiten, die ich schon vor Wochen zusammengepackt hatte, standen in einer Ecke vom Zimmer. Mrs. Peters hat einen Keks in der Mitte durchgebrochen und dann von der einen Hälfte noch mal ein kleines Stückchen abgebrochen. Sie hat zu den Kisten rübergenickt. »Wann könnten Sie denn ausziehen?« hat sie gefragt.

»Wann soll ich denn ausziehen?« hab ich zurückgefragt. Denn ich hab mir überlegt, daß sie mich ja wohl kaum auffordern kann, sofort zu gehen. Und für mich hat jeder Tag gezählt. Ich hatte nämlich den Eindruck, daß Mrs. Peters trotz ihrem Habichtsgesicht eher auf meiner Seite stand. Außerdem war ich es nicht gewohnt, selbst Entscheidungen zu treffen. Früher hatte ich nämlich immer gewartet, bis mir jemand gesagt hat, was ich tun oder lassen soll. Und bisher hatte mir keiner gesagt, daß ich das Haus verlassen soll. Wenn ich eine von diesen modernen Frauen gewesen wäre, dann hätte ich wahrscheinlich lieber heute als morgen die Gelegenheit beim Schopf ergriffen, noch mal ein neues Leben anzufangen. Aber mir ist schon bei dem Gedanken angst und bange geworden. Ich hab es gar nicht gewagt, an die Wochen und Monate zu denken, die vor mir lagen. Mit Father zusammenzuwohnen war leicht gewesen. Soviel war mir inzwischen klar. Allein zu leben war das wahre Problem. Und ich wußte nicht, ob ich es meistern würde.

Während Mrs. Peters in ihrem Terminkalender blätterte, das weiß ich noch, hab ich mir der Reihe nach die Narben auf meinen Händen angeguckt. Egal wo ich hinging oder wie lang ich noch lebte, die Narben würden mich immer begleiten und mich an Father erinnern. Ich hatte sie mir alle am Ofen geholt, als ich noch für ihn arbeitete. Die lange auf der Innenseite von meinem Unterarm war von dem Tag, als ich mal ein Soufflé für ihn gemacht hatte. Father hat immer gesagt, wenn sie zwei Zentimeter weiter unten säße, würde sie richtig interessant aussehen – was immer er damit auch meinte. (Das war typisch Father. Er hat sich nie damit zufriedengegeben, wie die Dinge waren. Immer wollte er alles anders haben.) Die beiden dunklen Narben auf meiner Handfläche kamen von einem heißen Brotblech. Und die Narbe an der Seite von meinem Zeigefinger, die hatte ich vom ewigen Kartoffelschälen. »Wie wär's mit nächstem Sonntag?« hat Mrs. Peters gefragt. »Das heißt, später geht es auch gar nicht, denn der Besitzer hat für Montag abend ein paar Interessenten einbestellt, die sich das Haus anschauen wollen.«

Was blieb mir da noch zu sagen? Ich mag nicht viele Stärken haben, aber ich erkenne das Schicksal, wenn es an meine Tür klopft. Ich bin mir sicher, daß viele Frauen an einer schlechten Ehe festhalten, nur damit sie nicht alles aufgeben müssen, so wie ich an diesem Tag alles aufgeben mußte. Vielleicht hätte ich dankbar sein sollen.

Ich hab von Mrs. Peters zu Mrs. Hussey und wieder zurück geguckt, so wie Jesus zu den beiden Dieben rübergeschaut haben mag, als er gekreuzigt wurde. Wirklich wahr, ich hab überhaupt nicht mehr gewußt, woran ich bin mit den beiden. Mrs. Hussey war – allem Anschein nach – gekommen, um mir etwas Gutes zu tun, aber ich hab genau gewußt, daß sie es gar nicht erwarten konnte, mich loszuwerden. Mrs. Peters dagegen war gekommen, um mich rauszuschmeißen. Aber nachdem sie gesehen hatte, in was für einer schwierigen Lage ich war, hab ich ihr leid getan, und sie hätte mich eigentlich lieber nicht auf die Straße gesetzt. Bloß hatte sie eben ihre Anweisungen, genau wie ich, und an die mußte sie sich halten.

Mrs. Hussey hat sich in einem atemberaubenden Tempo Kekse in den Mund gestopft. Sobald Mrs. Peters ausgeredet hatte, ist sie mit dem Vorschlag rausgerückt, wegen dem sie überhaupt da war. Und zwar hat sie das so gemacht, als wollte sie den harten Schlag, den Mrs. Peters mir versetzt hatte, etwas abmildern. »Ich . . .«, hat sie angefangen und dann eine Riesenportion Keks runtergeschluckt, »ich . . . oder die Frauengemeinschaft und ich hatten da eine Idee«, hat sie gesagt. (Sie hat zwar mit mir geredet, hat dabei aber Mrs. Peters angeguckt.) »Der nächste Sonntag ist ja Pfingstsonntag, und Father O'Kane will eine Volksmesse veranstalten. Alles, was in der Gemeinde Rang und Namen hat, macht mit, bei den Opfergaben oder bei sonst irgendwas. Und wir dachten, Sie hätten vielleicht Lust, als eine Art Abschiedsgruß an alle die Blumen von der Empore zu streuen.«

»Die Blumen von der Empore streuen?« hab ich gefragt, denn ich hatte keinen blassen Schimmer, wovon sie da redete. Und Mrs. Peters hat ihren Teller von sich weggeschoben, als wollte sie zeigen, daß sie nichts mit der Idee zu tun hatte. Aber Mrs. Hussey hat sich nicht beirren lassen. Sie hat mir erklärt, um was es ging. »Früher«, sagt sie, »haben die Leute in manchen Kirchen Rosen von der Empore gestreut. Die Rosen sollten die Flammenzungen darstellen. Und Father O'Kane hat gemeint, wir sollten das bei uns in der Kirche dieses Jahr auch machen. So würden die Leute die Messe besser in Erinnerung behalten. Die Blumen sollen gestreut werden, während das ›Veni Sancte Spiritus‹ gesungen wird.«

Das war doch mal wieder typisch Father O'Kane – für den mußte immer alles besonders sein. Trotzdem hab ich gesagt, ich wär einverstanden, denn ich hatte die Kirche bis dahin noch nie im Stich gelassen.

»Das wär ja dann klar«, hat sie sichtlich erleichtert gesagt und ist von ihrem Stuhl aufgesprungen, um zu gehen. Aber Mrs. Peters war noch nicht soweit. O nein. Sie wollte eine

Führung durchs Haus. Und Mrs. Hussey, die immer Angst hatte, sie könnte irgendwas verpassen, hat sich einfach drangehängt und ist mir furchtbar auf den Wecker gefallen, weil sie ihre Nase in jeden Schrank und jede Ecke stecken mußte, obwohl sie da überhaupt nichts zu suchen hatte. Das Haus war so leer, daß unsere Stimmen durch die Räume hallten und dann als Echo wieder zurückkamen, richtig gruselig. In jedem einzelnen Zimmer hab ich dran denken müssen, wie Father und ich dort gelebt hatten. Die Erinnerung war nicht weg, sie war nur in den Wänden versunken, zusammen mit all den anderen Leben aus der Zeit bevor wir kamen. Das hat bloß nicht jeder sehen können. Aber ich glaube, Mrs. Peters hat es gespürt, denn sie war respektvoll und leise, wie in einer Kirche.

Ich hab mir gedacht, bestimmt haben sich die Jünger genauso gefühlt wie ich, als sie damals in diesem Raum zusammensaßen und Jesus nicht mehr bei ihnen war. Bestimmt haben sie sich überlegt, was sie jetzt tun sollen, genau wie ich mir überlegt hab, was ich ohne Father tun soll. Und sie haben sicher auch um ihr Leben gebangt, so wie ich um mein Leben gebangt hab. Ich bin in Gedanken noch mal das Haus durchgegangen, so wie es bei Father und mir ausgesehen hatte. Der große schwarze Kopf vom heiligen Martin ist mir eingefallen, der wie ein schrecklicher Wächter vorne aus dem Fenster gestarrt hatte. Er war so schwarz, daß Tims kleine Enkelin jedesmal furchtbar vor ihm erschrocken ist. Und dann die Figur von der Jungfrau Maria, die immer am Fußende von Fathers Bett stand. Man sah es ihr kaum an, daß Father sie zum Schluß so unsanft behandelt hatte. Ein paar Splitter haben zwar gefehlt, aber es war mir gelungen, den Kopf wieder anzukleben. Solange sie mit dem Rücken zur Wand stand, hat man überhaupt nichts bemerkt. Ich erinner mich noch gut dran, wie sie morgens immer über mich wachte, wenn ich das Bett gemacht hab; als wollte sie sicherstellen, daß ich das Bettuch auch richtig straff ziehe und Fathers Schlafanzug an die richtige Stelle lege. Als wir an diesem Tag in sein Zimmer kamen, hatte ich das Gefühl, sie ist immer noch da und blickt über uns hinweg, wie Unsere Dame von Lourdes. Fathers Arbeitszimmer sah richtig trostlos aus. Es war überhaupt nichts mehr drin, außer einem Stapel alte ›Ireland's Own‹, von denen Damon gemeint hatte, es würde sich nicht lohnen, sie mitzunehmen.

Ich kannte in diesem Haus jeden Fleck auf dem Teppich (und es gab jede Menge davon) und wußte bei jedem, was da verschüttet worden war. Ich kannte jedes Stückchen Tapete, so wie man seine eigene Haut kennt. Ich wußte genau, welches Fenster einen neuen Riegel brauchte und welche Tür ein neues Schloß. Man lernt so ein Haus richtig kennen und stellt sich darauf ein. Aber die Leute, die von draußen reinkommen, sehen bloß, was alles verändert werden muß.

Abgesehen von der Küche und dem Wohnzimmer war nur noch mein Zimmer bewohnt. Vielleicht finden Sie das komisch, aber es war mir nie in den Sinn gekommen, in Fathers Zimmer zu ziehen, obwohl es das größte und schönste im Haus war und fast den ganzen Tag Sonne hatte. Es wär mir einfach unrecht erschienen, verstehen Sie? Und dann mußte ich ja auch dran denken, was der Bischof sagen würde.

In meinem Zimmer hat es verboten ausgesehen. Überall lagen Kleider rum. Ich hatte nicht mal mein Bett gemacht. Wozu denn, hab ich mir gedacht, wo es ja doch keiner sieht, jedenfalls keiner außer mir? Und mir war es in meiner damaligen Stimmung vollkommen egal, wie es bei mir aussah. Die Matratze war nicht bezogen. Sie war erdbraun, das weiß ich noch, mit großen gelben Sonnenblumen drauf. Nach meinem Zimmer hat Mrs. Peters gemeint, sie hätte jetzt genug gesehen.

»Nächsten Sonntag also«, hat sie gesagt und mir direkt in die Augen geguckt. Sie hat nicht viele Worte gemacht, diese Mrs. Peters, und bloß gesagt, was nötig war, um ihre Arbeit zu erledigen. Und wenn Sie meine Meinung hören wollen, dann hat ihr diese Arbeit keinen besonderen Spaß gemacht – ganz im Gegensatz zu Mrs. Hussey, die gern andere Leute untergebuttert hat. Gott, Macht ist schon was Furchtbares. Ich habe es Mrs. Peters nicht übelgenommen, daß sie mir gesagt hat, daß ich raus muß. Sie hat es mir ja bloß ausgerichtet. Und sie hat auch gesagt, daß sie mich besuchen würde, sobald ich mich woanders eingerichtet hätte. Ich wußte natürlich, daß sie das nicht machen würde. Wir beide kamen aus verschiedenen Welten. Aber ich hab beschlossen, ihr sicherheitshalber doch mal Dympnas Adresse zu geben. Das einzige Stück Papier, das ich gefunden hab, war ein Foto von Father, das Tim ein Jahr zuvor gemacht hatte. Da hab ich sie hinten draufgeschrieben. Als ich ihr das Foto in die Hand gedrückt hab, hat sie einen Augenblick lang ganz betreten geguckt. Und ich wußte auch warum. Father hat auf dem Bild ausgesehen wie ein aufgeblasener Idiot. Er hat immer Graf Rotz gespielt, wenn er eine Kamera vor der Nase hatte; jedenfalls seit er krank war. Ich erinner mich noch an den Tag, als dieses Foto gemacht wurde. Father hat mich zur Seite geschubst (Tim wollte mich eigentlich auch auf dem Bild haben) und die Brust vorgestreckt wie ein Pfau. Mit seinen umgeklappten Rockaufschlägen hat er ausgesehen wie eine Parodie auf das Herz Jesu.

Der Garten und das ganze Grundstück rund ums Haus waren völlig zugewachsen, seit Father weg war. Die Kirche hat nämlich nur für die Instandhaltung bezahlt, solang ein Priester dort gewohnt hat. Jeder andere, so wie ich zum Beispiel, mußte sich selbst darum kümmern. Und ich hab mir natürlich nicht die Mühe gemacht. Sie denken jetzt wahrscheinlich, daß ich mir die Mühe hätte machen sollen, daß es mir gutgetan hätte, Kopf und Hände zu beschäftigen. Aber ich sag Ihnen mal was: Für mich war das eine Art Protest, alles verwildern zu lassen – so wie die Bürgerrechtsaufstände. Und ich sag Ihnen auch, warum. Ich hab mich gefühlt wie eine Frau, deren Mann gestorben ist. Und keiner hat sich um mich gekümmert. Keine Menschenseele, ob in der Gemeinde oder sonstwo, hat Fathers Weggehen so erlebt wie ich. In den Augen der Leute hatte ich kein Recht zu trauern. Also hab ich alles vor die Hunde gehen lassen, um mich an ihnen zu rächen und um endlich beachtet zu werden. Das Grundstück war ein richtiger Dschungel geworden, als Mrs. Peters es zu Gesicht bekam. Die Rosen, die Tim im Februar gepflanzt hatte, waren vom Unkraut erdrosselt. Damals hab ich gedacht, Tim pflegt sie nicht mehr, weil der Bischof ihn nicht mehr dafür bezahlt. Aber er hat mir später erzählt, daß er sich nicht mehr getraut hat, das Grundstück zu betreten, weil ich ihm nicht aufgemacht hab. (So war Tim eben – wenn's hart auf hart kam, hat er das große Zittern gekriegt. Nur die kleinste Andeutung von Ärger, und er ist auf und davon wie ein panisches Karnickel. Er hat sich auch nie selbst um andere bemüht. Das war auch so was, was mich gestört hat. Seiner Ansicht nach waren die Leute es nicht wert.) Ich bin mir sicher, daß Mrs. Peters registriert hat, in was für einem Zustand Haus und Garten waren, auch wenn sie nichts gesagt hat. Sie hat sich, so gut es ging, ihren Weg nach draußen gebahnt, Mrs. Hussey immer hinter ihr her. Ich hab die beiden ans Tor gebracht. Mrs. Hussey hat mir alles Gute gewünscht. Und wenn Mrs. Peters nicht daneben gestanden hätte, dann hätte sie an diesem Wunsch schwer zu schlukken gehabt, das kann ich Ihnen aber sagen. Wünsche kosten ja nichts.

Die Warterei war das Schlimmste. Heute ist mir das klar. Die Nachricht, daß ich gehen mußte, hat mich lang nicht so erschüttert, wie ich es erwartet hatte. Als es erst mal passiert war, sind mein Ärger und meine Angst einfach verpufft, und eine seltsame Ruhe ist über mich gekommen. Aber ich hab diese Verwandlung seither noch öfter erlebt und kann Ihnen jetzt besser erklären, wie das kam. Es war so: Als das, wovor ich mich so schrecklich gefürchtet hatte, endlich eingetreten ist, hat sich all meine Furcht einfach in Luft aufgelöst, weil das Schlimmste da nämlich schon hinter mir lag. In meinem ganzen Leben mit Father hab ich bei dem Gedanken, daß ich ihn durch einen Schicksalsschlag verlieren könnte und allein zurechtkommen müßte, immer regelrechte Angstzustände gekriegt. Ich hatte nie allein zurechtkommen müssen, verstehen Sie, und hab nicht geglaubt, daß ich das hinkriegen würde. Ich hatte immer gedacht, ich wär feige, weil so viele Leute das behauptet hatten, von den Mädchen in der Schule bis hin zu Tim vor gar nicht allzu langer Zeit. Aber als ich an diesem Tag gemerkt hab, daß ich jetzt wirklich auf mich gestellt bin, da hatte ich keine Angst mehr. Ich hab gespürt, wie tief aus meinem Innern ein Mut aufsteigt, den ich bei mir nie vermutet hatte. Der Mut, alle nötigen Entscheidungen zu treffen und alles zu tun, was ich tun muß, um mich selbst aus dem Sumpf zu ziehen. Zum Teufel mit der katholischen

Kirche! hab ich mir gesagt. In dieser Stimmung wollte ich nicht mehr ins Haus zurück. Von da, wo ich stand, sah es eh aus wie ein Gefängnis – die Vorhänge alle zugezogen, wie zugeklappte Augen, und Dach und Wände mit Moos bewachsen. Aber irgendwas mußte ich tun. Da hab ich in einer Ecke vom Garten eine alte Sense unter einem Holzapfelbaum entdeckt. Tim hatte sie wohl liegenlassen, als er das letzte Mal hier gearbeitet hatte. Ich hab sie genommen und angefangen, den Dschungel zu lichten. Ich hab das nicht für Mrs. Peters gemacht, und auch nicht für Father, den Guten. Ich hab es für mich getan. Zum ersten Mal in meinem Leben hab ich etwas für mich getan. Die Zeit verging im Flug. Ungefähr fünf Stunden später ist Tim auf dem Rückweg vom Feld am Haus vorbeigekommen, und als er mich mit der Sense hat rackern sehen, ist er langsamer gegangen. Der arme Mann, er hat gar nicht recht gewußt, ob er nun reinkommen soll oder nicht. Und ich konnte es ihm auch kaum verdenken, nachdem ich ihm so die kalte Schulter gezeigt hatte. Schließlich hat er sich ein Herz gefaßt, aber dann hat er erst mal eine Weile dagestanden, ohne ein Wort zu sagen. Ich hab auch nichts gesagt. Wir haben uns nur angeguckt, vielleicht eine Minute lang. Dann hab ich einen Rhododendronbusch weggehackt, der alles überwucherte, und hab das Gras rund um das Rosenbeet in der Ecke gestutzt. Er hat als erster was gesagt.

»Das ist ja wohl keine Arbeit für eine Frau«, hat er gesagt, um mich zum Reden zu bringen.

»Wer sagt das?« hab ich geantwortet.

»Laß mich wenigstens helfen«, sagt er.

Wir haben noch eine Stunde gearbeitet, bis ich so ausgedörrt war, daß ich fast umgekippt bin.

Es war nichts zu trinken im Haus, außer ein bißchen

Meßwein, der noch von Father übrig war. Ich hab die Sense auf den Küchentisch gelegt.

»Wo sind die Gläser?« hat Tim gefragt.

Es gab keine. Damon hatte sie alle mitgenommen. Also haben wir statt dessen aus Porzellantassen getrunken; die Untertassen haben wir weggestellt. Als ich so dasaß an dem Tag, zu meiner Linken die Sense und in der rechten Hand die Tasse mit Meßwein, da hab ich zum ersten Mal gespürt, daß ich keine Haushälterin mehr bin. Und es hat mich glücklich gemacht – wirklich glücklich. Ich konnte gut allein zurechtkommen. Man mußte sich nur den Garten anschauen, um das festzustellen. Und es war mir auch egal, daß der Wein, den ich mir da hinter die Binde goß, Meßwein war. Tim hat sich allerdings zurückgehalten. Als ich ihn gefragt hab, warum, hat er gemeint, daß ihm mein Getue nicht gefällt.

»Mein Getue?« frag ich.

»Genau. Wie du dich aufspielst«, sagt er.

Gott im Himmel, dem konnte man es wirklich nie recht machen. Erst hat es ihm nicht gepaßt, daß ich Fathers Fußabtreter war. Und jetzt, wo ich mein Leben selbst in die Hand genommen hab, hat ihm das auch nicht gefallen. Manche Leute sind einfach nie zufrieden. Der Wein war sauer. Aber nach zwei Tassen hab ich das kaum mehr gemerkt – außerdem war es mir auch egal, denn ich fand die Wirkung, die der Wein auf mich hatte, sehr angenehm. Alkohol ist schon was Feines. Er lockert die Zunge, wie Father Jack immer zu sagen pflegte. Ich hab Tim von Mrs. Husseys Vorschlag für die Volksmesse erzählt.

»Wahrscheinlich lassen sie auch noch eine Taube über die Köpfe der Gläubigen flattern«, hat er gesagt. (Das haben sie nämlich früher auch gemacht, zusätzlich zu den

Blumen von der Empore.) Tim war in Spötterlaune, das hab ich wohl bemerkt. »Jetzt erzähl mir nicht, daß du das machst!« hat er geschnaubt.

Ich hab ihm gesagt, daß ich mir noch nicht sicher bin. Der Bischof konnte mir inzwischen natürlich gestohlen bleiben, und ich hatte mich auch damit abgefunden, ohne Father zu leben. Aber ich wußte nicht, ob ich auch Gott so leicht aufgeben kann. Und das hab ich Tim gesagt.

»Du mußt dein eigener Gott sein, Brigid.« Das war sein Rat für mich. Wenn die Nonnen oder der Bischof ihn hätten hören können! »Nimm dein Leben selbst in die Hand«, sagt er. »Verlaß dich nicht auf irgendeine Macht von außen. Du mußt dich nur dran gewöhnen, ohne Religion zu leben. Das machen doch heute alle.«

Das muß der Teufel sein, der da aus ihm spricht, hab ich mir gedacht. Für Tim war die Religion an allem schuld, und er hat immer wieder versucht, mich auf seine Seite zu bringen. Ich glaub, er hat mir nie verziehen, daß ich mich für Father entschieden hab statt für ihn. Ich weiß noch, wie zornig er an diesem Tag ausgesehen hat. Seine Lippen waren feucht vom Meßwein, und seine Augen haben gefunkelt. Wenn er erst mal von der Religion anfing, dann war er so schnell nicht mehr zu bremsen. »Die Religion vereinnahmt die Leute total. Sie sagt ihnen, wer sie sein und was sie tun sollen. Sie macht das Leben einfach.«

»Aber das ist doch eigentlich was Gutes«, hab ich gemeint, denn ich war immer dafür, die Dinge möglichst einfach zu halten.

»Nein!« hat er mich angefahren. Ich hab gemerkt, daß er langsam die Geduld mit mir verliert. »So einfach ist das Leben nicht. Heutzutage ändern sich die Ansichten unheimlich schnell. Der katholische Glaube hinkt hoffnungslos hinterher, das wissen wir doch beide. Denk nur an die Scheidung.«

Da lag also der Hund begraben. Er wollte Matty loswerden, und zwar ohne schlechtes Gewissen. Aber ich war nicht bereit, ihm die Absolution zu erteilen, und schon gar nicht, mich von ihm auf Abwege führen zu lassen. Mein bißchen Glaube war meine einzige Stütze. Und in Dreiteufelsnamen, für ihn würde ich den weiß Gott nicht aufgeben.

»Gib ihn auf, Brigid«, hat er gesagt.

»Das kann ich nicht«, hab ich gesagt. Wie konnte ich das tun, wo sich die katholische Kirche doch über fünfzig Jahre lang um mich gekümmert hatte. Mehr als bei den meisten anderen Katholiken war bei mir der Tag, die Woche, das ganze Jahr durch Father und die Religion bestimmt gewesen. Und jetzt, wenn ich Tim so reden hörte, sollte jeder Tag gleich aussehen, und am Ende sollte es nichts geben, worauf man sich freuen konnte. Ein unerträglicher Gedanke. Ich fand, daß das Leben ohne Gott keinen Sinn ergab.

»Wer sagt denn, daß es einen Sinn ergeben muß?« sagt er.

»Red keinen Unsinn«, sag ich. »Alles muß einen Sinn ergeben.«

»Unsinn«, sagt er.

»Wen willst du eigentlich gerade überzeugen«, frag ich, »dich oder mich?« Er hat sich nämlich unheimlich ereifert. Und als sein ganzes Geschrei nichts gebracht hat, ist er leise geworden und hat es auf die hinterlistige Tour versucht. »Es ist ein Riesenbeschiß«, sagt er. »Du weißt doch genau, daß du nicht dran glaubst. Du hast nie dran geglaubt.«

»Hab ich wohl!« Ich hab ihn so laut angeschrien, daß mir meine Mandeln weh getan haben. Das war überhaupt nicht meine Art, so rumzubrüllen, und ich hab es auf den Meßwein zurückgeführt. Er hat gegrinst. »Du denkst, daß du geglaubt hast«, sagt er, »und du weißt, daß du nicht mehr glaubst.« Er hat direkt durch mich durchgeguckt, als er das gesagt hat.

Wem wollte ich eigentlich was vormachen? Ich hab Tim nicht gebraucht, um diese Kehrtwendung zu vollführen, das hab ich auch ganz gut allein hingekriegt. In meinem Kopf hab ich eine Stimme flüstern hören: »Ich glaube nicht an Gott. Ich habe nie an Gott geglaubt.« Sie ist immer lauter geworden. Aber ich hab mich an den letzten Strohhalm geklammert, wie eine Ertrinkende. Wenn es heute abend vor acht Uhr noch ein Gewitter gibt, hab ich mir gesagt, dann werd ich für immer an Gott glauben. Ich werd es als ein Zeichen Gottes ansehen.

»Ich warte auf ein Zeichen«, hab ich zu Tim gesagt.

Na, das hat ihn schier in den Wahnsinn getrieben. »Heilige Mutter Gottes«, hat er gebrüllt. »Was für ein Zeichen willst du denn noch? Schau dich doch nur mal selbst an! Schau dir an, was deine kostbare Religion aus dir gemacht hat. Was ist denn das für ein Zeichen, hm? Könntest du mir vielleicht sagen, was dieses Zeichen bedeutet?«

Ich hab weiter auf das Gewitter gewartet.

»Ich sag dir, was dieses Zeichen bedeutet«, sagt er dann. »Deine katholische Kirche mit ihrem Gottvater, die verlangt von den Frauen, daß sie den Mund halten. Daß sie den Mund halten und dienen. Und genau das hast du all die Jahre gemacht – all die vielen Jahre, in denen du dein eigenes Leben hättest leben können.«

Da sprach die Eifersucht aus ihm, und das hab ich ihm auch gesagt.

»Ich eifersüchtig auf deinen Father Mann?« hat er gesagt

und laut aufgelacht. »Du hältst mich wohl für bescheuert, Brigid. Ich hab ihn bemitleidet. Ich bemitleide jeden Mann, der durchmachen muß, was der durchgemacht hat. Aber über die alle reg ich mich gar nicht auf. Ich reg mich über die Kirche auf, die sie sich als Kinder einfach geschnappt hat – diese armen Würstchen, werden aus ihren Familien gerissen, wenn sie noch zu klein sind, um es besser zu wissen, wenn sie noch gar nicht klar denken können. Das ist doch Gehirnwäsche, was die da in Maynooth machen. Da wird beim Essen die Bibel gelesen, tagein, tagaus, bis sie überhaupt nichts anderes mehr denken oder sagen können. Die dürfen nicht wie normale Kinder reden oder sich auch mal anschreien. Arme Schweine sind das. Zum Schluß können sie mit keinem normalen Menschen mehr reden. Jedenfalls nicht richtig. Die wissen gar nicht mehr wie. Und dann werden sie in kleine schwarze Uniformen gesteckt, diese kleine Armee Gottes. Und dein Father Mann war einer von ihnen. Auf den soll ich eifersüchtig sein? Du machst wohl Witze.«

Tim hatte die Geistlichen immer gehaßt, das wußte ich wohl. Aber was er an diesem Tag gesagt hat, das ist mir doch unter die Haut gegangen, da konnte ich gar nichts machen. Ich mußte immer wieder dran denken, wie der Bischof mich einfach so hatte fallenlassen. Bis dahin war ich immer davon ausgegangen, daß er sich um mich kümmern würde. Und als ich den Glauben an ihn verloren hab, da hab ich auch den Glauben an alles andere verloren, für das er stand, und dazu gehörte auch Gott. Ich hab in meine Tasse gestarrt, in den schmierigen Bodensatz vom Meßwein.

»Noch einen?« hat Tim gefragt und mir die Flasche hingehalten. Ich hab den Schmodder rausgespült und ihm die

Tasse gereicht. »Mach sie voll«, hab ich gesagt. Der Wein hat mich langsam, aber sicher mit sich fortgetragen, über die Schwelle zum Betrunkensein hinweg. Es war, wie wenn man in Zeitlupe rückwärts von einer Klippe fällt und dabei sicher weiß, daß unten genug Wasser ist und man weich fallen wird. Gleichzeitig hat sich alles in mir zusammengezogen vor Angst, daß ich die Kontrolle über mich verlieren könnte. Mein Kopf war kurz vorm Zerbersten. Aber das lag nicht nur am Wein. Die furchtbare Wut, die zwischendurch völlig verschwunden war, ist wieder in mir aufgeflammt. Der Wein und das Reden hatten sie wieder angefacht. An diesem Abend war der Alkohol stärker als der Glaube. Er hat mich nicht – wie Meßwein das tun sollte – mit Liebe erfüllt, sondern mit Haß. Haß auf den Bischof, auf Father und auf die Leute aus der Gemeinde, die sich von mir abgewandt hatten; Haß auf all die Menschen, die mich im Laufe der Jahre benutzt und mißbraucht hatten, alles im Namen der Religion. Es war mir schnurzpiepegal, ob Gott mich hörte. Alles, was ich dem Bischof schon seit Jahren gern ins Gesicht gesagt hätte, wenn ich mich nur getraut hätte, ist jetzt aus mir rausgequollen. Einen Frauenhasser hab ich ihn genannt, einen Lügner und Heuchler und eingebildeten Schnösel. Der arme Tim – der mußte sich das jetzt alles anhören. Und mit Reden war's nicht getan. Ich hab mir die Sense geschnappt und mit voller Kraft auf den Tisch eingeschlagen. Tim ist vor Schreck fast an die Decke gesprungen. Allerdings erst, als er einen Splitter ins Auge gekriegt hat. Wenn er mich nicht gepackt hätte, dann hätte ich den Tisch zu Kleinholz verarbeitet, das kann ich Ihnen aber sagen. Ich war dermaßen geladen.

Aber der Anfall war schnell vorbei. Gott im Himmel, Wut ist ganz schön anstrengend. Ich hab mich wieder in meinen Stuhl fallen lassen und die Sense in die Ecke geschmissen. Tims Gesicht entspannte sich.

»Du hast genug getrunken«, hat er gesagt, als ich mir noch mal eingeschenkt hab. Aber ich hab ihn nicht beachtet. Ich hatte mich nicht von einem Mann befreit, der mir sagt, was ich zu tun und zu lassen hab, bloß um bei einem anderen zu landen. Mir ist alles mögliche durch den Kopf gegangen, hauptsächlich zu Father und mir und warum ich überhaupt angefangen hatte, für ihn zu arbeiten. »Ich war hochmütig«, hab ich zu Tim gesagt.

Er ist zusammengezuckt. »Ich will deine Beichte nicht hören, Brigid«, hat er gesagt.

»Father McFaul«, hab ich gefeixt.

Er hat den restlichen Wein, der noch in seiner Tasse war, wieder in die Flasche zurückgeleert.

»Paßt gut zu dir«, hab ich gesagt. »Na komm schon, hör mir zu. Das ist die Gelegenheit für dich, endlich mal das zu sein, was du schon immer sein wolltest: Ein Priester. Bloß hat dir immer der Glaube gefehlt.«

Er hat mir mit dem Zeigefinger gedroht, als wäre ich ein ungezogenes Kind. »Über so was macht man sich nicht lustig«, sagt er.

Ich hab ihm die Flasche wieder abgenommen. »Hör mir einfach zu«, sag ich.

»Ich mag es nicht, wenn du so bist«, sagt er.

»Wenn ich wie bin?« hab ich gefragt, und zwar ziemlich unfreundlich, denn das hat mir gar nicht gefallen, daß er den Überlegenen rausgekehrt hat. Was hat ihn denn zum Richter über mich erhoben?

Je betrunkener ich wurde, desto nüchterner ist Tim geworden. »Ich weiß gar nicht, wer du eigentlich bist«, hat er gesagt. »Du bist so sprunghaft.«

»Na«, hab ich gemeint, »du weißt ja, wo du hin mußt, wenn du jemand suchst, der nicht sprunghaft ist. Geh nach Hause zu deiner Matty. Auf die ist Verlaß. Bei der weißt du immer, was ihr gerade im Kopf rumgeht – die Kälber, die kastriert werden müssen, oder die nächste Wurmkur.«

Das hat Tim gar nicht gepaßt, daß ich so über Matty rede. Solang er über sie hergezogen ist, war das ja schön und gut, aber jemand anders . . .

»Einmal sagst du dies«, meint er, »und einmal sagst du das. Das gibt doch alles keinen Sinn.«

»Wer sagt denn, daß es einen Sinn geben muß?« hab ich gesagt und ihm so mit gleicher Münze heimgezahlt, was er vorher über die Religion gesagt hatte.

Und dann hatte er plötzlich keine Lust mehr zu streiten. »Ach«, hat er gebrummt, wie um mich abzuschütteln, und den Kopf in seinen Schultern vergraben. Er hat richtig jämmerlich ausgesehen. Ich hab ihm noch was zu trinken angeboten. Aber Tim war nicht der Typ dazu, sich zu betrinken. Zumindest hab ich das damals gedacht. Sich betrinken, das hätte für ihn einen Abstieg bedeutet. Tim hat nicht gern die Kontrolle aus der Hand gegeben, wissen Sie.

»Ich war hochmütig«, hab ich noch mal angefangen.

»Das hast du schon mal gesagt«, sagt er.

Aber diesmal war es mir völlig schnurz, ob er mir zuhört oder nicht. Ich hatte Lust zu reden, also hab ich geredet. Inzwischen hab ich in einer Bar mal einen Mann gesehen, der geschlagene zwei Stunden lang allein fröhlich vor sich hin geplappert hat. Ja hab ich denn all die Jahre, als ich dachte, ich rede mit Gott, was anderes gemacht? Wir brauchen alle jemand, mit dem wir reden können, ich zumindest. »Ich bin bei Father geblieben«, hab ich gesagt, »weil mir das ein gutes Gefühl gegeben hat. Man könnte sagen, ich war hochmütig wie Maria Magdalena. Denk nur an ihre Worte: ›Siehe, von nun an werden mich selig preisen alle Kindeskinder. Denn er hat große Dinge an mir getan, der da mächtig ist und des Name heilig ist.‹ Letztlich«, sag ich zu Tim, »hab ich Father nämlich genauso benutzt wie er mich.«

Tim hat auf die Uhr geguckt und ist dann aufgestanden. »Ich muß weg«, hat er gesagt. »Matty wartet sicher schon auf mich. Du weißt ja, wie sie ist.« Und dann ist er rückwärts aus dem Zimmer raus, wie ein ängstlicher Köter. Nicht daß ich zu diesem Zeitpunkt noch was drauf gegeben hätte, ob er blieb oder nicht. Wenn ich einen Schluck getrunken hab, stören mich andere Leute sowieso bloß. Sie halten mich davon ab, mit mir selbst zu reden. An diesem Tag war ich vollauf damit zufrieden, über all die Sachen nachzudenken, die mich in diese verzwackte Lage gebracht hatten; Sachen, die ich gar nicht weiter beachtet hatte, als sie passierten, die aber jetzt eine ganz neue Bedeutung für mich angenommen haben. Zum Beispiel hat sich mal in Haus Bethel eine junge Nonne mit einem wunderschönen Gesicht über mein Kinderbettchen gebeugt. Im Rückblick kam mir diese winzige Episode vor wie die Marienerscheinung von Bernadette. Die schwere schwarze Tracht hat nur das hübsche Gesicht und die Hände der Nonne freigelassen. Aber sie hatte schöne Hände, durch die man fast durchgucken konnte; ganz anders als meine jetzt. Ich hab auf meine eigenen Hände runtergeguckt. Sie waren rot und geschwollen von den scharfen Putzmitteln und durch eine beginnende Arthritis schon leicht verkrümmt. Das war der Preis für dreiunddreißig Jahre in Fathers Dienst. Ich hab mich auch dran erinnert, wie dieselbe Nonne in einem leuchtend hellen Sonnenstrahl gestanden hat. Sie muß den Konvent dann verlassen haben, denn ich hab sie nie mehr gesehen. Ich hab zwar Jahre später mal nach ihr gefragt, aber niemand wollte mir was über sie sagen. Was sie dreiunddreißig Jahre später in meinem Kopf verloren hatte, weiß ich auch nicht.

Außerdem hab ich mich an das fürchterliche Stimmengewirr im Schlafsaal von Haus Bethel erinnert. Als ich klein war, das weiß ich noch, bin ich gegen diesen Radau überhaupt nicht angekommen. Und an diesem Abend hab ich die Stimmen wieder gehört. Sie haben gar nicht mehr aufgehört, in meinem Kopf vor sich hin zu brabbeln; allerdings hab ich kein einziges sinnvolles Wort ausmachen können. Für mich war das bloß ein lautes, lästiges Geräusch.

Eine Weile sind solche Erinnerungen ja ganz nett, aber lang hab ich das nicht ausgehalten. Deswegen hab ich mich in eine von Fathers alten ›Ireland's Own‹ vertieft. Und da bin ich dann auf ein Bild von einem alten Dampfer gestoßen, der aus dem Hafen von Derry Richtung Liverpool ausläuft. Unter dem Foto war ein Artikel über Leute, die zur Zeit des letzten Weltkriegs aus Derry weggegangen sind. Die meisten von ihnen sind nie mehr zurückgekommen. Das Bild war von neunzehnhundertzweiundvierzig, meinem Geburtsjahr. Das ist ein Zeichen, hab ich mir gesagt, denn an das Gewitter hab ich inzwischen nicht mehr geglaubt; ich hab nach was anderem Ausschau gehalten, was mir den Weg weisen würde. Ich hatte genug Geld, um rüberzukommen und mich ein paar Wochen über Wasser zu halten, bis ich Arbeit gefunden hatte. Ich hab keine Sekunde dran gezweifelt, daß da drüben eine Stelle auf mich wartet. Arbeit gab es in England doch jede Menge. Haben das nicht immer alle erzählt?

Ich muß gestehen, nachdem ich so viel Meßwein getrunken hatte, hab ich mich am nächsten Morgen ziemlich kläglich gefühlt. So um die Mittagszeit rum hab ich mich aus dem Bett gequält, oder gewälzt, um genau zu sein. Mir hat der Kopf gedröhnt, und die Zunge hat mir am Gaumen geklebt. Und einen fauligen Geschmack hatte ich im Mund. Aber das war alles gar nichts im Vergleich zu den entsetzlichen Schuldgefühlen, die ich hatte. Ich sag Ihnen, die waren so schlimm, daß ich sie am liebsten mit noch mehr Wein weggespült hätte. Gott sei Dank war keiner mehr übrig, denn sonst hätte ich womöglich wieder von vorn angefangen. Und Gott allein weiß, wo das geendet hätte. Ich hatte die ganze Flasche geleert, mitsamt dem Schmodder, der unten drin war. Aber Moment mal, hab ich mir gesagt, ich kann mich gar nicht dran erinnern, daß ich sie ausgetrunken hab. Und ich konnte mich auch nicht dran erinnern, wie ich ins Bett gegangen bin. O Gott, hab ich gedacht, ich hab Alzheimer. Aber sosehr ich auch erschrokken bin, was mich wirklich fertiggemacht hat, war nicht die Angst vor Alzheimer, sondern mein schlechtes Gewissen. Das hat mich einfach nicht losgelassen; außerdem hab ich mich furchtbar geschämt, weil Tim mich so gesehen hatte. Ich mußte unbedingt zur Beichte. Aber dann ist mir eingefallen, daß ich ja nicht mehr an Gott glaubte. Trotzdem mußte ich mit irgend jemand reden, egal mit wem. Zu Father O'Kane mußte ich sowieso, um ihm zu sagen, daß ich an der Pfingstmesse nicht teilnehmen würde. Also hab ich beschlossen, eben mit ihm zu reden.

Die drei Meilen nach Dungiven kamen mir vor wie dreiunddreißig, so einen Brummschädel hab ich gehabt. Der junge Father war beschäftigt, als ich mich schließlich bis zum Pfarrhaus geschleppt hatte. Seine Haushälterin hat mir »im Vertrauen« erzählt, daß er gerade versuchte eine Frau umzustimmen, die ihren Mann und ihre Kinder verlassen wollte. (Die arme Frau! Ich kannte den Mann und hab sie gut verstanden.)

»Aber sagen Sie niemand was davon, keiner Menschenseele!« hat Mrs. Chambers mir ins Ohr geflüstert. Diese Frau gehörte wirklich entlassen. Als Haushälterin von einem Priester hatte sie kein Recht, so über andere Leute zu reden, hinter ihrem Rücken. Das hätten Sie bei mir nie erlebt, in den ganzen langen Jahren nicht, die ich für Father gearbeitet hab.

Ich hab ihr gesagt, daß ich warten würde, denn ich hatte eh nichts anderes zu tun. Es war seltsam, einfach so dazusitzen und zuzugucken, wie eine andere Frau für einen Priester im Haus rumfuhrwerkt, genau wie ich früher. Ich hab wieder angefangen, über die vielen Jahre und die ganze Kraft nachzudenken, die ich Father geopfert hatte.

»Sind Sie in den letzten Tagen mal in der Kirche gewesen?« hat Mrs. Chambers mich gefragt, während sie mir eine Tasse Tee gereicht hat. (Bloß Tee, kein Brot oder Gebäck.) Sie wußte wahrscheinlich, daß ich länger nicht dort gewesen war, und hat aus reiner Bosheit gefragt.

»Nein«, hab ich gesagt und es dabei auch belassen. Ich hatte nämlich entdeckt, daß ich weder ihr noch sonst jemand eine Erklärung schuldig war für das, was ich tat. Ich war meine eigene Herrin, wie man so schön sagt.

»Die Blumen, mit denen der Altar für Pfingsten geschmückt ist, sind wirklich eine Augenweide«, hat sie gesagt. »Ich hab die Rechnung gesehen. Fünfundvierzig Pfund haben die gekostet, können Sie sich das vorstellen? Aber erzählen Sie niemand was davon.« Fünfundvierzig Pfund, hab ich mir gedacht. Mir hat nie jemand auch nur für einen Penny Blumen gekauft. Und je mehr ich darüber nachgedacht hab, desto wütender bin ich geworden.

Father O'Kane hat mich nicht lang warten lassen. Allerdings war er auch für seine Schnelligkeit bekannt. In Dungiven hieß es immer, für eine gefährdete Ehe hätte er zehn Minuten, für einen Säufer hätte er fünf und für jemand, der ihm widersprach, hätte er gar nichts übrig. Ich wollte ihm gerade erklären, warum ich gekommen war, aber er war schneller.

»Sie brauchen sicher Geld für die Rosen«, hat er gesagt und eine Geldschatulle hervorgezogen. Den Schlüssel dazu hatte er hinter einer Bibel auf dem Kaminsims versteckt, das hab ich gesehen. So wie er die Geldschatulle aufgemacht hat, hätte man meinen können, sie würde jeden Moment zuschnappen und ihm die Hand abbeißen, wirklich wahr. Er hat versucht, das Geld vor mir zu verstecken, aber ich hab genau gesehen, was für ein dickes Bündel Scheine er da drin hatte. Und da hab ich beschlossen, daß ich diese Sache für die Frauengemeinschaft doch machen würde.

»Wieviel brauchen Sie?« hat er gefragt.

»Dreißig«, sag ich, »wie die dreißig Silberlinge.«

Er hat mich angeguckt, als wär ich gaga. »Ich brauche eine Quittung dafür«, hat er gesagt. »Nicht daß ich Ihnen mißtrauen würde, verstehen Sie mich nicht falsch. Aber das Kirchenkomitee . . .«

Der hatte vielleicht Nerven! Als ob ich mit dem Geld durchbrennen und mir ein neues Kleid oder eine Flasche Gin dafür kaufen würde. Allerdings hätte mir das durchaus zugestanden. Ich hab lieber gar nicht erst angefangen auszurechnen, was die Kirche mir schuldete. Als nächstes hab ich Tim angerufen. Matty hat abgenommen und mich erst mal angeblafft. Gott, diese Frau hatte wirklich nur Stroh im Kopf. Als Tim dann ranging, hab ich an seiner Stimme gleich gehört, daß sie ihn runtergeputzt hatte. Aber das hat ihm noch nicht das Recht gegeben, seinen Ärger an mir auszulassen. »Was willst du?« hat er geraunzt.

»Könntest du mich wo hinfahren?« hab ich ihn gefragt.

»Ich hab zu tun, Brigid«, herrscht er mich an.

»Nicht jetzt. Am Sonntag«, sag ich. »Kannst du vor der Kirche auf mich warten?«

»Ich denke, du fährst am Sonntag«, sagt er.

»Ja«, sag ich, »ich fahr nach der Messe.«

»Hast du irgendwas vor?« hat er gefragt. Er hatte bestimmt die Aufregung in meiner Stimme gehört. Aber ich hab nichts gesagt. »Ich will keinen Ärger, schon gar nicht mit dem Kirchenvolk«, hat er mich gewarnt.

»Keine Sorge«, sag ich.

»Um zehn dann also«, hat er gesagt und aufgelegt.

In der Zeit bis zum Sonntag hab ich mir immer wieder mit größtem Vergnügen vorgestellt, was für ein Gesicht Father O'Kane machen würde; und erst recht der Bischof, wenn er die ganze Geschichte hörte.

Pfingsten war in dem Jahr an einem heißen Tag im Mai, das weiß ich noch. Ich hatte mir für den Anlaß ein besonderes Kleid besorgt. Es war aus tiefroter, schwarz schimmernder Seide mit Satinbesätzen. Ich hab ganz schön was hergemacht, das kann ich Ihnen sagen. Die Leute hatten mich bis dahin für eine farblose alte Jungfer gehalten – nicht daß ich ihnen das übelgenommen hätte, denn seit ich dachte, daß die Männer sich nicht mehr für mich interessieren, hatte ich mich auch nicht mehr um mein Äußeres gekümmert.

Mrs. Chambers hatte recht, der Altar sah wirklich prächtig aus, mit all den Tulpen und Chrysanthemen. Ich war schon früh in der Kirche, vor allen anderen, und hatte die

Rosen dabei. Als erstes hab ich geguckt, wo ich auf der Empore stehen sollte. Es gab zwei Aufgänge, einen neben dem Altar und einen neben der Tür. Ich bin raufgegangen. Und während ich so dasaß und vor mich hin dachte, kam unten ein dunkelhaariger, gutaussehender junger Bursche rein. Ich hab gleich gesehen, daß es Father Jacks Neffe war. Er gehörte wohl zur Band, denn er hatte eine Gitarre unterm Arm. Da er meinte, er wär allein, hat er die Gitarre eingestöpselt und angefangen zu spielen. Selbst ich hab erkannt, daß das kein Kirchenlied war, was er da spielte. Dann hat er sich eine Zigarette angezündet. Er hat immer mal wieder dran gezogen und sie zwischendurch in die Mechanik von seiner Gitarre gesteckt. Von der brennenden Zigarette ist eine dünne Rauchsäule aufgestiegen, wie Weihrauch. Und dann hat er losgelegt und die ganze Kirche mit Musik ausgefüllt. Ich hab ihn gut zehn Minuten spielen lassen, bevor ich mich bemerkbar gemacht hab. Ich bin sogar ziemlich nah an ihn rangekommen, bevor er mich entdeckt hat, denn er hatte die Augen zu und war ganz in seine Musik vertieft.

»Jessesgott!« Er ist richtig hochgeschreckt, als er mich bemerkt hat. (Vielleicht hat er mein Parfüm gerochen. Le Jardin war es. Ich hatte es zusammen mit dem Kleid gekauft.) Er hat ein paarmal »tut mir leid« gemurmelt und ist vor Scham rot angelaufen.

»Ist schon in Ordnung«, hab ich gesagt. »Ich erzähl keinem was davon.«

Er hat mich einen Moment lang angeguckt. »Kenn ich Sie nicht von irgendwoher?« fragt er mich.

»Ich war früher die Haushälterin von Father Mann«, sag ich.

»Oh, tut mir leid«, sagt er wieder. (Das war eine furchtbare Angewohnheit, dieses ständige »tut mir leid«.) »Ich hab Sie gar nicht erkannt. Sie sehen so fein aus.«

Seine Zigarette war inzwischen fast völlig runtergebrannt. Er hat sie ohne mit der Wimper zu zucken an seinen Fingerspitzen ausgedrückt. Ich hab meinen Augen nicht getraut. Er hat gelacht. »Die sind ganz hart«, sagt er, »schauen Sie mal«, und hält mir die Hand hin. Und tatsächlich, die Haut war dick wie Leder. »Hier«, sagt er, »probieren Sie's selbst mal.« Und er gab mir die Zigarette.

»Die müssen so hart sein«, sagt er, »sonst könnte ich gar nicht spielen.« Und dann hat er wieder losgelegt. Aber diesmal hat er mich dabei angeguckt. »Mein Onkel Jack hat oft von Ihnen erzählt«, sagt er.

Ich hab ihn gefragt, was sein Onkel Jack denn über mich erzählt hat.

»Oh, das darf ich nicht verraten«, sagt er und grinst. »Aber Sie kennen Jack ja. Der hat immer einen Blick für die Frauen gehabt.« Wenn mich nicht alles täuschte, dann flirtete dieser junge Kerl gerade mit mir – wo ich doch gut seine Mutter hätte sein können. Aber manche jungen Kerls sind so, die ziehen ältere Frauen Mädels in ihrem Alter vor. Father Mann war auch so einer, auch wenn er das nie zugegeben hätte. Ich weiß noch genau, welcher Sorte Frau er hinterhergeguckt hat, wenn er dachte, daß gerade keiner auf ihn achtet. Aber das war vor ewigen Zeiten, als ich anfing, für ihn zu arbeiten. Dieser junge Bursche hat mich ein bißchen an Father erinnert, als ich ihn das allererste Mal gesehen hab.

Um Punkt zehn ist Father O'Kane am Altar aufgetaucht. Die Band hat losgelegt, und die ganze Gemeinde hat gesungen: »Morning has broken like the first morning.« Die Kirche war einfach zu klein für diesen gewaltigen Klang.

Father O'Kane hat den Eröffnungsvers gesprochen. »Ich werde euch nicht als Waisen zurücklassen . . .«

Während seine Stimme in meinen Ohren dröhnte, hab ich die Rosen aus dem Papier ausgewickelt und mich vorne an die Brüstung gestellt. Der Schuldirektor von Saint Mary's hat das Tagesgebet und die Lesung übernommen. Als nächstes ist Mrs. Hussey sittsam nach vorne ans Lesepult geschritten und hat das Alleluja gelesen. Dann hat der Chor das »Veni Sancte Spiritus« angestimmt, und das war mein Zeichen, die Rosen zu streuen. Ich hab sie mit vollem Schwung über die ganze Gemeinde geschleudert. In der Aufregung sind ein paar von den Leuten aus dem Chor völlig rausgekommen. Aus dem Gesang wurde ein wildes Stimmengewirr, und ich hab gehört, wie Father O'Kanes dünne Stimme immer lauter wurde, als er versuchte, sie wieder auf die richtige Spur zu bringen. Ich bin in der Zwischenzeit die hintere Treppe runtergeschlichen. An der Tür hat der junge Fraggart mich bemerkt. Er hat mir zugezwinkert. Tim hat draußen auf mich gewartet, genau wie ich es mit ihm verabredet hatte. Sein Auto, ein runtergekommener alter Rover, hatte vorn ein große Delle. »Rein mit dir«, hat er gesagt. Ich hab gleich seine Fahne gerochen. Und im Gegensatz zu Father Jack konnte er die sonntags vormittags um diese Uhrzeit nicht auf den Meßwein schieben. »Wohin?« fragt er mich.

»Zuerst zu Father O'Kane«, sag ich.

»Aber da ist doch jetzt niemand«, sagt er – als ob ich das nicht selbst gewußt hätte, wo ich doch gerade in der Kirche den jungen Father und Mrs. Chambers hinter mir gelassen hatte.

Patsy – das war Father Jacks Haushälterin – hatte mir mal erzählt, wo Mrs. Chambers immer den Schlüssel versteckte. Und genau dort hab ich ihn auch gefunden, unter einem Stein neben der Haustür. Im Grunde meines Herzens hab ich gehofft, daß das Geld nicht da ist. Aber es war da, und sogar noch viel mehr. Es hat meine ganze Handtasche ausgefüllt.

»Wohin jetzt?« hat Tim gefragt, als ich wieder rauskam.

»Ich nehm den Zug zu der Fähre nach England«, hab ich gesagt.

Da ist er fuchsteufelswild geworden. Und ich hab auch gewußt warum. Tim ist immer wütend geworden, wenn er gesehen hat, daß jemand anders was macht, was er sich selbst nicht traut.

Er hat mir schier ein Loch in den Bauch gefragt – neben dem hätte die Inquisition einen schweren Stand gehabt. Aber schließlich ist er mir wirklich auf die Nerven gegangen, denn ich konnte meine Gedanken einfach nicht so in Worte fassen, wie er das gern gehabt hätte. Nicht daß ich ihm eine Erklärung schuldig gewesen wäre. Ich wußte bloß, daß ich weg wollte. Dieser Ort hat mich erstickt. Und das hab ich ihm auch gesagt. Da war er still.

Wir sind über Bridge-End und die Culmore Road nach Derry reingefahren. Die Straßen waren menschenleer, wie sonntags immer. Seit Jahren schon, seit die Unruhen begonnen hatten, wurde Derry samstags abends nach Ladenschluß zu einer richtigen Geisterstadt. Ein Armeejeep ist an uns vorbeigekrochen, und der Soldat auf Tims Seite hat Tim mißtrauisch beäugt. Das Odeon in der Strand Road war beleuchtet, aber sonst war alles dunkel und verrammelt. Das einzige Anzeichen von Leben auf dem Guildhall Square war ein bißchen Abfall, der vom Wind herumgewirbelt wurde und alles nur noch trostloser und verlassener aussehen ließ. Der Busbahnhof in der Foyle Street hatte schon geschlossen und war hinter einem Wall aus Rolläden kaum mehr zu erkennen. So wie die Dinge standen, hat in Derry sonntags keiner einen Fuß vor die Tür gesetzt, außer um in die Kirche zu gehen. Am Ende der Orchard Street ist mir eine einzelne Frau ins Auge gefallen, die dort herumlungerte, als ob sie auf jemand warten würde. Als wir vorbeifuhren, hat sie zu uns reingestarrt.

»Ach«, hat Tim geknurrt. »Wahrscheinlich ist es nur gut, wenn du aus diesem gottverlassenen Kaff verschwindest. Weißt du noch, wie es in den Fünfzigern hier war, als wir noch jung waren? Daß das derselbe Ort sein soll! Denk nur an die Shipway Street, was da abends immer für ein Trubel war. Die Läden alle hell erleuchtet, und massig Leute auf der Straße. Sechs Kinos hat es damals gegeben, kannst du dir das vorstellen? Ganz zu schweigen vom Corinthian Ballroom in der Bishop Street und dem Embassy in der Strand Road. Und Yannarelli's Fish 'n' Chips Shop. Der war auch in der Strand, weißt du noch? Damals hatten die Leute keine Angst, aus dem Haus zu gehen.«

Tim war wirklich in einer ganz miesen Stimmung an diesem Tag. Aber trotzdem war was dran an dem, was er sagte. Dieses Derry hatte nicht mehr viel mit der Stadt zu tun, in der wir aufgewachsen waren. All die Spannungen und Konflikte hatten ihre Spuren hinterlassen, genau wie in meinem Leben – wobei es mich bis heute beeindruckt, wie diese Stadt sich immer wieder aufgerappelt hat, und wenn sie auch völlig am Ende war. Trotzdem, es hat mir nicht leid getan wegzugehen. Das pure Überleben hat mir nicht gereicht.

Am Kontrollpunkt auf der Brücke hat uns ein Polizist mit einer Pistole angehalten. Er hat Tims Führerschein zu einem Soldaten gebracht, der auf der anderen Straßenseite stand. Sie haben sich ein paar Minuten unterhalten. Dann ist der Soldat zu uns rübergekommen und hat uns mit Fragen bombardiert. Ob Tim und ich verheiratet wären? Was Tim arbeiten würde? Wo ich hinwollte? Als ob ihn das irgendwas anginge! Ich hatte Angst, er könnte uns festhalten und das Auto durchsuchen und ich würde meinen Zug verpassen.

Mein letzter Eindruck von Derry ist, wie Tim auf dem Bahnsteig einen Schaffner um Feuer bittet. Er hat an seiner Zigarette gezogen, bis er ganz hohle Wangen hatte. Dann hab ich mein Gesicht weggedreht.